Alain Pelosato
Pierre Dagon

I0664336

Terribles moments

Nouvelles

1993 - 2013

sfm éditions

ISBN 2-915512-07-8
9782915512076
sfm éditions
© Alain Pelosato
Dépôt légal mars 2017

Écrire est une opération alchimique. Il faut réunir les bons ingré-
dients, connaître la bonne méthode et surtout expérimenter
avec patience, tout au long des années.

Les alchimistes ont écrit des textes très obscurs. Ces textes sont
des modes d'emploi, des manuels inexplicables par le commun
des mortels, mais tout à fait lisibles.

Il en est de même d'une œuvre littéraire. Tout en étant parfaitement lisible, elle possède également une partie occulte. Ce
sens, caché derrière les mots, est particulièrement magique
dans la littérature. Comme dans l'alchimie où le Grand Œuvre
agit sur l'adepte, le texte agit sur l'écrivain. C'est cette action qui
rend la lecture fascinante.

Ainsi, ces textes que, j'espère, vous allez lire, constituent, ensemble, un traité d'alchimie dont il faut découvrir la clé.

Ceux qui pourront y parvenir atteindront le sommet du Grand
Art.

Je vous donne quelques indications.

Au moment où j'écris ces lignes, les B52 américains larguent des
tonnes de bombes sur le front de la guerre en Afghanistan. Les

médias ne nous ont rien épargné de l'effondrement des tours new-yorkaises. Elles ne nous ont rien épargné non plus de leurs commentaires sur cette guerre dont elles ne savent rien. Ainsi, nous, pauvres téléspectateurs, lecteurs de journaux, sommes contraints de vivre des événements au travers de l'interprétation de « journalistes » qui en ont leur propre vision qui pourrait ne pas être la nôtre. Et de quoi parlent-ils à longueur d'antenne et de pages ? De la Mort !

J'ai vu sur une chaîne satellite bien connue, Roger Hanin déclarer : « Je veux réussir ma mort... »

N'est-ce pas là qu'il faut chercher la « Pierre philosophale » ?

Le Grand Œuvre de l'alchimiste serait ce tout simplement la Vie, et donc, aussi, la Mort ?

Préparez-vous donc au Magistère composé des trois Œuvres.

Au travail !

Oh ! que c'est une chose affreuse à voir. Aussi est-ce proprement une représentation de la mort éternelle et un deuil de la léthargie physique : mais que c'est une chose qui, doit causer de joie à l'Artiste qui en suit la conduite ! Car ce n'est pas une noirceur ordinaire qui paraît ici, mais c'est une noirceur si excessive qu'à force d'être noire elle paraît luisante et resplendissante.

Philalèthe
Entrée ouverte au palais fermé du Roi.

Petit journal d' Anatole

Anatole est né à Espérance en 1945. Il est vieux maintenant. Mais il a le temps... Tout le temps.

Il se souvient comment il se battait constamment avec les garçons de son âge, car constamment agressé, insulté. Mais il ne se laissait pas faire et quand il rentrait à la maison griffé, le visage couvert d'hématomes et les vêtements déchirés, sa mère le battait encore.

Il n'avait pas de jouets comme les autres, il n'avait pas d'argent de poche pour s'acheter des friandises au petit magasin devant l'école. Rien chez lui ne fonctionnait comme chez les autres. Alors il en a volé dans le porte-monnaie de ses parents. Il profitait de la sieste de son père pour subtiliser l'argent dans le porte-monnaie. Mais sa mère comptait bien. Et son père organisa un piège dans lequel il tomba.

Il se souvient de la fessée, pantalon baissé. Une humiliation, pas une correction. Mais elle eut son efficacité car il ne recommença jamais.

Cette violence reçue, il la retournait contre les autres.

Le vandalisme en était une expression.

Vandalisme dans les potagers ouvriers.

La saison où les choux étaient bien ronds et bien gros. Quel délice ! Il y plantait en la lançant une belle barre de fer. Slup ! Elle s'enfonçait bien droit et restait plantée là dans la boule verte du légume. Chaque chou y avait droit. Un jour le jardinier survint avec son chien. Fuite éperdue... Il courut et se réfugia dans la forêt. Au détour du sentier il plongea dans le fossé et s'enfouit dans l'épaisseur des feuilles mortes. En dépassant un œil, il vit le vieil homme et son petit chien arriver et pensa « Je suis foutu, le chien va me sentir ! ». Mais non. Le chien devait être vieux et avoir perdu son odorat. Le vieux tourna son regard dans tous les sens et repartit, tout penaud. Anatole n'en revenait pas de ne pas avoir été pris ! Il commençait à comprendre comment aider l'impunité...

Vandalisme des équipements publics. Il y en avait bien moins à l'époque de son enfance. Les illuminations de Noël : quel délice ! Un bon lance-pierres qu'il savait si bien confectionner lui permettait de faire éclater ces boules colorées.

L'école aussi était l'école de la violence.

Au début de l'année, le professeur principal qui enseignait le français et l'anglais, monsieur Weiss, désignait un élève pour aller cueillir une bonne baguette de noisetier. Cette baguette était posée sur l'armoire à côté de son bureau. Quand il y avait faute, fainéantise manifeste, dissipation ou je ne sais quoi... l'élève devait aller chercher la baguette et la portait au petit homme, râblé et costaud qui le couchait sur le bureau et lui assénait sur les fesses une giclée de coups cinglants... La terreur régnait dans la classe. Weiss fumait des Gauloises sans filtre et crachait le débris de tabac qui se glissait entre ses lèvres sur le cahier d'Anatole qui se trouvait au premier rang.

Un autre professeur (c'était au collège, en sixième...), monsieur Rampierre, qui enseignait les maths, n'aimait ni les Italiens ni les Allemands. Comme c'était la mode des chapeaux tyroliens, il ne supportait pas que les élèves en portent. On évitait donc d'en porter en arrivant en classe. Sauf Duseigneur, qui entrait en classe avec le chapeau sur la tête et le posait sur la table devant lui. Rampierre, un grand homme costaud, qui, souvent, se raclait la gorge pour déloger une glaire, la mâchait ostensiblement pendant qu'il cherchait un mouchoir dans sa poche, le dépliait soigneusement et lentement, le tenait devant lui comme un drapeau et crachait sa glaire, puis l'admirait quelques secondes avant de replier soigneusement le carré de tissu. Cette fois, donc, le prof saisit le chapeau et appela Pazzolini au tableau. Lui fit faire un petit exercice et lui lança le chapeau pour effacer... Puis, il le récupéra et demanda à l'élève d'origine italienne de faire le gardien de but devant le tableau, et ils jouèrent ainsi pendant un quart d'heure, le prof lançant le chapeau déjà tout blanc et chiffonné, l'élève tentant de l'attraper au vol.... Un spécialiste de l'humiliation ce Rampierre. Voilà comment on apprend et cultive la violence.

Une autre fois, cet abominable prof de maths regardait par la fenêtre se dérouler un événement exceptionnel. En face du collège se trouvait un centre culturel et social italien. L'ex-roi Umberto d'Italie le visitait ce jour-là. Devant ce spectacle, notre ami le prof se retourna en grondant : « Porco dio de sale Italien ! » et en le répétant plusieurs fois se dirigea vers notre camarade Pazzolini. Le prof, ce géant, saisit l'élève par le collet et le gifla à tour de bras, par de larges gestes de la main, une main énorme ! Quand Rampierre le lâcha, le pauvre petit élève retomba sur son siège les joues en feu !

Lui, Anatole, à moitié arabe et à moitié français, il subissait le racisme des Arabes et le racisme des Français.

Enfin, sa mère était plutôt Kabyle et son père, un pauvre colon français. Sa pauvre mère avait démissionné depuis longtemps. Ses constantes jérémiades avaient totalement culpabilisé Anatole qui se demandait sérieusement s'il avait mérité d'être né, d'être le fils de sa mère. Quant à son père il l'entendait peu, sauf quand il faisait taire brutalement les jérémiades de sa femme. Celle-ci avait dû rompre avec sa famille qui n'avait pas accepté qu'elle épousât un infidèle. Un pied-noir par-dessus le marché. Il l'avait donc enlevée et ils étaient venus s'installer en France.

C'était une jolie adolescente aux yeux noirs de braise, à la moue révoltée quand il l'avait connue. Elle servait dans le commerce qu'il tenait à Dellys. Ses parents avaient loué leur fille pour un plat de lentilles. La petite voyait là s'ouvrir un début d'issue et elle se laissa engrosser par le pauvre épicier. Quand elle lui apprit qu'elle était enceinte, elle exigea de s'enfuir avec lui. Ce fut la seule et unique décision qu'elle imposa à l'épicier. Il accepta. La fille était trop belle. Trop appétissante. Trop bandante quoi ! Mais cette fuite ne créa pas vraiment les meilleures conditions pour leur vie de couple.

Et, comme bien des adolescentes un peu grassouillettes qui excitent l'appétit sexuel masculin, elle devint vite grosse et... rebutante. Elle restait enfermée chez elle, honteuse de son corps, ne sachant quelle tenue adopter : voile musulman ou pas ?

Anatole fit sa première rencontre de l'homme en noir à l'âge de huit ans.

Cet homme l'attendait devant l'école, à côté du bouilleur de cru qui jetait dans le caniveau des tas de fruits cuits fumants à l'odeur désagréable. Comme tous les enfants, il lui arrivait souvent d'arriver en retard à l'école parce qu'il avait regardé trop longtemps à travers la vitre l'alambic produire cette merveilleuse liqueur de prune ou de mirabelle.

Sa mère lui avait dit de ne jamais parler à un adulte et surtout de ne pas le suivre. Mais sa mère ne l'accompagnait jamais à l'école et ne venait jamais le chercher.

L'homme était vêtu d'un grand manteau noir. Son visage était très pâle. Blanc comme neige. Un peu effrayant ? Peut-être, mais les autres enfants ne semblaient pas le remarquer.

Il se tenait debout sur le chemin de retour de l'enfant. Quand ils se croisèrent, l'adulte parla à l'enfant qui baissait les yeux.

– Bonjour Anatole !

Anatole leva ses yeux agressifs. Et ne répondit pas, ne serra pas la main tendue. L'homme l'attrapa par le bras et s'accroupit à côté de lui.

Il parla de nouveau.

– Mon petit Anatole, je suis ton ange gardien. Je te protégerai jusqu'à ta transformation.

L'enfant fut subjugué. Sa peur s'envola comme par enchantement.

– Mon ange gardien ? ça n'existe pas les anges gardiens...

– Tu as raison ceux dont te parle le curé n'existent pas. Mais moi j'existe. À bientôt !

Il se releva et Anatole repartit en courant. Il s'arrêta plus loin et se retourna : il n'y avait plus personne. Mais il entendit quelqu'un qui l'appelait avec ce surnom qu'il détestait !

– Eh ! Âne ?

Ce petit con de Meuneuleu (affublé de ce surnom à cause de sa petite taille) le narguait de l'autre côté de la rue. Il tenait dans les mains une carabine à plomb trafiquée et à l'air déglingué.

– C'est quoi ce bout de ferraille que tu tiens dans la main ? Tu tires quoi avec ça ?

Avec ces carabines à plomb, on tirait des morceaux de patates ou de peaux d'orange. Ce petit con visa donc et tira.

Une douleur horrible au front montra indubitablement à Anatole que la carabine fonctionnait et tirait des peaux d'orange qui brûlaient la peau. De rage, il sortit le marteau qu'il avait toujours dans sa poche et se lança à la poursuite du Meuneuleu qui avait sorti le petit tube du canon de sa carabine et sortait fébrilement de sa poche une peau d'orange. Trop tard, Anatole fut sur lui, marteau levé prêt à frapper. Le petit lâcha son arme et se coucha par terre, la tête protégée dans ses bras repliés.

L'homme en noir apparut comme par enchantement, lui saisit la main.

– Ne fais pas ça Anatole.

Et il gifla violemment Meuneuleu qui partit en pleurant.

N'oublions pas que ces enfants n'avaient même pas dix ans...

Anatole s'était spécialisé dans le vol à l'étalage au Prisunic. Un bon moyen de s'approprier des objets divers, et particulièrement des jouets, sans posséder d'argent.

Il y avait même un truc.

Les rayons de vente étaient des banques ovales au centre de laquelle se tenait la vendeuse. Celui qui vendait des petites autos miniatures était intéressant à plus d'un titre. On pouvait voler une boîte, mais le plus simple et le moins risqué était de les ouvrir, de prendre le bon qui était à l'intérieur et avec cinq bons on avait droit à une voiture gratuite. Ce qui était curieux c'est que la vendeuse, une petite jeune fille, voyait tout et ne disait rien. Jusqu'au jour où Anatole se fit chopper ! Une grosse bonne femme le vit subtiliser une boîte et alerta la vendeuse :

– Il a volé une boîte, il a volé une boîte !

La pauvre vendeuse qui fermait les yeux fut obligée de les ouvrir et de donner l'alerte. Anatole prit ses jambes à son coup et s'enfuit dans un hurlement de sirène. Il ne fut pas pris contrairement à un de ses petits copains. Ce qu'il ne savait pas dans ces années cinquante, alors que maintenant tout un chacun le sait, c'est qu'on ne pouvait pas mettre les enfants mineurs en prison. Le problème c'est qu'il se demandait ce qu'on en faisait...

Il avait donc dans les onze ans et la vie n'était pas facile. La guerre d'Algérie battait son plein et les veuves de soldats tués ne se faisaient pas si rares.

On ne sait pas pourquoi, mais il se faisait toujours martyriser par les plus gros et plus grands que lui. Il ne se laissait pas faire, mais n'en sortait jamais indemne.

Leur bonheur à ces petits de la rue des années cinquante (on ne parlait pas encore de zones sensibles...) c'était de traîner dans les ruines encore présentes. Dans l'une d'elles, il y avait même encore un compteur électrique et le jeu consistait à placer une barre de métal sur les fils dénudés pour prendre un coup de courant. Un choc dans le bras, comme un coup porté, mais qui violentait aussi le cœur. Ce courant électrique produit par la violence de l'espace-temps, par la gravité qui attirait l'eau des barrages dans un mouvement violent faisant tourner des turbines. Plus tard, par le mouvement des neutrons et autres particules des centrales nucléaires.

Quant aux conditions de logement... La famille Krim vivait dans une cave aménagée...

L'homme en noir lui rendait visite chez lui. Il se tenait là sans rien dire à observer le gamin. Parfois ils se parlaient. Depuis le temps Anatole s'y était habitué. Un jour qu'il lui parlait, son père lui demanda :

– À qui parles-tu ?

– À l'homme en noir...

– À quoi ???

Le vieux avait pris soudain son rictus de haine.

– Tu te fous de moi ?

Et le pauvre gosse de s'adresser à l'homme en noir et de lui crier :

- Là, tu le vois pas ? Là...

Et de s'adresser à l'homme en noir :

- Dis-lui ! Dis-lui toi qui es mon ange gardien...

Le visage blanc fit signe que non... Et l'homme disparut.

Le vieux resta un moment bouche bée devant un tel culot de gosse. Mais quand ce dernier arrondit sa bouche d'étonnement, son père leva sa grande patte et tapa sur le visage, durement. Anatole se baissa, les bras repliés sur la tête et tenta d'échapper aux coups. Mais la haine du vieux était trop grande. Il tapa tant et tellement fort qu'il assomma le gosse.

Lorsqu'il revint à lui, il entendit sa mère :

— Mais qu'est-ce que j'ai fait, Allah ? Tu as vu le gosse ? il a un œil au beurre noir ! Qu'est-ce que vont dire les gens ? (Quand elle se plaignait, elle parlait avec son accent arabe imbitable).

Le vieux ne disait rien.

Anatole, une fois de plus, se sentit coupable d'attirer des ennuis à sa mère.

- C'est rien m'man, je dirai que je suis tombé...

Ni l'un ni l'autre ne se soucia de sa santé...

Anatole pensait à son ange gardien. Allait-il revenir ?

Au Prisunic, la drague était bonne.

Au cinéma *le Palace* aussi. Son grand hall servait de passage d'une rue à l'autre, grâce à une porte au fond qui donnait accès à une traboule encombrée de gravats et d'herbes folles.

C'est au magasin que la Suzon (qui méritait bien son nom) venait aguicher le client. Un jour elle portait un magnifique T-shirt bien moulant avec une belle ancre de marine imprimée qui soulignait ses petits seins ronds.

Une belle perche tendue au dragueur. Cela n'a pas manqué : elle ferra l'un d'eux en la personne d'Anatole.

— J'aimerais bien jeter l'ancre ! lui susurra-t-il à l'oreille.

Avec ses cheveux blonds divisés en deux petites couettes, elle eut un petit sourire entendu sans tourner la tête et ressortit du magasin. Anatole la suivit alors qu'elle se dirigeait vers le Palace. C'est dans la traboule qu'elle exerçait. Elle gagnait ainsi un peu d'argent. Mais Anatole n'en avait pas. Il paraît qu'elle savait très bien faire les branlettes. Mais avec elle pas de pénétration. Elle était trop jeune.

Branlette plus pelotage : fallait s'en contenter.

Pour le prix on en avait pour son argent.

En hommage à la subtilité d'Anatole, ce jour-là elle le lui fit gratis. Elle se mit torse nu, il pelota ses petits seins bien ronds. Elle attendit un peu que l'érection soit bien dure et déboutonna sa braguette. Avec ses deux mains, alors qu'Anatole massait consciencieusement ses nichons, elle déballa son pénis dur comme le fer, le décalotta ; ce qui s'avéra un peu difficile, mais elle réussit à le décapsuler. Elle n'eut pas longtemps à caresser son gland et son prépuce jusqu'à éjaculation, une fois, à longs jets, et même une deuxième fois à jets toujours aussi longs.

– Ben mon gars ! T'avais une drôle de réserve.

– Encore !

– T'en as encore ?

Et elle recommença, englua le gland de sperme pour mieux faire glisser sa petite main aux doigts si agiles et si doux, jusqu'à la troisième éjaculation. Qu'est-ce qu'il avait bien joui !

Il perdit ainsi son pucelage et son gland ne connut plus jamais le brûlant phimosis.

Balistique

Il caressait le métal froid et noir du revolver. Une cristallisation métallique de violence.

Un moyen de violence à distance. Un petit bijou qui projette au loin un petit morceau de métal pour tuer.

Quelle invention !

Boucherie

Il avait acheté un hachoir. Ces petites haches de boucher de forme rectangulaire...

Main

Tous ces moyens de tuer, c'est la main qui les utilise.

La main

Celle qui a servi à son père pour le frapper. À sa mère aussi. Ce qu'il ne sait pas, c'est que son père est rongé par le remords d'avoir frappé. D'où vient ce remords ?

Il vient d'abord et surtout de la culpabilité de se venger de son père à lui qui le frappait. Pas tellement d'avoir fait souffrir son enfant.

Posés devant lui, le revolver et le hachoir attendaient son choix.

Il décida de se punir. Lui !

Il saisit le hachoir de la main gauche, en tremblant légèrement. Il posa son poignet droit sur la planche à hacher. Le poignet de la main qui frappait.

Il respira un grand coup et frappa, d'un coup sec et néanmoins très violent. Une douleur atroce remonta le long de son bras. Le poignet s'ouvrit sur une chair blanche qui rougit aussitôt et le sang jaillit.

La tête lui tourna... mais il tint bon pour relever le hachoir, et se contraindre à regarder l'horrible plaie pour asséner le deuxième coup qui sépara définitivement la main du bras. De son moignon jaillissait un flot de sang rouge.

Ce n'était pas comme au cinéma. Le sang était plus rouge. Et il y avait la douleur. La punition.

Il sombra dans l'inconscience et l'hémorragie fit son œuvre.

Spiritus mundi....

Métro

Faut supporter ! Je suis assis sur un petit strapontin contre la paroi et je lis le journal. Un homme en costume trois-pièces noir s'assit à côté de moi.

Aussitôt il me comprime contre la paroi en poussant avec son épaule. Je ne dis rien.

Puis je lui fais remarquer :

– Vous me coincez là !

– Et alors, tu cherches la bagarre ?

– Non, je vous fais remarquer que vous me coincez.

– Si tu cherches la bagarre, tu l'auras...

Alors le type s'agite, parle fort. Il fait de grands gestes. Très agressif.

Ben moi je ne sais plus quoi faire... Je reste et étale mon journal jusque devant lui.
Si vous voulez gagner une seule solution : la violence. Mais faut être le plus fort, hein ?

TGV

Grève des contrôleurs. Je l'apprendrais plus tard. Je cherche ma place. Un type avec des grosses lunettes et un air bébête, niais même, se trouve à ma place. Je lui dis gentiment :
– Excusez-moi, mais vous êtes à ma place !
– Montrez-moi votre billet !
– Eh ? C'est le monde à l'envers là. Vous l'avez votre billet vous ? Allez, c'est ma place.
– Montrez-moi votre billet...
Bon, je décide d'appeler le contrôleur. Je ne vois pas pourquoi je présenterais mon billet à quelqu'un d'autre que lui...
Je vais donc au bar. Ils font une annonce et je finis par comprendre que les contrôleurs, il n'y en a pas. D'où quelques profiteurs... Dont celui qui se trouve à ma place...
J'y retourne. Je ne veux pas céder et je menace l'individu de le sortir manu militari de MON siège.
Il résiste ce con. À la fin, un type bien mis sur lui, le genre qui fréquente les premières classes de TGV crie :
– Si ça continue, c'est vous qu'on va mettre dehors !
Pétard ! Voilà que c'est moi qui ai tort avec mon obstination.
Je montre mon billet au connard qui est assis à ma place...
L'inertie a aussi du bon.

Pédé

Il ne faut jamais attendre que l'agresseur se lasse. Il ne se lassera jamais et plus on attend plus cela devient violent.
À l'internat au lycée on avait des box avec chacun son lit (évidemment), son armoire et son lavabo. Il y avait des douches communes.
Le pédé est venu un soir, a introduit sa main sous les draps pour me peloter les fesses. J'étais couché sur le ventre...
– T'aimes ça hein ? Qu'il disait.

Putain, que faire ?

Je choisis la solution de facilité : faire semblant de dormir. L'autre ne fut pas dupe et interpréta cela autrement...

Après un bon moment, quand le mec devait avoir une sacrée érection, je me redressai et criai brusquement :

– Fais chier ! Tu me fous la paix !

Le pédé sursauta et s'enfuit, queue basse. Il l'avait échappé belle, car il n'y eut pas de réunion ce soir-là.

En face de moi, certaines nuits, trois grands Alsaciens se réunissaient pour parler. Je les entendais. Ils admiraient les nazis et constituaient un groupe néonazi. Ces types me faisaient peur. Ils étaient plus grands que nous, presque adultes et transpiraient la violence...

Pédé (2)

À Espérance on n'avait pas grand-chose à faire dans les années soixante. Alors on faisait l'aller et retour de la rue principale. J'étais avec mon cousin, on avait dans les quinze ans. Un vieux (enfin, il devait avoir la cinquantaine) nous aborde, très gentil. Discute avec nous. Très intéressant. On était flatté d'avoir une conversation avec un adulte. Il m'a même offert une Gauloise sans filtre. Vous pensez !

Et puis il nous dit (je me souviens on était assis tous les trois sur un banc) :

– Je vous donne 40 000 francs à chacun et j'encule un de vous !

– Quoi ? Comment ?

– Je donne 40 000 francs à chacun et j'encule un de vous.

Pas gêné de répéter le gugusse !

Rien qu'à y penser, j'en ai encore mal à l'anus.

Vous pensez 40 000 francs.

Oui ou non ? ça se refuse ça ?

Ben voilà, c'est comme ça que j'ai commencé ma carrière... L'argent facile que voulez-vous...

Spiritus mundi...

Attraction

I

J'entends le Rhône me parler.

Il cause des mille voix de ceux qu'il a avalés. Assis sur la rive, sous le soleil de novembre, j'écoute cette voix intérieure du fleuve qui me parle.

Son cours roule majestueusement une eau boueuse : ces derniers jours, il a beaucoup plu. Le vent du sud, violent, voulant lutter contre cette irrésistible envie de couler, soulève des vagues contrariantes, qui tracent, en travers de sa courbe, des plis trépidants de rage.

Mais, rien ne peut arrêter ce fleuve.

Le Rhône me parle. Du rebord de la digue, je pars déjà avec lui vers de sinistres aventures....

Je me suis donné au fleuve. Ma vie ne valait plus rien.

Même lui m'a rendu. Je suis accroché aux grilles de la centrale électrique. Mon corps lavé et relavé commence à être dévoré par les habitants d'ici. Je flotte, car mon ventre s'est gonflé des gaz de la fermentation de mes tripes.

Le courant m'a déshabillé. Mes pantalons laissant le bas de mon corps dénudé enserrent mes chevilles, arrêtés par les chaussures que je porte encore.

On m'a sorti de l'eau. Comment ? Quelqu'un pleure sur ma mort ? Je croyais que seul le fleuve m'avait ouvert ses bras glacés...

Debout sur le pont suspendu, je regardai à mes pieds les remous derrière la pile en pierres de taille.

Le Rhône s'est fait beau pour m'accueillir. Il trace un grand "V" devant moi et un vaste remous remonte sur ma droite jusqu'à la digue.

Il me parle. Il essaye de me raisonner.

"Non ! Non ! Ne fais pas cela ! Si tu rentres en moi, tu ne pourras pas en sortir ! On ne vient pas en moi pour en repartir ; si je t'ouvre les bras, ce sera pour toujours..."

J'hésitai. Non pas que la peur me retînt. Non. Grâce au fleuve, la mort ne me faisait pas peur.

La nuit, éclairée par les lampadaires lointains, me fait frissonner de froid. L'eau clapote de temps en temps, lançant régulièrement un appel auquel répond un autre remous un peu plus à gauche...

Des flaques de lumière flottent à la surface du fleuve, tel un vaste maquillage sur un visage diabolique.

Depuis une heure que je le regarde, que nous nous parlons, le fleuve ne me comprend pas.

Même lui me méprise.

Maintenant, il passe en roucoulant et ricanant.

"Pauvre con ! Tu passes, indifférent à nos malheurs ! Mais ne peux-tu jamais t'arrêter ?"

Il ne répondit pas, préoccupé par le but mystérieux qu'il poursuit sans cesse...

Lorsque le gars se décida à plonger, il plia les genoux, jambes serrées, se pencha en avant, les deux bras droits derrière lui et sauta. Je sortis immédiatement de l'ombre et courut vers le parapet pour le voir tomber. Je me penchai et vis son corps tournoyer vers Lui. Juste avant d'atteindre l'eau, il pivota sur lui-même et son regard terrifié croisa le mien. Le fleuve ouvrit grand sa bouche hideuse dans un grand gargouillis de plaisir.

Le type hurla de terreur.

Ce cri fut très bref. Le fleuve reprit son joyeux clapotis contre les piles du pont. Je le saluai et disparus dans l'ombre...

Ils m'ont donné au fleuve. Je pourris depuis des semaines au fond d'une lône. Les écrevisses ont commencé à me dévorer petit à petit. Je ne peux pas remonter à la surface, bien que mon ventre gonflé me tire violemment vers le haut. Mais la corde me tient solidement le pied attaché au bloc de béton posé sur le fond.

Mon corps bouge légèrement, dans l'eau verdâtre, poussé de-ci de-là par le faible courant de la lône.

J'avais pas respecté les règles. Les quépas, je les avais vendus, mais j'avais gardé le fric.

Je me suis gerbé assez loin, croyant m'en tirer à si bon compte.

Mais, eux, ils ne vous lâchent pas quand vous les avez niqués..

Ils m'ont retrouvé, bien sûr. Et ils m'ont emmené dans les îles du Rhône. Là où il ne passe personne la nuit.

Dans la bagnole, assis à l'arrière entre deux costauds je n'en menais pas large.

J'avais déjà pris quelques baffes. Ce que je craignais le plus, c'était la chevalière du plus petit. J'en avais la gueule en sang.

Ils me demandaient où j'avais mis le fric. Tu parles !

Tout flambé. Mais plus je leur disais, plus ils se mettaient en colère et me frappaient. La trouille me serrait les tripes. Je faisais un effort surhumain pour pas faire dans les frocs.

Vous savez pas vous l'effet que ça fait quand on se doute que sa dernière est venue ? Vous savez pas hein ?

C'est horrible. La Peur vous ronge, toute dignité effacée, vous êtes capable de toutes les bassesses possibles et imaginables.

Je suppliai les gars. Leur embrassai les mains ce qui les faisait rire. Croyant les avoir attendris, j'esquissais un sourire d'assentiment.

— T'as vu ce connard, ça le fait rire. Il va crever et il rigole.

Et pan ! Un revers de main montée d'une grosse chevalière m'atteignit à la pommette !

Je me mis alors à hurler de trouille, et, tant pis, je chiai dans les frocs.

— Ça chlingue ! Il a chié dans les frocs ce minable !

— Patience, on est presque arrivé. Le fleuve lui lavera le cul !
Les phares de la voiture perçaient la nuit noire dans un chemin de terre cahotant... Mes yeux se révulsèrent lorsque je m'évanouis.

Le fleuve me réveilla brutalement lorsque je pénétrais son eau froide, accompagné d'un grand Plouf !
Mais, devant la Mort, je n'avais plus peur.
"Cette fois, c'est fini. The end ! Fine ! Ende ! Fin ! Mon histoire s'achève ici par mes noces glacées avec le fleuve..."

Lorsqu'ils jetèrent le gars dans le "trou d'enfer", ils lui avaient attaché les pieds à un anneau scellé dans un bloc de béton.
L'ignoble bouche liquide du fleuve s'ouvrit de nouveau pour avaler cette pitoyable pitance.
La voiture repartie, je m'approchai de la lône pour voir le fleuve roter sa dernière bulle après son bref repas.
Le gars n'avait même pas crié...

Vous avez vu le film "La nuit du chasseur "? Le gars, une ordure qui se fait passer pour un prêtre, cherche l'argent volé par son compagnon de cellule et caché quelque part. À sa sortie de prison, il s'introduit dans la famille de ce dernier, séduit la femme un peu conne et finit par l'assassiner. Elle ligotée dans sa voiture, il lance le tout dans l'étang. La scène où les enfants regardent dans l'eau et voient leur mère noyée dans la bagnole m'avait fasciné !
J'ai choisi de mourir de cette façon. Je suis petit, je bégaie, je réussis à rien, les femmes me fuient, je rate tout, on se fiche constamment de moi et on m'écoute jamais, je sers à rien. Je dois donc mettre ma situation en conformité avec mon existence vis-à-vis des autres : nulle.
Un seul être me parle : le Rhône. Je passe des heures, assis sur un banc au bord du fleuve et nous nous parlons, longuement, voluptueusement. Le reste du monde ne m'intéresse plus.

Aujourd'hui, j'ai décidé de le rejoindre. Mais j'ai peu confiance en mon corps pour y aller. L'effort physique doit être minime. C'est pourquoi je me suis inspiré de cette scène de "la nuit du chasseur". Je monte dans mon Ami 6 et me dirige vers le Rhône. Je descends la rampe d'accès au bas-port et m'arrête face à l'eau. C'est plus beau que la mer !

Je débraie, enclenche la première et accélère à fond en embrayant. Lorsque nous plongeons vers l'eau, ma voiture et moi, le Rhône nous ouvre les bras. La bagnole flotte un moment. Le fleuve hésite-t-il ? Je me mets alors à paniquer et j'essaie de sortir. Mais la voiture s'enfonce brutalement dans un grand glouglou. La terreur m'envahit. J'essaie de sortir, je retiens dans mes poumons le peu d'air qui me reste jusqu'à ce que je respire d'un grand coup l'eau glacée...

Par cette chaude soirée de juin, lorsque je vis arriver la vieille voiture, je compris que le Rhône allait accueillir un nouveau pensionnaire.

Je m'approchai du bord pour regarder dans l'eau qui venait de refermer ses bras sur l'automobile et son occupant. À travers l'eau claire, je vis le gars frapper frénétiquement contre la vitre.

Mais quelqu'un criait du haut des quais : "Vous avez vu la voiture tomber à l'eau ?"

Je ne répondis pas et m'échappai dans le soleil couchant...

Plus tard, je m'approchai du groupe de curieux. Les pompiers sortaient le petit véhicule. Un gars énervé expliquait aux flics qu'il avait vu quelqu'un regarder dans l'eau après le plongeon de la voiture, et quand il lui avait parlé, ce gars avait brusquement disparu.

Bien sûr, pardi ! C'était moi...

Croyez-vous ? Il s'en est trouvé bien d'autres des noyés dans l'eau du fleuve.

Il y eut par exemple l'orpailleur qui a coulé avec tout son harnachement alors qu'il tentait la traversée à la nage pour échapper à son destin. Et aussi le gars qu'il avait tué froidement d'une balle de son pistolet. Lui, il a rejoint le cours de l'eau lorsqu'une crue l'a déterré.. Comme la belle femme morte d'avoir aimé trop d'hommes.

Les pirates aussi, victimes d'une terrible vengeance du fleuve au retour d'une partie fructueuse de braconnage.

Et si on remontait jusqu'à la nuit des temps, on en trouverait des drames à raconter avec tous ces noyés que le fleuve charrie presque tous les jours...

II

Le fleuve choisit ses amis comme il l'entend. Mais son humeur est changeante.

L'ennemi d'aujourd'hui était, hier peut-être, un ami !

Par cette fraîche matinée d'août, je marche le long du quai. Tôt levé par l'angoisse qui me mine, je suis venu parler avec le fleuve. Le temps est calme et c'est tout juste si le remous du Rhône plisse légèrement la surface brillante de la "gare d'eau".

C'est lorsque j'admirais le reflet rose du levant sur ce miroir liquide que je vis le poisson sauter... Le rond qu'il traça à la surface me conta cette histoire.

Violette le rendait fou.

Lorsqu'il l'avait vue pour la première fois, il avait carrément craqué. Tellement craqué qu'il en était resté muet. Comment ! C'était possible d'être tellement heureux d'avoir seulement vu quelqu'un ? Comment c'était possible ?

Il n'avait pas pu lui parler. Au début, cela le bloquait d'être amoureux comme ça. Il préférait presque penser à elle plutôt que de la voir. Presque...

Un jour, elle lui parla. Elle avait vu dans ses yeux comment il la voyait.

— Bonjour Rémi !

— Eh ? Comment sais-tu mon nom ?

Il riait du plaisir de deviner la réponse :

— Je me suis renseignée pardi !

Ah ! Elle était jolie. Mais jolie !!!

— Vu comment tu me regardes je me sens très importante, et ça !... ça me fait très plaisir...

— Je passerais tout mon temps à te regarder.

Et voilà comment cela a commencé. Avec une jolie jeune fille, toute simple, aux longs cheveux frisés châtains foncés, aux grands yeux allongés rieurs, très sombres, une bouche fine très sensuelle, très souriante et pas fâchée du tout.

Il la prit par la main et l'emmena au bord du fleuve.

L'eau, en se retirant avait laissé des plages de sable fin entre les saules. Ils trouvèrent un nid d'amour au pied d'un osier aux verges d'or. Ce fut leur lieu de rendez-vous habituel.

Lorsqu'ils faisaient l'amour, elle soupirait longuement sous ses caresses. Il vivait encore mieux le corps de la fille en fermant les yeux... Mais il préférait la regarder quand même. Enfin, il savait plus quoi...

Ils auraient pu connaître le bonheur suprême sans la venue du chasseur.

C'est comme cela qu'il se faisait appeler. C'était l'ami de Rémi. Son gibier, c'était les filles. Il adorait les filles.

Dans son entourage immédiat, une seule manquait à son palmarès : Violette. Elle se refusait, car elle ne voulait pas faire de la peine à Rémi. Mais au fond, ses rendez-vous avec lui au pied de l'osier commençaient à la lasser un peu. Elle aimait varier les menus. Elle était aussi un peu chasseur.

Un jour, elle se laissa entraîner au pied de l'osier.

Cela la fit un peu mieux jouir de faire semblant d'être chassée. Comme cela tous les deux étaient contents.

Violette alterna ainsi ses menus. Rémi l'ignora quelque temps. Mais quelque mauvaise langue prit grand plaisir à lui apprendre qu'il jouait le rôle de Jules dans Jules et Jim, ou Jim, si vous voulez...

Une pâleur mortelle envahit son visage ! Son interlocuteur prit même plaisir à lui indiquer l'heure et le lieu des rendez-vous.

Une rage insoutenable lui envahit le cœur. Désormais, elle ne le quitta plus. Il se rendit au bord du Rhône quelque temps avant l'autre rendez-vous de Violette, s'installa dans un saule proche et assista, sans en perdre une miette, aux ébats de la fille qu'il aimait plus que tout au monde. Il atteignit ainsi son but : entretenir sa haine à son maximum possible.

La nuit tombée, Rémi, Bruno, Mathias et Martin, le capitaine, se laissaient porter par le courant du fleuve jusqu'aux lônes poissonneuses. La chaleur de l'été semblait encore figer l'espace. La nuit était noire, mais le capitaine connaissait le chemin et dirigeait la barque avec sa rame. L'autre scrutait la berge et repoussait de temps en temps l'embarcation avec sa trique.

Arrivés à proximité de l'île, ils jetèrent le filet dans un plouf discret et continu. Les pierres fixées entraînant le bas s'enfonçaient lentement laissant à la surface les bouchons du haut qui formèrent un grand arc de cercle à la surface brillante de l'eau. Le bateau en sécurité sur le banc de sable, ils halèrent le filet au clair de lune. La friture sautait en frétillant, manière de protester contre l'adversité...

À part ce bruit d'eau, et celui du fleuve, on n'entendait que le cri lancinant des crapauds et le cricri agaçant des grillons. Les hommes, habitués à travailler ensemble dans l'obscurité, ne disaient pas un mot.

Un nuage de moustiques grésillait faiblement aux oreilles. Nombreux s'étaient régalés de leur sang et, alourdis, étaient allés pondre dans l'eau les oeufs d'où sortiraient leur progéniture, ces petites virgules nageant en se tortillant pour aller respirer à la surface.

En regardant ce spectacle, la lune souriait, plissant ses yeux au-dessus de ses grosses joues blanchâtres.

Les poissons rangés dans de petites caissettes chargées dans la barque, les hommes y montèrent et ils ramèrent contre le courant tant qu'ils purent. Lorsque celui-ci devint trop fort, Rémi et Bruno sautèrent sur la berge emportant avec eux l'extrémité de la corde fixée à la barque. Pendant que le capitaine ramait, que l'autre poussait sur la trique, ils halèrent le bateau à contre-courant. L'effort était dur et la nuit noire malgré la lune estompée par une brume qui montait du fleuve. Celui-ci semblait rire du futile effort des hommes pour lutter contre sa puissance. Oui, on entendait le grave babillage de l'eau contre la berge...

Rémi pensait à Violette. À la faible clarté de la lune il voyait devant lui le dos de Bruno, tendu par l'effort. Le même dos qu'il avait vu tendu par le plaisir, couché sur Violette, au pied de l'osier aux verges d'or. De cet or jaune, chaud et précieux. Comme l'amour de Violette.

— À quoi tu penses, Rémi ? chuchota Bruno.

Rémi crut discerner comme une inquiétude dans sa voix.

Avait-il deviné ses sombres pensées ?

— À Violette ! répondit-il sans émotion dans la voix.

— Ah ? Se contenta de répondre son coéquipier.

La sueur coulait de leurs fronts, la barque glissait lentement de leurs efforts communs pour vaincre le grand cours d'eau.

Rémi l'implora pour assumer sa vengeance. Cela tombait bien, car, las de ces quatre hommes, le fleuve profita du fort courant creusant le lit très profond le long de la digue qui protège les terres extérieures du méandre.

En même temps, exactement au moment où Rémi lâcha la corde, le fleuve roula une violente meuille qui fit tournoyer la barque sur elle-même tirant violemment Bruno en arrière. Celui-ci comptant sur l'aide de Rémi ne lâcha pas immédiatement la corde. Il trébucha sur un rocher et tomba à l'eau. Le fleuve ouvrit toutes grandes ses mâchoires aquatiques et avala d'un coup l'impudent qui croyait impunément chasser sur les terres de son meilleur ami.

La barque, entraînée au milieu du courant, ne put rejoindre le bord. Au pied de la pile du pont, elle éclata en morceaux et le fleuve se régala !

Rémi resta un moment, songeur, debout sur la digue haute et repartit, empruntant un tenon des carrés de la rive concave. Il disparut ensuite dans la vorgine. Après son départ, je m'approchai du fleuve pour le saluer. Je pensai aux poissons pêchés pour rien !...

Violette attendrait-elle Bruno, demain, au pied de l'osier ?

III

La plage de galets descendait lentement vers le fond.

L'eau claire permettait de voir très profond. Les alevins, tels des flèches filant en zigzag, fuyaient à mon arrivée.

Une grosse rousse gicla vers les profondeurs quand je fis rouler un galet.

Le ciel nuageux fut brièvement généreux en laissant filtrer un rayon de soleil juste devant moi. Un éclair doré scintilla sous l'eau, presque au bord. Je m'approchai et ramassai du bout des doigts une fine paillette d'or. Elle était si petite qu'elle faisait plutôt poussière au bout de mon index !

Mais elle suffit largement pour me rappeler l'histoire de l'orpailleur.

Il se nommait Victor Furet. Le travail était dur. Pour trouver l'or, il fallait creuser, laver ce qu'on avait extrait du sol pour ne laisser que les paillettes au fond de la cuvette.

Mais le filon y était...

Alors, il creusait, creusait toujours plus et amassait un petit tas de paillettes dorées.

De quoi avait-il peur ? D'un seul événement, un seul : être découvert. Il devrait alors se battre pour protéger son filon qui était devenu sa propriété.

Un jour funeste cela arriva !

Il était occupé à son activité habituelle, extraire le plus possible de sable avec sa pelle, lorsqu'une voix ironique le saluant derrière son dos le fit sursauter :

— Salut Victor Furet !

Il sauta vers son arme sans même se retourner. Mais elle n'y était plus. Se roulant sur le dos, il regarda l'intrus.

Un type en loques, assez misérable, petit, mais avec un air malin, très malin ; il brandissait l'arme de Victor en souriant.

— T'énerve pas Victor ! J'avais pris mes précautions.

— Que voulez-vous ?

— Comment, que voulez-vous ? Je suis ton destin. Jusqu'à aujourd'hui ta vie fut trop facile. Tu n'avais qu'à creuser, creuser et tu as cru que tu serais riche. Mais cela eût été sans compter sur moi. Je suis là pour te CONTRARIER. Tu comprends ? Te contrarier ! Car sans contrariété comment pourrais-tu développer les grandes qualités qui sont en toi : calme, sérénité, sang-froid, réflexes d'acier, sagesse et rancœur nécessaire pour le combat. Juste ce qu'il faut d'agressivité pour ne pas s'emporter...

— Fichez-moi la paix !

— Je te la fiche. Mais sache que désormais je serai là, autour de toi pour te piquer ton or. À toi de le défendre !

— Qui es-tu ? Quel est ton nom ?

— Mon nom est Personne ! François Personne !

— Fiche-toi de ma gueule !

Le type sourit silencieusement...et lança au loin l'arme de Victor.

— Et tâche pas de me tirer dans le dos !

Il fit demi-tour et disparut dans la peupleraie.

Victor, après un bref moment de soulagement, se laissa aller à la déprime. Il regarda la grande plage de sable gris, la lisière des peupliers noirs, les trois milans qui planaient au-dessus de l'eau et écouta le chant des oiseaux. En restant immobile longtemps, réfléchissant à son proche avenir, il observa le manège d'un rat musqué. La bestiole avait trouvé un gisement de coquillages qui devaient être succulents à voir comment il les dégustait.

Assis sur son postérieur, il tenait le coquillage entre ses pattes de devant et l'ouvrait d'un coup de ses incisives inférieures. Il grugeait alors goulûment le contenu du bivalve. Une fois dégusté, le rat replongeait et remontait à la surface avec une autre proie. Bientôt, il repartit définitivement en nageant, son corps entier horizontal à la surface de l'eau, visible de la tête à la queue.

L'orpailleur se leva et s'approcha des restes de nourriture du rat musqué. Il ramassa les coquilles vides laissées là et pensa au bon repas du rongeur.

Il eut un pressentiment...

La soirée approchait. Après avoir récupéré son arme, il réintégra son campement, dépouilla un lapin de garenne attrapé au collet et le fit rôtir à la broche. C'était toujours cela de gagné sur l'adversité !

Les moustiques commençaient à attaquer. Ils piquaient au visage : oreille et front là où la main se porte rarement ; mais aussi aux pieds, aux poignets ; ça faisait de grandes cloques et il se grattait, se grattait, parfois jusqu'au sang. C'était le plus pénible. Aussi, la seule réplique, après le feu d'enfer qu'il allumait tous les soirs, consistait à prendre sa retraite nocturne dans la cabane qu'il avait construite la plus étanche possible. Mais ce soir, il fut porté par un autre souci. Celui de ne pas se faire voler son or. Après avoir éteint le feu, il saisit son sac de paillettes et se cacha dans un creux de sable, au pied d'un vieux saule. Il y passa une nuit affreuse, dévoré par les moustiques. Au petit matin, son visage était enflé comme une pastèque, boursouflé. C'est tout juste s'il pouvait voir entre ses chairs gonflées autour des yeux. Au soleil levé, il eut la paix et se rendormit.

Il se dirigea alors vers une tombe. La croix de chêne, très ancienne portait une inscription : "Ci-gît..." et le reste, effacé, garda son secret. Soudain François Personne se tenait debout derrière la croix. Les bras croisés, sa bouche plissée de son sourire ironique, les yeux pétillants de moquerie.

— Que veux-tu ? questionna Victor.

— Creuse ! répondit l'apparition.

— Pourquoi ?

— Pour trouver ton avenir !

— Un trésor ?

— Pourquoi pas ! Tu verras.

Et il lui tendit une pelle.

Victor la saisit et se mit à creuser fébrilement. Quand la pelle heurta le cercueil, il enleva le sable avec précaution pour faire émerger le haut de la longue caisse.

Il fit sauter le couvercle avec le tranchant métallique.

À la vue du squelette, il sursauta et recula en criant.

De gros sacs entouraient les restes de l'orpailleur. Il en sortit un. Très lourd, il annonçait ainsi déjà son contenu.

Il fendit le sac pourri du tranchant de la pelle et l'or se répandit sur le sol. Il cria de joie ! Et regarda ses pieds et ceux du squelette, ses bras et ceux du mort, sa ceinture et celle du cadavre, ses lunettes et celles de la momie desséchée. Il sortit son médaillon de derrière sa chemise élimée et vit le même qui pendait au cou du débris humain de la caisse...

Et se réveilla en sursaut, terrifié.

Un jaune rayon de soleil rassurant lui blessait l'oeil.

Il se leva immédiatement, anxieux, et regarda aux alentours s'il ne voyait Personne.

Personne...

Son sac d'or était toujours là. Il l'empoigna et se rendit à sa cabane en surveillant les abords comme un lapin sortant de son terrier. Il prit ses outils, le reste de viande de la veille et se rendit sur son chantier. Le lapin froid n'était pas trop mauvais ; il conservait ses aliments dans un garde-manger à l'abri des mouches, des rongeurs et petits charognards. Après manger, il attaqua ses travaux de terrassement.

Mais à peine eut-il donné quelques coups de pelle, qu'il sentit une présence derrière lui et se retourna brusquement.

Personne...

En se remettant au travail, la présence dans son dos fut encore plus maléfique.

Il posa ses outils, saisit son sac d'or qu'il gardait toujours à sa vue et regagna sa cabane à la lisière des arbres.

Assis à l'entrée il regarda le fleuve pendant des heures, découragé.

Et il n'y avait toujours personne. À part la faune de ces lieux qui s'intéressait à autre chose qu'à son or.

— Où est-il passé ce Personne ? Rugit-il tout à coup.

Il saisit son arme et partit à sa recherche.

— Mieux vaut prendre les devants.

Au fond, il n'était pas mécontent de changer d'occupation.

La chasse à l'homme lui plut. Il s'enfonça sous les frondaisons. La nature magnifique l'accueillit de tous ses chants. En avril, cardamines et stellaires jetaient leurs poussières d'étoiles blanches sur tous les tons de vert tendre des pelouses. Le compagnon rouge ajoute parfois une touche de rose. Le saule marsault, qui a déjà montré très tôt en mars ses chatons argentés, lâche aujourd'hui ses fins cotons diaphanes dans le souffle de vent qui apporte tous les parfums du printemps. Bientôt ce sera au tour du saule et du peuplier de faire neiger les feuilles des arbres de lourds flocons blancs.

Soudain, un cri éclata au-dessus de lui ; il leva son pistolet et tira. Le geai s'envola en râlant.

"Allons, calme-toi !" Se dit-il amer. Il perdait son sang- froid. De quelles qualités Personne lui avait-il parlé ?

Le geai annonçait la futaie de hêtres. Les longs troncs montaient très haut dans le ciel de feuilles tels des piques plantées là par les dieux.

Toujours personne...

Son estomac gargouilla violemment. Il n'avait pas pensé à amener de la nourriture et décida donc de faire demi-tour. Au coucher du soleil, il dépassa la lisière de peupliers. Une fumée ténue montait de devant la cabane. Des rires grossiers montaient dans le calme soir de ce printemps. En contournant la précaire construction, il vit les quatre gars, assis autour du feu. Ils mangeaient ses lapins avec grand plaisir. Le type assis en face le vit arriver ; d'un signe aux autres, il établit le silence et ils se levèrent lentement. Ceux qui tournaient le dos le firent en pivotant doucement pour, debouts, se trouver face à Victor.

— Qu'est-ce que tu veux petit ?

Lui demanda le plus grand.

— Vous êtes chez moi !

Répondit-il sur un ton calme, mais décidé qui en disait long sur sa détermination.

— Comment ça chez toi ?

Répliqua l'intrus. Et il éclata de rire en se tournant vers ses collègues.

— Chez toi ? Fous le camp ! Ici c'est chez nous. T'as réservé la place à qui ? À Dieu le père ? Fous le camp !

Victor sortit son arme de sa poche revolver, ajusta le grand type et tira. L'intrus tomba à la renverse en roulant des yeux en bille de loto. Une grande fleur rouge apparut sur sa poitrine. Les autres ne restèrent pas surpris longtemps. Ils sautèrent de côté en plongeant. Victor en visa un autre qu'il manqua : le type roula sur lui-même et rendit la visée difficile. En un clin d'oeil les trois survivants étaient à l'abri. Ils se dispersèrent dans la forêt...

Après avoir récupéré un peu il décida d'enterrer le type qu'il venait de tuer. Désormais, il ne pouvait continuer à travailler ici en paix. Les autres n'en resteraient sûrement pas là. Ils reviendraient pour le surprendre. Il n'avait pas de temps perdre et devait prendre une décision énergique : fuir !

En creusant le trou, il pensa à l'or qui attendait que quelqu'un se serve dans tout ce sable...

Le cadavre semblait sourire au fond de son trou quand il jeta la première pelletée de terre. Ensuite, il mit le feu à sa cabane. Une longue flamme monta vers le ciel. Il avait enterré le type presque au bord de l'eau. Lors de la crue prochaine, le fleuve déterrerait le cadavre et l'emmènerait bien loin d'ici. Quant à lui, sa décision était prise. Il traverserait. À la nage, il traverserait le fleuve. De l'autre côté, beaucoup d'or l'attendait. Il fixa sa pelle et sa cuvette sur son sac à dos dont il passa les bretelles aux bras. Il l'attacha également à sa taille et s'avança vers l'eau.

Elle était glacée. Lorsqu'il fut immergé jusqu'aux épaules, il se lança à la nage. Après quelques mètres le courant devint très fort ; une meuille le fit tournoyer sur lui-même ; il réussit à s'en extraire ; mais au lieu de se déplacer à la nage transversalement, le courant l'emportait vers le sud...

Un froid glacial commençait à envahir ses muscles. Il fallait nager de biais en se laissant porter par le flot puissant. Ne pas arrêter les mouvements en souplesse sinon la crampe menaçait. Mais veiller aussi à éviter l'épuisement qui faisait couler brusquement à pic.

Il n'avait parcouru que le tiers de la largeur du lit et ne progressait plus que dans le sens du courant. Finalement, devant la vanité de ses efforts, il décida de rebrousser chemin, car la distance qui le séparait de la berge d'où il venait était bien plus courte que celle qu'il lui restait à traverser. Mais le courant violent le maintenait obstinément dans son axe. La distance avec les rives restait rigoureusement constante. Le fleuve ne le lâchait plus.

Il était perdu...

L'engourdissement l'envahissait peu à peu. Déjà, l'épuisement lui faisait oublier les mouvements de jambes.

Son corps, petit à petit, pivotait dans l'eau pour se placer presque à la verticale. Son sac et ses vêtements devenaient lourds comme du plomb. Il voulut s'arrêter de nager un court instant pour se reposer. Mais il avait oublié qu'il n'était plus à l'horizontale. Lorsqu'il cessa le mouvement de ses bras, à la première expiration, il coula. Le peu de forces qui lui restait lui servit à remonter à la surface. Il se laissa entraîner par le flux froid qui l'absorbait littéralement vers les profondeurs. Soudain tout lui fut indifférent. Sa tête passa de nouveau sous la surface et comme il continua à respirer ses poumons accueillirent sa première tasse. Elle le réveilla. Il émergea encore une fois et toussa avec douleur. L'air expulsé de sa poitrine augmenta brutalement sa densité. Il coula de nouveau et réussit encore à remonter à la surface en battant des mains.

Mais de plus en plus difficilement, mollement, sans conviction. Son corps, son âme, étaient glacés. Comme la mort.

Juste avant de couler une dernière fois, il regarda la berge d'un oeil indifférent troublé par l'eau.

Ses yeux au ras des flots, il vit Personne qui lui faisait adieu de la main. Il crut l'entendre crier quelque chose comme : "Tu croyais rester tout seul ? Il fallait compter avec les AUTRES !"

Lorsque Victor coula, l'autre éclatait de rire...

IV

À chaque moment qui passe, le fleuve exprime sa puissante virilité. Il roule ses muscles de tous les instants dans son lit profond. Il s'y tourne et s'y retourne pour mieux se montrer et parfois étire ses bras sur les rives en remontant le courant pour lascivement se détendre du plaisir à venir. Je l'imagine, avant l'amour, lorsque le corps se prépare à vivre ce qu'il préfère...

Ce clair matin d'été, il est huit heures trente lorsque je vois passer sur le quai un jeune type, un peu efféminé, l'air grave. Préoccupé, mais visiblement décidé à faire face à l'adversité. Il descend sur le bas port et attend, indifférent au fleuve qui vit juste à côté de lui.

Lorsque la voiture descend la rampe d'accès, il se tourne vers elle, attentif et sur ses gardes. Le petit véhicule blanc s'arrête près de lui et une belle jeune fille en descend. Elle reste derrière la portière ouverte. Le gars lui parle en s'approchant d'un air volontaire. De loin, il a l'air de l'engueuler !

Effectivement, arrivé près d'elle, il lève la main pour frapper. Sa colère est si grande qu'il n' a pas remarqué la protection de la portière qui gêne son mouvement et permet à la fille d'esquiver le coup maladroit.

J'entends des éclats de voix. La fille est vraiment très jolie. Les cheveux en queue de cheval mettent en valeur sa nuque élancée. Un visage allongé au-dessus d'un corps dont le haut est emballé dans un chemisier de soie jaune et les longues jambes moulées dans une jupe serrée juste sous le genou. La jeune femme n'a pas peur. Elle fait face avec courage et s'approche du gars avec des petits pas imposés par le vêtement étroit... Elle parle en agitant les mains, menaçant le jeune homme. Celui-ci recule un peu, sûrement surpris par la contre-attaque. Après quelques secondes de copieuse engueulade, il tente de la frapper maladroitement.

Elle esquive bien les coups et le frappe sec d'un direct du droit. Je vois distinctement le masculin visage tressauter en essuyant le coup. Pas tendre la fille !

Il parle alors très fort, mais en pleurnichant :

— T'as vu comme t'es habillée ? Comme une salope ! J'ai honte...

Le reste de la phrase et la réponse se perdent dans un bruit de moteur de camion passant sur la nationale. Il la pousse des deux mains sur les épaules et reprend un coup de poing sur l'autre pommette. De son recul devant les coups, elle profite pour rejoindre sa voiture, enfiler ses longues jambes serrées devant le siège après y avoir posé ses jolies fesses et démarrer en trombe. Lui, il continue l'invective.

Lorsqu'il me croise sur le quai, quelques minutes plus tard, je suis étonné de voir un sourire attendri sur ses lèvres et une passion évidente briller dans ses yeux.

Un peu voyeur sur les bords (vous l'aviez remarqué n'est-ce-pas ?) j'ai goûté pleinement cette scène après tout très érotique, devant le fleuve ironique coulant sa mâle assurance.
Quelques minutes plus tard, un bateau de plaisance, voiles roulées et moteur à fond remonte le cours d'eau en peinant. Sur le pont, une fille en maillot de bain se fait bronzer. En m'apercevant de loin, elle me fait un signe de la main...
Le fleuve a une autre histoire à me raconter...

Nous étions en avril. Depuis plus d'un mois déjà l'horreur était entrée définitivement dans sa vie. Une noire culpabilité rongeait ses nuits sans sommeil. Et, quand il dormait, de sombres rêves le hantaient. Oui ! Le hantaient ! Le mot est juste !
Un tribunal le jugeait toutes les nuits pour un crime qu'il n'avait pas commis. Et au lieu de dire qu'il était innocent, il répétait comme un idiot qu'il avait agi en état de légitime défense...
Un coup de sonnette le sortit de sa rêverie en le faisant sursauter.
— Qui cela peut être ? Demanda-t-il tout haut.
Et il alla ouvrir. Dans la petite rue, il pleuvait toujours à seaux. Un type assez grand, dans un imper un peu étriqué et sous une casquette de marin, debout sous la pluie devant la porte lui présentait une carte :
— Inspecteur Fiume. Puis-je entrer ? Vous avez vu ce qui tombe ?
— Oui, je vous en prie, entrez.
"Cela doit être pour ma déclaration de disparition." Se dit-il. Mais l'angoisse lui serrait la poitrine. Lorsque l'inspecteur lui passa devant, et qu'il ne pouvait donc pas le voir, il respira à fond, lentement, sans faire de bruit.
Il se préparait à affronter son conflit intérieur. Une partie de lui-même le poussait à dire la vérité, l'autre échafaudait déjà toutes les réponses qu'il avait mentalement préparées.

Ils montèrent quelques marches et entrèrent dans la cuisine. La pièce commune. Un laisser-aller évident lui donnait un air de lassitude. Un énorme tas de vaisselle pas lavée trônait dans l'évier. Des verres sales, le fond écaillé de lie de vin séchée, encombraient la table. Une odeur de moisi et de mégots sautait au nez.

— Et bien, Monsieur, l'absence de votre femme frappe aux yeux ! Ne vous laissez pas aller !

Il sortit un papier de sa poche et poursuivit :

— Bien ! Vous avez déclaré la disparition de votre femme, il y a trois semaines au commissariat. Depuis, aucune nouvelle ?

— Non. Aucune.

— Bien !

Dit-il, et il compulsa un petit carnet.

"Ce qu'il est agaçant avec ses "biens"! Songea-t-il. "Ma femme disparaît, et il dit : "Bien". Quel con !"

— Bien ! Nous avons fait une enquête de voisinage. Il paraîtrait que vous ne vous entendiez plus très bien avec votre femme ?

— Comment ça ?

— Eh bien, j'ai ici le témoignage de vos voisins, vos amis, votre famille. On vous a vu vous disputer avec votre femme un peu partout. Au marché, au bistrot. Quand vous vous disputez chez vous, on entend les éclats de voix jusque dehors !

— Oui...

— Bien ! Et alors ?

— Et alors !... Et alors !...

— C'est vrai ou c'est pas vrai?

— ...

— Vous refusez de répondre ?

— Non ! Non ! C'est vrai ; ma femme est trop belle. Elle aime trop être trop belle ! Elle plaît...

Je comprends, bien sûr. Mais, lui connaissiez-vous une liaison particulièrement stable ?

Il se leva, en colère !

— Qu'est-ce que vous voulez que je vous dise ? Que je vous donne le nom de tous ses amants ? Oui, elle se fait sauter par des tas de gars ! Oui ! Je suis fou de jalousie. Dites-le ce que vous

pensez, qu'elle est partie avec l'un d'entre eux. Dites-le ! Allez !
Dites-le !

Le flic le regardait d'un air un peu triste, mais visiblement, il
était mauvais comédien, car on voyait nettement le sourire ironique de ses yeux.

Mais le mari trompé fit semblant de ne pas y prendre garde. Il
s'approcha de la fenêtre pour regarder la pluie tomber.
Quelques secondes de détente... Le flic respecta sa brève méditation, attendant qu'il reprenne la parole...

— Peut-être que vous avez raison. Elle s'est enfuie avec un gars.
Mais elle a quitté le domicile conjugal. Il fallait donc que je le
déclare officiellement. De toute façon, toute la ville sait que je
suis cocu. Alors...

— Bien ! Vous maintenez donc votre déclaration de disparition ?

— Oui !

Il était resté le dos tourné, le regard à travers la fenêtre. Au
bout de la rue, au loin, il apercevait le Rhône.
Le flic se leva et s'approcha derrière lui.

— Cette pluie qui ne finit jamais, dit l'inspecteur. Le Rhône
monte très vite. Il est à craindre qu'il n'envahisse bientôt les
rues...

— Oui ! Ma cuisine, un peu surélevée, me met à l'abri de la
montée des eaux...

— Surveillez votre cave quand même !

Cette phrase le fit blêmir. Heureusement, il tournait le dos à
Fiume qui ne s'aperçut de rien. Même s'il s'en était aperçu, d'ailleurs...

— Bien ! Allez ! Je vous laisse. Si vous apprenez quelque chose
de nouveau, prévenez-moi immédiatement.

— Comptez sur moi, dit-il en se retournant et en tendant la
main. Je vous laisse partir. Vous connaissez le chemin, maintenant.

Il reprit sa contemplation de la pluie...

Le Rhône montait. Lentement mais sûrement.
Inexorablement.

Dans la cave, l'eau de la nappe avait déjà atteint un mètre cinquante de hauteur. L'eau était claire. Sauf à un endroit, où la terre battue fraîchement remuée la troublait rapidement...

Le fleuve arrivait d'abord par là avant de rentrer dans la rue. Mais cela n'arrangeait pas le propriétaire des lieux. De plus, très troublé par la disparition de sa femme, il n'avait pas fait le plein de fioul...

La cuve au trois quarts vide, poussée par l'énorme pression du fleuve souterrain, tirait très fort sur ses fixations et attendait le moment propice...

En pleine nuit, alors qu'il avait finalement succombé à un sommeil peuplé de cauchemars, une violente explosion, suivie de craquements, ébranla la petite maison. La cuve, une bombe lancée par le principe d'Archimède, avait crevé le plafond de la cave. Son départ précipité de la masse d'eau qui la poussait vers le haut y créa un violent remous et une aspiration qui vida le trou creusé voici quelques semaines par l'occupant des lieux, et mal rebouché.

Le cadavre décomposé de sa femme remonta à la surface en battant des bras. Le combustible s'échappa de la canalisation arrachée et s'enflamma sous l'étincelle électrique du court-circuit.

Lorsque l'assassin descendit pour voir, la cuve, rentrée dans sa cuisine lui explosa à la figure !...

Le Rhône choisit ce moment pour passer par-dessus le parapet de la digue et envahit brutalement la rue. Les pompiers, débordés par la tâche, eurent bien des difficultés pour éteindre l'incendie...

Assis à l'arrière de la barque, je regardais, ironique, les flammes monter dans le ciel. Le Rhône puissant étalait ses muscles dans la rue. Au-delà des cris des sauveteurs, j'entendais distinctement son rire clair dans le clapotis de l'eau sur les façades des maisons.

V

Ce soir le Rhône est rouge d'un coucher de soleil sanglant. Il montre toute sa violence par son courant impétueux qui soulève de violentes vagues, tourbillons et larges meuilles. C'est quand il y a le vent du sud. Le vent des fous...

Dans le reflet du soleil couchant, je vois un chanteur de rock chanter.

La mort l'accompagne...

Vous connaissez la route nationale 86 ? Une route magnifique qui serpente le long de la vallée du Rhône. Qui le suit partout pour qu'on puisse mieux le voir s'il n'y avait cette voie de chemin de fer avec ses quatre serpents d'aciers qui se coulent avec le fleuve et que la route traverse et retraverse sans se lasser de cette concurrence.

C'est le long de cette belle nationale qu'a eu lieu le fameux concert des Chisels.

Un concert au bord du Rhône, il fallait le faire ! Une idée géniale ! Mais c'était sans compter sur ses maléfices...

Quand les premiers spectateurs arrivèrent, le soleil rouge se reflétait sur le miroir de l'eau. Le Rhône avait pourtant l'air tranquille ce soir-là.

Le bar marchait fort, car il faisait très chaud. Les canettes débitaient...

Le vent du sud se leva, brusquement violent quand le premier groupe démarra. La pelouse devant la scène était noire de monde. La première canette vola à la deuxième chanson. Avec courage, le groupe continua à jouer et chanter sous une pluie de projectiles. Les gars avaient la tête toute bosselée et des bleus plein la gueule. Tout à coup, on ne sut pas pourquoi, la tension monta d'un cran et dix types crasseux montèrent sur scène et se mirent en ligne brandissant des nerfs de bœuf face à la foule et tapant avec de larges gestes de leurs bras sur les types du premier rang.

Cela eut l'air de calmer ces derniers. Le "service d'ordre" redescendit à sa place naturelle et le concert se poursuivit.

À l'entracte, la tension était montée de plusieurs crans.

Un paquet de gars étaient choutés ou beurrés. ça se voyait trop. Le service d'ordre amena des barrières de police pour aménager le no man's land de sécurité indispensable lors de tels concerts. Le gars de la sono sur son perchoir au milieu du public fut également protégé. Le responsable du groupe se présenta devant les organisateurs, la figure toute cabossée par les projectiles.

À la reprise, lorsque les Chisels attaquèrent leur première chanson il devint évident que ça tournerait mal. À l'intérieur des barrières de police, entre la scène et les spectateurs, une drôle de faune piétinait. Des gars aux cheveux longs, aux jeans délavés, avec des lames de rasoir en guise de boucles d'oreilles, des croix gammées pendues au cou et des drôles de chapeaux. L'un d'entre eux portait une inscription dans le dos : « Hells Angels ».

C'est quand le chanteur des Chisels attaqua "(get your kicks on) route 86 (live)" que tout bascula.

Les spectateurs hurlaient d'excitation. Le chanteur, en tortillant du cul et en ondulant comme une liane autour de son micro commença à crier "thank you". La guitare basse lança son rythme sourd. La batterie rajouta sa graine de violence rythmée à la guitare électrique qui méritait bien son nom.

Bien plus loin dans la chanson, quand il attaqua, sur un rythme endiablé : "get your kicks on route 86", on vit apparaître les queues de billard dans les mains des Hells Angels.

Les types du premier rang prirent la trouille. Mais ils étaient coincés par la foule. Ceux du troisième rang, plus courageux parce que protégés par plusieurs couches de chair humaine, insultèrent copieusement les Hells. L'un d'entre eux leva sa queue de billard et frappa. L'objet en bois dur se brisa. On entendit le craquement (du bois ou du crâne ?) malgré la sono hurlante. Les types du premier rang tentèrent d'échapper au massacre naissant par la seule issue qui se présentait à eux : la scène. Mais le service d'ordre avait des instructions précises : en aucun cas ne laisser les spectateurs y accéder !

Le premier qui passa fut attrapé par deux costauds et lancé dans la foule. Il eut de la chance...

Le deuxième fut le premier à y laisser la vie. Il prit un violent coup de queue de billard sur la nuque alors qu'il tombait de l'autre côté de la barrière de police. Mais le long morceau de bois glissa sur ses épaules ce qui lui laissa le loisir de plonger sur les jambes du matraqueur. Ce dernier tomba à la renverse et fut lapidé de coups de pieds par les autres spectateurs qui avaient réussi à passer les barrières de police. Les Hells Angels prirent peur. Ce qui, contrairement à ce que l'on pourrait penser, fut très mauvais pour leurs adversaires. Les queues de billard montèrent bien plus haut avant de porter leurs coups bien plus précis. Chaque queue cassée était remplacée. Les quelques premiers morts calmèrent les ardeurs des suivants. Mais le nouveau premier rang des spectateurs fut à son tour écrasé devant les barrières de police par la foule hurlante et excitée. Et sa seule issue fut la fuite en avant...

Le groupe des Chisels continuait à jouer et chanter comme si rien ne se passait... Les spectateurs ignoraient toujours le drame qui se déroulait à quelques mètres d'eux et l'alimentaient en poussant toujours plus le rang de devant pour mieux s'approcher du chanteur... Bientôt, le fleuve humain renversa la digue des barrières de police... Les manieurs de queues de billard furent engloutis sous la marée humaine, piétinés, écrasés, battus à mort. Les autres grimpèrent lestement sur scène pour lyncher les Chisels qui échappèrent de justesse à ce sort funeste.

Ce fut donc un vrai massacre.

Lorsque tout s'arrêta enfin, des dizaines de morts et blessés jonchaient le sol. De longues flammes montaient sur le côté droit de la bâche du podium. Le feu provenait de l'incendie du matériel électronique allumé par les spectateurs furieux. Les pompiers installaient de longs tuyaux pour éteindre les flammes avec l'eau du fleuve. Les ambulances et les voitures de police jetaient sur la surface du Rhône leurs éclairs bleus tels des milliers de martins-pêcheurs volant en rase-mottes.

Avec ces clins d'œil bleu, il semblait ricaner en coulant devant la connerie des hommes.

Comme d'habitude, la route nationale 86 l'accompagnait, impassible...

Quittant le champ de bataille et ses blessés, je m'approchai du fleuve. La nuit tombée, seules les lumières vives des véhicules de sécurités flashent sur la surface de l'eau.

Ça va. Le Rhône s'est calmé.

La Lône

I

Le Fleuve (pourquoi la majuscule ?) est en crue. Sa couleur blanc métallique de loin devient brunâtre de près. L'eau charrie une grande quantité de limon. Elle a arraché en amont une épaisse couche de sol, des souches d'arbres que l'on voit flotter au fil du courant et des quantités de déchets de toutes sortes. Tout va à la mer qui digérera tout cela.

J'attendrai la décrue pour aller voir ce que les eaux ont laissé sur la vase et dans les branches des arbres.

On n'y trouve guère de choses intéressantes à part les plastiques qui flottent au vent telles les bannières de la pollution des hommes, fantômes évanescents de la vanité de leurs productions.

Je n'y ai jamais rien découvert qui vaille la peine d'être récupéré, sauf, un jour de printemps, après la crue rapide et une baisse des eaux aussi vive, je repérai du haut des quais, coincé dans les branches d'un saule, devinez quoi ?

Un livre ! Oui, un livre. Un vieux livre. Un antique livre en parchemin enluminé que le fleuve avait préservé pour que les histoires qu'il raconte puissent être lues un jour. Je suis descendu au bord de l'eau, j'ai grimpé aux branches du saule et j'ai attrapé le livre du bout des doigts, les bras tendus par l'effort d'équilibre. Le livre enfin entre les mains, je le feuilletai fébrilement. Bien que de nombreuses pages fussent devenues illisibles, le texte presque effacé, il subsistait tout de même de longs passages intacts.

Incroyable non ?

Au bord du fleuve, caché dans la vorgine, à l'abri de tous les regards, vit le petit peuple du fleuve. Ne cherchez pas, vous ne le verrez jamais.

Dans leurs villages, au cœur des lônes, ils construisent de grandes galères pour voyager le plus loin possible. Mais, ils sont petits et le fleuve est grand. Et puissant, très puissant...

Ils vivent de la pêche et de la chasse.

Parfois, pour célébrer les jours de vie qui leur ont été accordés, les Djinns fêtent leur dieu. Ils allument un grand feu au bord de la lône et dansent en rond autour des flammes.

Le petit peuple des lônes combat pour survivre.

Et dans ce combat d'illustres chasseurs sont entrés dans la légende.

Abdul, le grand pêcheur de monstres, s'était concentré toute la nuit sur son combat du prochain lever du jour.

Il savait que l'adversaire, une fois de plus, serait dur à abattre. Mais il vaincrait. Il en était sûr, car il avait vaincu à chaque fois.

Le monstre avait été repéré par une galère de marchands il y a quelques jours. L'embarcation bénie des dieux l'avait suivi doucement jusqu'à son antre.

Cela se passa dans les grandes étendues calmes reliées au sud à l'infinie puissance des eaux par de larges canaux.

L'océan impétueux dont les vagues coulaient rageusement toujours vers le sud avait été clément pour les voyageurs.

Jamais aucun d'entre eux n'avait pu traverser l'immensité liquide pour aller de "l'autre côté". La rage constante des flots surpassait toujours la force des rameurs. Quant au vent, il soufflait si rarement en travers du courant puissant... Les galères suivaient parfois la rive où la fureur des eaux se calmait, mais souvent empruntaient les innombrables bras qui serraient les terres fertiles des Djinns contre les flancs du puissant dieu des eaux.

Le chef de galère, qui avait repéré le monstre dans l'eau verte par les remous qu'il produisait et la vaste ombre noire qui se déplaçait sous la surface, avait prévenu le capitaine le triomphe dans l'œil, car, à qui repérait un monstre, fortune était acquise.

Lorsque la galère avait accosté au port, le capitaine avait annoncé la nouvelle au porte-voix. Aussitôt, ce fut la liesse et la fête battit son plein toute la nuit.

Le lendemain, la flotte de Raham, patron chasseur, quitta les quais pour se rendre vers le domaine du monstre. Les vaillants ouvriers du Piège ne cherchèrent même pas le monstre. Ils installèrent tronc flottant et câbles ; les lestes plongeurs guidèrent l'énorme pieu que les superstructures des bateaux-piégeurs enfoncèrent petit à petit dans le fond de l'eau. Pas très loin de là, le monstre, son vaste bec aplati fermé sur ses dents acérées, regardait la scène de ses deux yeux stupides placés de chaque côté de son front étroit. Il n'avait pas faim et il y avait trop de mouvements et de bruits.

Bientôt, le calme revint, les galères parties laissant sur place une curieuse installation. Mais le monstre s'intéressait uniquement à sa nourriture...

Juste avant le lever du jour, les trompes sonnèrent l'éveil.

L'ensemble du petit peuple se rassembla sur les quais, écouta la harangue de Djour, grand prêtre des monstres et embarqua sur la flottille des embarcations disparates pour se rendre sur le lieu du sacrifice.

La galère de Djour montrait le chemin. Abdul, debout en proue, défiait le monstre...

Ils naviguaient dans de vastes étendues d'eaux calmes.

C'était l'hiver et il faisait froid. Mais l'eau n'était pas gelée. Les dieux Arbres semblaient menaçants sans leurs feuilles. La nourriture était devenue rare et la chair du monstre nourrirait tout le peuple des saules...

Après avoir navigué sans hésiter dans ce réseau complexe de marais profonds, sur un signe du chef de galère, les esclaves remontèrent leurs rames. Les vaisseaux et autres embarcations glissèrent alors silencieusement sur la surface calme des eaux. Les voiles, inutiles par ce temps calme avaient été amenées.

La vue de la superstructure du piège, visible au loin, avait motivé l'ordre du chef de galère.

L'équipe de mécaniciens accosta assez loin du piège et monta rapidement la grande roue à cliquets qui serait actionnée par d'innombrables esclaves pour haler le monstre. Pendant ce temps, le cordier, debout sur une barque à quatre rames actionnées par de solides galériens, s'approcha du pieu dépassant la surface de l'eau. Il y attacha l'extrémité de la longue corde enroulée dans sa barque. Il se retourna vers la galère du prêtre et leva les deux mains qu'il croisa ensuite dans un solennel signe du bon travail accompli.

Abdul plongea et s'approcha du pieu à la nage d'un mouvement souple de poisson. Le moment le plus dangereux, car le monstre pouvait alors le saisir de ses mâchoires puissantes.

Mais rien ne se passa. Le cordier jeta à l'eau un appareillage très brillant juste avant qu'Abdul n'arrive à proximité, détache le flotteur qui maintenait cet appareillage à flot et se le fixe autour de la taille. Il saisit ensuite le harpon en arc de cercle, fixé à l'autre corde reliée au tambour à cliquets, et pendu au bord de la barque. Celle-ci s'éloigna rapidement alors qu'Abdul commença à tourner autour du pieu de sa nage puissante en scrutant l'eau trouble. Parfois, il plongeait et battait des pieds pour attirer la créature. La corde qui le reliait au pieu était solide. La graisse qui enduisait son corps le protégeait du froid, mais pas trop longtemps. Ce qu'il craignait par-dessus tout, c'est que rien ne se produise.

Alors, le grand prêtre dirait qu'Abdul n'intéressait plus le monstre et donc ne pourrait plus l'attirer et le chasser. La mort serait alors sa seule consolation.

Heureusement, il n'eut pas à attendre longtemps. Il sentit dans tout son corps l'eau vibrer sous le vigoureux coup de la queue puissante et se prépara à l'attaque, muscles et nerfs tendus.

Au moment où le soleil se leva, il vit les yeux stupides briller dans les profondeurs de l'eau. Il s'arrêta de nager et se contenta de battre des pieds pour attendre le bref combat.

À une vitesse inouïe le monstre s'approcha, devenant énorme dans le champ de vision d'Abdul, et, d'un dernier coup de nageoire, se lança vers lui, la gueule grande ouverte. Ses dents et la corne de son bec : voilà ce que le chasseur devait éviter à tout prix. Et pour cela, il n'avait qu'une fraction de seconde. À peine !

Au moment même où les énormes mâchoires se refermèrent sur lui, d'un fort coup de talon sur la langue du monstre il s'introduisit brutalement au fond de sa gorge, là où la chair est tendre, il put planter son harpon. La bête avait fermé la bouche pour broyer et avaler, mais, sous l'effet de la douleur, elle l'ouvrit immédiatement pour souffler hors d'elle cette piqûre. Et sans le savoir, comme à chaque fois, elle souffla le chasseur, mais pas la douleur...

Un autre moment délicat pour ce dernier. Il devait se débrouiller pour ne pas être vu par le monstre qui fit immédiatement demi-tour pour se réfugier dans son nid. Abdul nagea rapidement vers le pieu. Une deuxième surprise attendait le grand gibier : alors qu'il regagnait son antre, une violente douleur à la gorge le bloqua brusquement dans son élan ! Le harpon courbe planté dans sa viande le reliait à la roue à cliquets bien arrimée sur la berge. Abdul lui, s'était réfugié sur le pieu.

Immédiatement, les esclaves, en ahanant, commencèrent à faire tourner la roue qui enroulait la corde et rapprochait inexorablement le monstre de la mort. Celui-ci résista longtemps. Mais, au coucher du soleil, son corps gisait sur le bord. Sorti de l'eau et bien mort.

À la lueur de grands feux, les hommes dépecèrent sa chair succulente et la chargèrent dans les vaisseaux. Ses arêtes fourchues serviraient d'armatures aux huttes des Djinns, le petit peuple du fleuve.

Une fois de plus, Abdul, par son courage, sa résistance au froid, ses réflexes et sa force musculaire, avait permis de vaincre le monstre. Le peuple aurait de quoi manger pour longtemps, car c'était l'hiver et le froid conserverait la chair.

Abdul aurait sa récompense...

La viande pêchée dans l'eau était vitale pour les Djinns.

Sans elle ils mourraient de faim.

Là-haut, très haut dans le ciel gris, au sommet des arbres, les corbeaux défendaient leur nid. La buse, de son vol lourd, battait lentement ses grandes ailes échancrées en essayant d'atteindre les œufs. La faim la tenaillait, mais les corbeaux tenaient à leur progéniture. Bien plus agiles, ils se débrouillaient pour passer au-dessus du grand rapace pendant que d'autres croassaient bruyamment sous lui pour attirer son attention. La buse lançait des *pîîîhhh* de douleur lorsque les corbeaux lui piquaient la nuque de leurs gros becs durs comme des épées. Et elle se laissait tomber sur les corbeaux du dessous, mais gênée par les arbres elle virait lourdement de bord. Les oiseaux noirs réussissaient ainsi à l'éloigner de leurs nids.

"Adieu les œufs !" pensa Thaouf en regardant la scène. Mais l'inquiétude lui rongea désormais l'esprit jusqu'au bout de sa chasse. Il s'assit au pied des racines de l'arbre gigantesque et se coucha pour dormir un moment à l'abri des prédateurs. L'attente serait de courte durée ; le temps que la buse s'éloigne était mis à profit pour récupérer ses forces après la longue marche périlleuse du chasseur.

Pendant ce court sommeil, Thaouf rêva de sa proie. Le grand seigneur Lièvre tapi dans son gîte des hautes herbes de la steppe... Bien sûr, Thaouf vaincrait et, s'il le fallait, il enterrerait la bonne viande dans le sol à l'abri des buses et corbeaux. Il allumerait un grand feu pour appeler ses équipiers qui rapatrieraient la nourriture à la cité, le grand port du Fleuve...

Quelle autre vie mériterait-elle d'être vécue que celle de chasseur ?

La satisfaction de son désir le rasséréna. Malgré un sentiment de danger latent, il s'endormit profondément quelques minutes.

Le sommeil fit lentement remonter la peur de la buse à la surface de sa conscience et le réveilla en sursaut.

Il saisit son arc, sa lance et repartit vers le couchant.

Vers la steppe, territoire du seigneur Lièvre.

En grimpant à un arbrisseau, il repéra la bête couchée dans son gîte, les pattes antérieures dirigées vers son prochain départ. Elle lui tournait le dos et le vent de face était favorable. Il descendit de son arbre tel un félin silencieux et commença sa manœuvre d'approche de manière à rester toujours face au vent, la bête devant lui, mais du côté.

Seigneur Lièvre était sur ses gardes, prêt à bondir au moindre signe de danger. La flèche de Thaouf le surprit lorsqu'elle se planta dans son épaule. Il bondit immédiatement, maladroitement, cet épieu lui labourant les muscles. Lorsqu'il se reprit sur les pattes antérieures, la douleur le fit tomber en avant. Un temps précieux perdu.

Mais il rebondit sur ses puissantes pattes postérieures.

Thaouf jura comme un charretier ! Il avait manqué sa proie !

Il eut beau invoquer les dieux de la chasse, rien n'y fit.

Sa flèche avait raté le cou du grand gibier et s'était plantée dans l'épaule. Il l'avait vu nettement, précisément, comme dans un ralenti moqueur...

C'est alors que la buse s'envola au-dessus des herbes, non loin de là. Elle s'était également postée près de Lièvre, silencieusement, attendant son heure. Et Thaouf, ce minable chasseur lui avait fourni l'occasion.

Lièvre s'épuisa rapidement dans sa course folle et le rapace fondit sur lui lorsqu'il s'effondra, exsangue. Thaouf observa longuement la mise à mort et le repas.

Le grand oiseau se mit debout sur le rongeur et commença à arracher de grandes touffes de poils en tournant la tête brutalement de droite à gauche pour les lancer dans le vent.

Pour tirer de son puissant bec crochu des morceaux de viande et d'os, il baissait la tête, l'on voyait alors nettement ses épaules étroites, mais très musclées, l'arrière de ses ailes se dressant au-dessus de sa queue, puis arrachait des viscères avec son bec en étirant son cou.

L'effort qu'il fournissait se voyait par la raideur de ses pattes qui enserraient toujours le corps du défunt Lièvre et par le relevé lent du bec.

À chaque becquée avalée, la buse s'arrêtait un court moment tournant sa tête dans tous les sens pour jeter par en dessous son regard perçant et méchant, mais néanmoins inquiet d'être dérangée dans son repas.

"Pas d'œufs de corbeaux, mais Seigneur lièvre..." Pensa Thaouf avec rage.

Il saisit la meilleure de ses flèches passées dans sa ceinture et s'approcha sans faire bouger les hautes herbes pour ne pas éveiller l'attention du rapace. Il avançait dans le vent, mais cela n'avait aucune importance...

Lorsqu'il eut fait quelques pas, la buse porta son regard dans sa direction et les herbes bougèrent. Elle lança un *crêêêk* d'alarme et prit son vol en déployant ses larges ailes, pour mieux voir du ciel ce qui se passait. Elle aperçut Thaouf et fondit sur lui. Il esquiva l'attaque des serres et lâcha sa flèche qui s'enfonça dans la cuisse de l'animal.

Le rapace cria et battant lourdement des ailes monta très haut dans le ciel pour se mettre à l'abri. Mais Thaouf savait que la buse, à peine blessée, n'abandonnerait pas la partie. Elle continua à planer, très haut, attendant son heure. Mais ce fut en vain...

Les restes du lièvre étaient encore intéressants. Thaouf eut beaucoup de mal à allumer un grand feu avec ses pierres à étincelles. La nuit survint comme un soulagement. La buse abandonna la partie à la fin du jour. Il fallait entretenir le feu, car d'autres prédateurs pourraient surgir. Les heures furent longues à apporter les branches pour entretenir les hautes flammes qui protégeaient Thaouf et son gibier.

Le lendemain, quand ses amis arrivèrent ce fut la fête des chasseurs...

En cette saison, Abdul et Thaouf étaient désignés pour officier la cérémonie d'union avec le fleuve.

Les Djinns avaient commencé à sentir s'ouvrir lentement leurs ouïes. Leur peau se boursouflait et les démangeaisons ne semblaient pouvoir être soulagées que dans la plongée dans l'eau. Mais il fallait faire durer le plaisir. C'était le sens à donner à la cérémonie.

Durant toute la nuit, le petit peuple dansait autour d'un grand feu pour rendre la démangeaison supportable. Ils se tortillaient, bras levé pour ne pas se gratter et perdre la fabuleuse semence qu'ils auraient ainsi libérée par ce geste absurde. La danse semblait diabolique à la lueur rougeâtre des flammes. Le murmure grave qui bourdonnait entre les arbres annonçait le prochain plaisir des noces avec le fleuve.

Au petit jour, les deux prêtres, encore maîtres de leurs gestes grâce à leur formation de chasseur, donnèrent le signal par un long cri commun, bras levés vers le ciel :

"Djjjjjjjjjjjjjiiiiiiiiinnnnnnnn........"

Et ce fut la ruée. Tous les êtres qui n'attendaient que ce signal se ruèrent vers la rive en poussant le même cri. En un clin d'oeil, tout ce petit monde fut sous l'eau et le silence régna. Les deux chasseurs se serrèrent la main et, dans une parfaite harmonie se dirigèrent vers le fleuve.

Ils y entrèrent lentement, bien que l'appel de la nature fût d'une extrême violence. Mais la semence qui quitterait leur corps une fois plongé dans l'eau ne devait le faire que lorsque leur peau serait suffisamment refroidie. Alors, toutes les spores éjectées de leurs pores féconderaient le fleuve. Ils écloraient bientôt de petites larves, et, après plusieurs stades, le fleuve accoucherait de petits Djinns tout neufs. Mais avant, de nombreux prédateurs se seraient nourris de ces petits... Il en resterait peu. Il fallait donc en produire beaucoup.

C'est pourquoi, Abdul et Thaouf nageaient dans une grande félicité, une vraie jouissance de "respirer" avec leurs ouïes toutes provisoires. Le plaisir inouï dura seulement quelques heures. Ce qui est peu dans une vie de Djinns...

Voilà !

Le manuscrit ne m'en a pas raconté plus. Quelle déception de ne pas en savoir plus sur de telles légendes... Dommage !

Et pourtant, lorsque mes yeux quittèrent le livre, ils dirigèrent immédiatement mon regard vers le fleuve. Dans le reflet des rizes, je crus voir une flotte de minuscules galères lutter contre le courant...

II

Là où le fleuve se calme, on peut méditer.

Là, c'est la lône. Vaste étendue d'eau dormante à l'ombre des hauts arbres qui vous parlent en agitant leurs longs bras lorsque la bise souffle fort à la fin du printemps. Alors, les peupliers blancs scintillent en pétillant de bonheur sous le souffle frais. Les peupliers noirs bruissent sauvagement en faisant tinter leurs feuilles.

Il pleut de la neige, la neige de printemps du fleuve, coton qui couvre l'eau d'un blanc linceul. Mais bien plus léger, car il emporte au vent la vie future de ces grands arbres.

Là, c'est le paradis du pêcheur... La vie grouille sous la surface apparemment calme.

Pour pêcher, il faut des appâts. Rien ne vaut le bon et vieil asticot bien nourri. D'ailleurs, on se le procure gratuitement quand les wagons pleins de charognes attendent sur la gare de triage leur livraison à l'usine d'équarrissage. Un nuage de mouches et de guêpes, des astèques qui grouillent et tombent en grappes sous les wagons. Pas très réjouissant.

Le mieux c'est de faire soi-même son élevage.

Procurez-vous, si possible, une tête de mouton bien nourri. Vous la mettez dans une boîte en alu genre boîte de biscuits dont vous aurez percé le couvercle (pour laisser entrer les mouches). Vous creusez un trou dans votre jardin et y déposez le tout. La nature fera le reste... Lorsque les astèques sont bien gras, vous les enlevez et les laissez quelque temps dans la sciure pour qu'ils se nettoient en se tortillant.

À vrai dire, à force de les fréquenter, ces bestioles ne sont plus dégoûtantes pour le pêcheur. À tel point que l'un d'entre eux, m'a-t-on dit, les utilise, en remplacement du lard, pour les cuire avec son omelette...

Pour le gardon, rien ne vaut les "casters". C'est-à-dire la chrysalide de la mouche. L'asticot, bien nourri, placé à une température de vingt degrés environ se fige en une petite quenouille marron de laquelle finira par sortir une mouche...

Ce jour-là donc, assis au bord de ma lône, je jetai ma ligne et, sur le qui-vive, j'attendis la touche.

Qu'allait-elle être ?

La touche nerveuse de l'ablette, franche et brutale de la perche, hésitante et "mâchonnante" de la tanche et de la brème ?

Je craignais celle du poisson-chat avec ses trois épines, poisson importé d'Amérique qui finit par tout dévorer. Si on en pêche un gros, le tenir sous les trois nageoires à épines, lui couper la tête à cet endroit, lui enlever la peau et on aura un magnifique filet de chair rose que l'on prépare en matelote comme l'anguille.

Sans vif, on ne risquera pas de prendre le magnifique "bec", requin d'eau douce ou brochet dans sa quête incessante de proies à dévorer. Quand le bouchon s'en va emporté par ce noble poisson, le cœur du pêcheur saute d'émotion dans sa poitrine.

Hélas, aucune touche ne vint tracer ces ronds si attendus sur la surface, miroir du ciel et des arbres.

Pour mieux patienter, je m'installai confortablement et finis par m'endormir...

Lorsqu'on dort au bord d'une lône, il se passe toujours quelque chose.

Je m'éveillai bien plus tard. Ma canne toujours dans la même position, semblait m'attendre, imperturbable.

Le paysage n'avait pas changé. L'eau, la terre, le végétal et l'animal embaumaient l'air de leurs parfums, le faisaient vibrer de leurs douces rumeurs, le coloriaient sous le soleil déjà déclinant.

Bientôt viendrait l'heure des moustiques. Je devais donc partir. Je remballai mon matériel, les mains tremblantes comme après l'amour.

Ceci fait, je restais debout un moment au bord de l'eau essayant de scruter les noires profondeurs. Ma grenouille en plomb m'avait indiqué une pente raide jusqu'à deux mètres de fond. Mais après la lône semblait bien plus profonde.

Je fermai les yeux et une vision m'apparut aussi nettement que si je la voyais réellement. Au fond de l'eau, très profond, dans une cité engloutie, dans de vastes bâtiments cyclopéens, un être fascinant dormait en rêvant.

Un être tenant à la fois de l'homme et de la pieuvre... Il attendait là depuis des millions d'années que son heure arrive pour reprendre possession de la terre.

J'avais la conviction profonde que ce moment n'allait plus tarder, car le petit peuple du fleuve était prêt.

"Dans sa demeure de R'lyeh, la ville morte, Cthulu attend, plongé dans ses rêves."

Cette phrase résonna gravement et lentement dans les peupliers. Il me sembla que les feuilles elles-mêmes psalmodiaient ces mots dans le silence brusquement survenu.

Les oiseaux et les insectes eux-mêmes s'étaient tus pour entendre le sinistre message...

Un long frisson secoua mes épaules. La chair de poule hérissa les poils de mes bras.

Je réussis à m'arracher à la fascination de ce lieu avant la nuit tombée. Un moustique m'avait piqué au-dessus du sourcil et un autre au lobe de l'oreille. Je me grattai furieusement en rageant contre ces maudits insectes qui nous faisaient tant souffrir pour seulement nourrir les oiseaux.

Et nous, les êtres humains, combien avons-nous fait souffrir pour finir par nourrir le grand Cthulhu ?

Mais où allais-je chercher des choses pareilles ?

Les tâches astreignantes de la vie quotidienne reprirent vite le dessus et j'oubliai temporairement la lône. Mais j'aimais trop les parties de pêche solitaires sur ses pentes rendues boueuses par la baisse des eaux...

Par un jour ensoleillé de juin, un jour de congé sans le vent qui gâche la vie du pêcheur, je rassemblai mes cannes et enfourchai mon vélo, tout excité à l'idée de retrouver ma lône.
Le niveau du Rhône avait bien baissé, celui de la lône l'avait évidemment suivi...
Cette fois la pêche fut miraculeuse : ablettes, rousses et gardons remplirent rapidement la bourriche et je restai là longtemps jusqu'à ce qu'un grand brochet se mît à chasser dans le nuage de poissons que le savant mélange de farines que je jetais, attirait. Cet imbécile de chasseur me cassa le coup pour un moment et j'attendis donc patiemment en observant la nature autour de moi.
Là-bas, au fond de la lône, à l'ombre d'un grand saule tout encotonné, dans l'ombre épaisse, il me sembla voir émerger lentement une masse gélatineuse.
Je me levai pour mieux voir, mais sans succès. Cet endroit était inaccessible. Je ne pouvais guère m'approcher, mais je voyais maintenant distinctement une masse difforme briller d'humidité dans l'ombre épaisse de l'arbre.
Un ragondin ? Non, cet animal, gros comme un ourson est très leste alors que ce machin a l'air très très lent. Pour le moment...
Une carpe qui montre son dos à la surface ? Non, cette masse est carrément posée sur le bord boueux.
Je pris alors conscience que la peur m'avait envahi lentement. Sans quitter des yeux l'être aquatique qui semblait continuer à s'extirper de l'eau, je remballai rapidement et maladroitement mon matos et fuis comme un rat poursuivi par une buse !
Une fois le rideau de peupliers dépassé je me sentis rasséréné et ralentis le pas. En traversant les vergers, je remarquai pour la première fois la cabane. En m'arrêtant pour l'observer je vis la fille. Elle me faisait un grand signe silencieux de la main. Très

surpris, j'hésitai un moment. Un moment très court, car la fille était belle.

Je m'approchai donc en réfléchissant déjà aux paroles qui me permettraient de l'aborder.

Elle portait une petite robe blanche courte et sans manches, serrée à la taille par une fine ceinture. Ce vêtement mettait plus en valeur qu'il ne cachait un corps merveilleusement attirant. Je n'eus même pas besoin d'ouvrir la bouche, car elle me tendit les bras en m'appelant par mon prénom... C'est devant la cabane que nous fîmes l'amour, car je n'eus pas le temps d'y entrer, pressé par le désir fou de ce corps que je n'oublierai jamais. À vrai dire, je n'ai pas vraiment un souvenir précis de son corps et encore moins de son visage. Il ne me reste d'elle que le désir...

Qui ne satisferait ce merveilleux fantasme du pêcheur solitaire rencontrant la fille de ses rêves au bord de ce fleuve fascinant ?

Je retournais donc souvent vers ma lône... Parfois la fille était au rendez-vous, parfois il n'y avait personne.

Puis l'hiver arriva. Je fus très occupé ailleurs...

C'est au mois d'avril suivant que j'appris que les travaux d'aménagement du fleuve comprenaient également le comblement de ma lône ! Je me rendis sur place dès que j'en eus l'occasion. La pêche électrique avait eu lieu plusieurs jours auparavant. On avait ramassé des tonnes de poissons, paraît-il. La lône était comblée, le rideau de peupliers rasé. Il restait encore la cabane au milieu du verger envahi par les herbes folles.

Je m'approchai et regardai à l'intérieur.

Un cadavre desséché ricanait dans l'ombre. Je reconnus les restes de la robe blanche...

Je détournai la tête, épouvanté par cette vision. Mon regard, en passant, accrocha le parchemin tenu par les doigts du squelette. Le dos tourné et les yeux dirigés vers l'étendue de galets qu'était devenue ma lône, je repris finalement courage et rentrai dans la cabane. En évitant de trop regarder la morte, je retirai le document de ses doigts qui partirent en morceaux. Une fois dehors, j'y lus le bref texte suivant :

N'est point mort qui peut éternellement gésir ;
Au cours des âges la mort même peut mourir.

III

Ce soir, je n'étais pas au bord du fleuve. Il ne me manquait pas, car j'étais passionné par un livre.

Dans ma chambre pointue, à la lumière jaune de ma lampe de chevet, je lisais "Retour d'Arkham" de Robert Bloch. Je trouvai la fin un peu bâclée. L'écrivain en avait certainement eu marre de ce bouquin et l'avait terminé en queue de poisson. On reste sur sa faim. Ne remplace pas le grand Lovecraft qui veut...

Je fermai le livre, un peu déçu, éteignis la lampe et m'endormis à peine installé confortablement dans mon lit douillet.

Un sommeil peuplé de rêves.

Un horrible cauchemar me réveilla. Faisait-il jour ou nuit ? Ou ni l'un ni l'autre ?

Je ne sais pas. Mais ce qui est sûr, c'est que la terre tremblait. Très très fort. La panique me gagna immédiatement. J'imaginais déjà les immeubles s'écrouler dans un grand nuage de poussière. Je me levai, pas étonné d'être en chaussures et tout habillé, sortis dans le couloir en titubant. J'évitai soigneusement l'ascenseur et descendit l'escalier en colimaçon. Ma bicyclette m'attendait en bas. Rien ne m'étonnait aujourd'hui, même pas le fait que personne ne l'avait volée...

Je me mis en selle et me dirigeai vers le fleuve. Je pédalais énergiquement vers le sud. La terre ne tremblait plus.

Dans le vieux verger, la vieille cabane n'était plus qu'un tas de planches noircies par le temps. Je pédalai méthodiquement vers la lône. Au fur et à mesure que j'approchais, un bruit de cataracte s'amplifiait.

Il devint assourdissant lorsque je descendis de mon vélo au bord de la crevasse qui ouvrait ma lône en un vaste canyon. Le fleuve s'engouffrait dans ce trou béant dans un grand vacarme en une magnifique chute. Sur le versant opposé, sur le palier d'un décrochement de la paroi, une maison en ruines semblait attendre là depuis des siècles. Elle était parfaitement visible malgré le nuage brumeux produit par la pulvérisation de l'eau.

Je remontai sur mon vélo pour tenter de contourner le gouffre duquel montait cette fine bruine rafraîchissante. Je pus m'arrêter sur une langue de terre qui séparait la lône et le fleuve. À cet endroit, en aval de cette plaie du sol, ne coulait plus qu'un petit ruisseau dans un vaste lit presque asséché. On voyait sur ce lit impudique découvert par le départ des eaux, recouvert de vase noirâtre, tout ce que celles-ci cachaient jusqu'alors. Les détritus des hommes : tapis de bouteilles, de boîtes, des carcasses de voitures ; mais aussi la végétation aquatique. À la surface des mares qui subsistaient dans les creux, de grands poissons, prisonniers, sautaient frénétiquement et on aurait presque cru deviner des cris de rage et de désespoir.

De l'autre côté, sur la berge, les deux grands réfrigérants atmosphériques de la centrale nucléaire s'étaient effondrés. L'un s'était couché et aplati en tombant. On ne voyait plus qu'un tas de béton et de ferrailles. L'autre s'était tout simplement penché fortement telle une vaste tour de Pise hyperbolique. Le système de sécurité du refroidissement du réacteur devait utiliser l'eau du fleuve. Mais pour combien de temps, car celle-ci, bien en amont, s'écoulait avec un bruit fracassant dans la crevasse ? L'eau manquait déjà. Les opérateurs avaient-ils pu arrêter le réacteur ? La secousse sismique n'avait-elle pas détérioré le mécanisme d'arrêt ?

Je me retournai, baissai les yeux et reculai brusquement, pris de vertige. La crevasse était d'une grande profondeur.

Je me ressaisis et m'approchai de nouveau. Au fond, très loin, telle une ville aperçue du haut d'une montagne, une partie d'une grande cité cyclopéenne était visible dans une fluorescence bleue diabolique.

Une lueur rougeâtre dans le ciel me fit lever la tête. Au loin, vers le nord, le rougeoiement sanglant de l'incendie de la raffinerie de pétrole dégageait un vaste champignon de fumée noire. Les sphères de gaz liquéfié explosaient l'une après l'autre. Les usines chimiques voisines flambaient également. Le vent du nord violent devait rapidement diriger vers moi les nuages toxiques de chlore, phosgène et autres produits terrifiants.

En face, la mort radioactive qui ne manquerait pas de s'échapper ne serait pas colorée, mais tout aussi efficace. Le séisme avait produit de terribles dégâts. Le fleuve, lui, rejoignait le grand Cthulhu qui ne rêvait plus, mais se réveillait pour reprendre possession de la Terre...

La lône se remplissait rapidement des flots impétueux du fleuve. À sa surface la tête tentaculaire du monstre flottait tranquillement attendant son heure désormais proche.

Cette vue acheva de me terroriser. J'enfourchai de nouveau mon vélo et pédalai furieusement vers la ville.

Quelques minutes plus tard, en levant la tête, je vis au loin le nuage toxique. Une vaste brume rougeâtre qui s'avançait, telle une amibe, lançant en avant ses pseudopodes, les accrochant aux arbres pour tirer son corps fantastique, meurtrier vers moi. Je freinai debout sur les pédales. La pensée de tous ces gens morts dans d'horribles souffrances accentua ma terreur.

Je rebroussai chemin tout en sachant que je me dirigeai vers la mort radioactive...

Lorsque le nuage me rattrapa, l'odeur oxydante et décapante du chlore m'étouffa. Je tombai du vélo en toussant et pleurant. Après chaque toux, il fallait reprendre mon souffle et je respirai une grande goulée d'air toxique...

Je me réveillai brusquement, en sueur, toussant comme un beau diable et maudissant Robert Bloch et ses livres inachevés...

C'est avec terreur que je pris conscience de la réalité de la sirène d'alarme qui hurlait sans répit, selon le rythme simple qui indiquait qu'il fallait s'enfermer chez soi et calfeutrer toutes les issues pour empêcher le gaz toxique d'entrer.

Je me levai brusquement et courus dans la salle de séjour. J'allumai télé et radio. Noir écran neigeux sur toutes les chaînes pour l'une et hululement sinistre pour l'autre. Je ne pouvais espérer aucune information. Retourné dans ma chambre, je m'habillai et pris alors conscience que j'avais décidé de ne pas obéir aux conseils de la sirène.

Une fois dehors, je repérai la direction du vent à la cheminée de l'usine.

Plein nord !

La ville déserte de ses habitants semblait courber l'échine et se boucher les oreilles dans le cri strident de la sirène.

Une violente brûlure aux poumons et j'éructai en une toux sèche le gaz toxique. Mais cet effort nécessita une nouvelle inspiration violente de l'air mortel...

Le spectre

Qui avais-je vu et pourquoi
l'apparition — elle se dressait à
nouveau très nette, dans l'œil de
mon esprit — demeurait-elle
invisible aux autres ?

Henri James
« Sir Edmund Orme »

Un spectre hante l'Europe :
le spectre du communisme.

Karl Marx et Friedriech Engels[1]
« Manifeste du Parti communiste »[2]

---

[1] Je ne peux m'empêcher de transcrire ici le commentaire que fait l'éditeur (les éditions sociales, éditeur du P.C.F.), à propos de cette phrase — la première du texte — : *Marx et Engels veulent dire que la bourgeoisie de tous les pays voyait du communisme dans tout ce qui était contre les intérêts de la société bourgeoise. C'est pour réfuter les interprétations bourgeoises du communisme, tendant à montrer celui-ci comme quelque chose d'épouvantable, que le Manifeste fut écrit, exposant ce qu'étaient véritablement les conceptions, les buts, les tendances des communistes.(Editions sociales 1967)*

Il est évident que je n'ai pas, mais pas du tout, suivi cette « interprétation » dans le texte.

[2] Ce n'est pas moi qui ai mis une majuscule à « Parti », mais ce sont les éditions sociales.

Je l'avais vu tous les soirs de l'automne 1993, jeune homme mal vêtu assis sur un des bancs de la gare d'eau, immobile face au fleuve. Le premier soir, nous ne nous sommes pas regardés. La deuxième fois, il me fit un petit signe de tête discret et cela se répéta les soirées qui suivirent, car je suis très timide. Jusqu'au jour où quelqu'un s'assit à côté de lui, et pour cela le traversa comme s'il était immatériel. Un sentiment mélangé de terreur et de fascination me subjugua. J'attendis que l'importun s'éloignât pour m'approcher moi-même. Assis à côté de lui, j'étendis mon bras comme pour le poser sur le dossier du banc en sachant très bien qu'il fallait heurter son épaule de la main. C'est ce qui se produisit, car son épaule était solide, bien chaude de chair, d'os et de sang.

— Oh ! Pardon ! Excusez-moi !

La manie de trop s'excuser...

— Il n'y a pas de mal, répondit-il d'une voix bien réelle, vous avez essayé, je comprends.

— Essayé ?

— Vous m'avez touché pour voir si je suis bien concret et c'est le cas n'est-ce pas ? Contrairement au passant de tout à l'heure...

Je fus estomaqué de cette réponse pourtant logique. Et j'en restai bouche bée.

— Ne restez pas la bouche ouverte à me regarder avec des yeux en forme de soucoupe. Vous avez bien entendu. Pour vous, je suis solide, mais pour lui je suis un spectre.

— Un spectre ?

— Oui, le spectre qui hante le monde depuis des siècles. Le spectre du communisme.

— Du communisme ?

— Oui ! Cessez de répéter bêtement tout ce que je dis. Si je suis là, c'est pour vous parler de ma vie ; alors taisez-vous et écoutez-moi !

— Euh... C'est que je suis pressé. Ne peut-on pas remettre cet entretien à demain ?

— Comme vous voulez, j'ai tout mon temps...

Je me levai, lui serrai la main et rentrai chez moi pour retrouver ma tendre épouse à qui je racontai que j'avais rencontré un fou qui se prenait pour un spectre !

— Tu viendras avec moi demain soir, à la sortie du boulot, je te le montrerai de loin.

— D'accord ! D'accord. Répondit-elle, distraite...

Le lendemain soir, je le vis de loin, entre les troncs des platanes, assis dignement sur son banc, les jambes croisées, les mains posées l'une sur l'autre sur son genou, la tête haute et les yeux posés sur le fleuve qui coule toujours vers le sud.

— Le voilà ! Dis-je à ma chère et tendre en tendant le doigt.

— Où ?

— Là, sur le deuxième banc, assis face au fleuve !

— Mais il n'y a personne sur ce banc !

Allons ! Bon ! Cela recommence.

— Approchons, nous verrons bien.

Et nous nous approchâmes en flânant.

Il profita d'un détour de mon regard pour disparaître.

— Ah oui ! Tu as raison, ma chérie, il n'y a personne !

Certainement une ombre des peupliers proches...

Nous poursuivîmes la balade sur les quais en admirant le fleuve et nous ne parlâmes plus jamais de l'apparition. Par contre j'étais bien décidé à revenir le lendemain pour écouter les histoires de mon « spectre »...

Il fut bien présent à m'attendre.

— Bonjour ! Je savais que vous viendriez... Me lança-t-il comme pour me narguer.

— Ah ?

— Oui, vous avez trop envie de savoir.

— Savoir quoi ?

— Vous le savez bien !

— Bon, oui, c'est quoi pour vous le communisme ?

— Beaucoup de choses.

— Un idéal ?

— Bon, si vous voulez. Commençons par l'idéal. Vous savez, on épouse un idéal comme on épouse une femme. Ce mariage est un enchaînement comme tous les mariages. On croit avoir trouvé l'idéal de sa vie et ensuite, quand on est déçu c'est dur de divorcer. Parfois, c'est sans problème : quand il n'y a pas d'enfants et de propriétés. Mais tous ceux qui ont vécu de cet idéal ont eu du mal à s'en défaire. C'est comme un couple désuni : chacun vit sa vie de son côté, mais les apparences sont sauves...

— Alors là vous exagérez ! On n'épouse pas un idéal pour les apparences, mais par idéalisme, au sens d'idéal justement !

— Oui. Oui. Fit-il en se frottant le menton.

J'avais marqué un point, car il semblait ennuyé. Puis il reprit.

— Ne vous fâchez pas. Mais j'insiste. C'est comme l'amour. Au début, on se marie par amour et puis on se lasse, alors, on fait semblant... D'autres ont le courage de briser les liens, de se séparer. Alors, ce sont des « renégats ».

— Oui ! Des renégats !

— Ah ah ! Je savais que ce mot vous plairait. Mais le communisme n'est pas seulement un idéal. Il fut une société réelle : la société communiste primitive. Elle n'a existé que parce que l'homme ne possédait rien, ni terre, ni maison, ni moyens de production. Les femmes commandaient et les hommes chassaient et pêchaient. Je vivais alors pleinement ma vie. Mais le jour où l'homme a compris que ses armes pouvaient également être des outils, alors il a produit. J'ai alors commencé ma longue agonie. Lorsqu'un producteur a compris qu'il pouvait faire produire la terre par un autre (à condition d'être plus fort) il l'a fait. Terminé. Je mourus de ma belle mort. Et, depuis, je hante le monde sans jamais pouvoir ressusciter...

— Ce n'est pas cette société primitive que les communistes veulent construire. C'est une société où les hommes sont égaux, où il n'y aura plus d'exploitation de l'homme par l'homme. Il est évident alors que ceux qui possèdent les moyens de vivre et profiter de la production des richesses par les autres ne la veulent pas cette société.

— Ils ne la veulent pas parce qu'ils croient que cette société sera privée de tout. Ils confondent communisme et pénurie ! Certains qui se réclament du communisme ont cru que celui-ci consistait à prendre à ces possédants ce qu'ils possèdent... Mais le communisme, c'est l'absence de pouvoir, l'absence de propriété, la richesse pour tous. Une utopie quoi !

— Ah ! Voilà ! Une utopie, vous avez trouvé le bon mot. Une utopie...

— Oui. En tout cas, ça l'est resté. Car en fin de compte, y a-t-il eu jamais un peuple qui a pris lui-même le pouvoir et l'a gardé pour en fin de compte le supprimer tout à fait ? JAMAIS ! Jamais. Rares sont même les cas historiques où le peuple a pris le pouvoir lui-même sans aucune délégation. Je ne connais que deux cas : la Révolution française et la commune de Paris. Dans le premier cas, elle fut confisquée par la bourgeoisie. Dans le deuxième cas, elle fut écrasée dans le sang et les larmes par celle-ci. Partout, le peuple ignorant ses immenses capacités a toujours confié le pouvoir à quelques-uns : les partis, qu'ils se déclarent révolutionnaires ou non...

— N'est-ce pas un parti révolutionnaire qui a manqué à la commune de Paris pour vaincre ?

— Mais pas du tout ! Si elle avait vaincu dans ce cas, le parti aurait pris le pouvoir pour ses dirigeants qui se seraient confondus avec l'État. Alors, tous ceux qui auraient eu des désaccords auraient été traités de contre-révolutionnaires et écartés, punis, exécutés sous prétexte de défendre la révolution...

— Oh alors là vous exagérez !

— Pas du tout ! Pas du tout ! Regardez comme la dialectique a toujours tout expliqué dans le mouvement communiste. Par exemple : la contradiction fondamentale se situe entre le capital et le travail. Dans tel pays, le travail, ce sont les ouvriers, dans d'autres comme la Chine, ce sont les paysans. Mais ceux-ci peuvent posséder un bout de terre. Alors ils ne sont pas des vrais prolétaires. Le camarade Mao inventa donc une autre dialectique : il y a des contradictions principales et des contradictions secondaires, déclara-t-il. C'est lui, le camarade Mao qui choisit lesquelles sont secondaires et principales. Le tour est joué. Le centralisme démocratique ? Il n'y a rien de plus contradictoire, donc de plus dialectique.... Je vous pose une question : qu'est-ce qui est dominant, principal, pour un communiste : l'intérêt de classe ou la démocratie ?

— Faux problème ! Car les deux forment un tout. La classe dominée étant la plus nombreuse, défendre ses intérêts est éminemment démocratique.

— Le camarade Mao répondait que ce qui est dominant c'est la lutte des classes. La démocratie est bourgeoise, car elle ne sert qu'à perpétuer son pouvoir. Dans une situation complexe donnée, lorsqu'il y a un désaccord entre deux communistes, qui décide que celui-ci défend un intérêt de classe et l'autre non ? Le Parti ? C'est quoi le Parti ? La direction, le secrétaire général ? Pendant longtemps, dans les pays de l'Est, le Parti-État décidait de tout, en réalité le chef du Parti-État décidait de tout.

— Mais tout cela n'est pas si simple ! Prenons un exemple littéraire. Un écrivain américain de science-fiction, farouche défenseur de la liberté individuelle, donc profondément communiste, a développé, dans une de ses nouvelles, « l'égalisateur », écrite en 1949, une utopie basée sur une découverte fantastique imaginée par l'auteur : chacun pouvait produire une quantité illimitée d'énergie avec un appareil très simple et bon marché, à la portée de tout le monde. Du coup, avoir le pouvoir n'eut plus aucun sens. Et le véritable communisme put s'instaurer. Bien sûr, il n'appela pas cette société comme cela. Pour lui le mot de communisme équivalait à la pire des dictatures. Mais, néanmoins, il a écrit une nouvelle qui décrivait une société communiste, dans la mesure où personne n'exploitait personne. Or cette utopie chez Jack Williamson, le conduisit petit à petit à un individualisme forcené qui l'amena à approuver l'intervention américaine au Vietnam ! Comme quoi, il ne faut faire confiance à personne ! Cela ne m'étonne pas d'un Américain... Enfin, pour revenir à notre sujet, la classe exploitée est la seule à avoir intérêt à la démocratie, donc il n'y a pas de démocratie bourgeoise.

— Oui ! Oui, mais, disaient Lénine, Staline et Mao, la démocratie sert la bourgeoisie pour faire perpétuer son pouvoir par les classes exploitées elles-mêmes... Nous en étions à la dialectique. Il est vrai que la dialectique est le mode de fonctionnement du réel. Encore faut-il connaître cette dialectique du réel et non pas plaquer sur lui une dialectique inventée, souvent pour les besoins de la cause. Les communistes des pays de l'Est avaient la conviction d'avoir raison, savaient que le parti défend le peuple, que donc leur État est le meilleur puisqu'il se confond avec le parti. Cette conviction les pousse à penser que ceux qui ne sont pas d'accord ne sont pas normaux. Ils seraient des asociaux ou des malades mentaux. Cela ne tiendrait plus du débat démocratique, mais de la pathologie ! Horrible non ?

— Et merde ! Vous me fatiguez ! Je m'en vais !

Effectivement, il faisait déjà nuit et nous conversions la lueur des lampadaires... Je me levais en colère en me jurant de ne plus revenir !

C'est au moment où je pensais cela qu'il me dit :

— A demain alors....

Je quittai le quai sans dire un mot.

Ma femme, en me voyant revenir en colère, me questionna :

— Qu'est-ce qui t'arrive ? C'est une réunion de section qui t'a énervé comme cela ?....

— Va te faire voir !....

— Et bien ! Tu es vraiment en colère pour me répondre comme cela !

— Ah ! Excuse-moi.

Répondis-je en l'enlaçant tendrement... Comment raconter une histoire aussi invraisemblable ? Alors, je la laissais croire à la version du débat à la section...

Cette nuit-là, je fis un rêve. Un cauchemar. Je rêvai que l'U.R.S.S. disparue, les partis communistes évincés du pouvoir partout, le communisme était exécré comme la pire des idéologies totalitaires... Heureusement, ce n'était qu'un cauchemar ! Ou plutôt un signe : je devais aller revoir mon spectre. À tout prix !

Le banc était vide... Le temps était gris et le fleuve calme comme un miroir couleur d'étain. Nous étions en automne. Il faisait exceptionnellement doux et deux grandes bandes de cormorans remontaient vers le nord en deux grands V de leur vol lourd, cou tendu vers l'avant et jambes raidies vers l'arrière.

Ils se dirigeaient vers le vieux Rhône pour leurs quartiers d'hiver. Je regardais longuement ces grands volatiles amateurs de poissons jusqu'à ce qu'ils eussent disparu dans l'air brumeux s'enfonçant comme dans un frêle coton. Mon regard se porta alors sur le banc : il était de nouveau là.

— Bonsoir ! Dis-je mi bougonnant, mi content.

— Bienvenue !

— Alors, de quoi allons-nous parler ce soir ?

— De livres si vous voulez bien.

— D'accord. J'adore les livres.

— Marx a dit que les idées, quand les hommes s'en emparaient, devenaient des forces matérielles ?

— Oui, c'est vrai. Car ils les mettent en œuvre dans leur vie concrète pour changer le monde et donc se changer eux-mêmes.

— Bien ! Bien ! Mais dès que l'on inventa l'écriture que fit-on de ces idées ? On les écrivit bien sûr ; pour qu'elles restent figées sur une surface matérielle. Cela a du bon, car l'écriture permet un vaste échange, une gigantesque mise en mémoire. Le bon a toujours son revers : le mauvais. C'est dialectique non ?

— Oui ! Oui ! Quel est ce mauvais ?

— Ceux qui ont toujours voulu dominer les hommes, donc le monde, ont créé les livres mythiques. Le mythe du livre qui contient tout. Les chrétiens : la bible ; les musulmans : le coran. Comme Dieu a déchu le chef de ses anges, les disciples de ce dernier ont pondu des « contre-bibles » : manuels de démonologie, grands livres de l'occultisme. Même les écrivains qui créèrent une mythologie, créèrent aussi leur grand livre, comme Lovecraft « le Nécronomicon », car en bon dramaturge, il savait que ce mythe est enfoui si profondément dans notre inconscient que ça excite drôlement de savoir qu'il y a quelque part un grand manuel qui apprend à faire des tas de choses interdites. Mais où est-il ? Personne ne le sait, et pour cause...

Il resta un petit moment silencieux. Je respectai cette méditation. Puis, il reprit.

— Chaque système de pensée et d'action possède sa ou ses bibles. Moi j'ai eu le « Manifeste », le « Capital » de Karl Marx ; « l'État et la révolution », « Que faire ? » de Lénine ; « Des principes du léninisme » de Staline ; « Le petit livre rouge » de Mao... Toute une génération de militants a appris ces textes, a polémiqué avec les concurrents à coup de citations. Ces livres passionnants ont été traités comme la bible, le catéchisme. Ils croyaient pratiquer le « socialisme scientifique » (qu'est-ce que cela veut dire ?) et ils apprenaient des dogmes... « L'État et la révolution », livre polémique, écrit alors que l'insurrection était à l'ordre du jour en Russie, était récité comme le manuel de la prise du pouvoir. Ah ! Si c'était si facile ! « Que faire ? » était le manuel de la construction d'un parti révolutionnaire alors que Lénine y parlait d'une vraie spécificité : la création d'un parti semi-clandestin.

— Bon, d'accord, on le sait tout cela aujourd'hui.

— Vous croyez ? Ce n'est pas si sûr : de nombreux communistes dans le monde ne le savent pas, car, croyant toujours que le communisme c'est cela, ils ont décidé purement et simplement de l'abandonner ! D'autres s'accrochent encore à ces dogmes croyant que s'ils les abandonnent ils perdent la substance même du communisme...

— Et le romantisme révolutionnaire ? Qu'est-ce que vous en faites ?

— Che Guevara ? Rosa Luxemburg ? Ceux qui ont vraiment combattu pour le peuple et qui en sont morts. Ce romantisme est formidable, car profondément humain. Mais il n'a conduit qu'à la mort : le 8 octobre 1967, le groupe du Che est encerclé par des centaines de militaires à El Yuro. Blessé aux jambes, le Che est capturé et transporté à l'école du village de Higueras.Il est interrogé ; on ne le soigne pas. Il ne répond à aucune question. Le lendemain à 13 h 10, sur ordre du président bolivien René Barientos, il est exécuté d'une rafale de fusil mitrailleur. Celui qui est entré dans l'histoire en faisant cela est le sergent Mario Teran... On déduisit de cette mort qu'on n'exporte pas la révolution. Un dogme de plus... Le Che avait peut-être raison : on n'exporte pas la révolution quand elle est sur la défensive, mais quand elle est à l'offensive. Comme la Révolution française ! Quand tout un peuple est mobilisé pour la faire et l'exporter vers d'autres peuples tout aussi passionnés et mobilisés ? Il ne faut jamais être pressé de traverser la route de l'histoire des hommes sous peine d'y être fauché par la mort qui passe.

Il se tourna vers moi et rajouta, après qu'il m'eut regardé quelques instants : « Il est tard. Rentrez chez vous. Demain, je serai absent, j'ai à faire ailleurs. Après-demain, je vous parlerai des chefs. »

Chez moi, ma femme me questionna de nouveau, ce qui ne put que contribuer à aggraver mon agacement : « Ben dis-donc ! Tu as beaucoup de réunions à la section en ce moment ! ? » Avec un soupçon de soupçon dans le regard...

« Oui ! On a de grands débats en ce moment... »

Et puis je passai à un autre sujet de conversation qui lui plut : les enfants. Tout en parlant de leur avenir, je méditais sur l'impatience qui me rongeait à attendre le surlendemain...

Le lendemain, je ne pus résister : je m'arrêtai au bord du fleuve pour le regarder. J'avais bien noté que le banc était occupé par un vieil arabe. Mon spectre professeur était bien absent comme promis.

Le jour et l'heure du rendez-vous arrivèrent bien vite, car le temps passe...

Il m'attendait toujours au même endroit. Après le salut poli qu'il ne manqua pas de me faire, il me questionna brusquement.

— Ne trouvez-vous pas anormal que ce soit les communistes qui ont tellement cultivé le culte du chef ?

— ....

Vous pensez bien que je ne sus pas quoi répondre. Du moins, connaissant mieux mon interlocuteur, je me gardai bien de faire le moindre commentaire sans attendre la suite.

— Et bien pourtant c'est simple, l'explication tient au fait que les communistes sont les plus révoltés des êtres humains !

— Allons bon ! Si je m'attendais à celle-là !

— Ah ! Je sais bien que vous ne vous y attendiez pas. Mais pourtant, c'est très logique. Un être foncièrement révolté : contre qui commence-t-il à se révolter d'après vous ?

— Oh ! Je ne sais pas. Cessez vos questions et apportez immédiatement les réponses !

— Ne vous énervez donc pas. Tout vient à point à qui sait attendre. Un révolté commence à se révolter tout enfant, car ce qui l'amène à se révolter c'est une autorité qu'il doit subir. C'est donc celle exercée par les personnes qui jouent le rôle des parents, et particulièrement le père. Alors cette révolte continuelle suscite chez lui, en même temps que la révolte, un profond sentiment de culpabilité. Puis, bien plus tard, il trouve évidemment dans le communisme un idéal parfait de révolte contre l'autorité exploiteuse de la société. Mais cette profonde culpabilité qui le ronge le pousse à la compenser par le culte du chef. « Voilà qui est dialectique ! » Dirait Lénine non ?

— Ouais... Je me souviens, à l'école centrale du parti, un philosophe spécialiste de la théorie de la personnalité[3] avait répondu ceci à un « élève » qui lui avait demandé ce qu'il pensait de la psychanalyse : « Quand on a des problèmes, le meilleur moyen de se soigner est de militer ». Il semblait bien alors (involontairement ?) vous donner raison...

— Oui. Les communistes sont des révoltés... D'ailleurs, bien souvent les dissidents au sein du parti le sont devenus parce qu'ils n'avaient pas réussi à être chefs.

Et il se plongea brusquement dans une longue méditation.

J'en profitai pour admirer le magnifique bateau-hôtel de croisière qui défilait sur le fleuve en descendant le courant, alignant ses dizaines de petits hublots rectangulaires. *Il est bien tard pour voir encore ce bateau naviguer.* Pensai-je.

— Et ce n'est pas tout, reprit-il. Cette révolte est la base du complexe du « chef », le support en est le parti avec son mode de fonctionnement : le centralisme démocratique. Mais ce complexe est alimenté constamment par une autre illusion qui a prévalu dans le mouvement communiste : le « socialisme scientifique ». Un vrai scientifique est modeste devant les innombrables merveilles de la nature. Il sait qu'il ne sait pas grand-

---

[3] Lucien Sève pour ne pas le nommer...

chose. Et moins il en sait, plus il est sûr de lui. Car il faut en savoir beaucoup pour savoir qu'on ne sait pas grand-chose. Les partis communistes, pendant la période de l'internationale communiste, après la victoire du bolchevisme en U.R.S.S. et la mise en place du pouvoir absolu de Staline, se sont décrétés avant-garde du prolétariat, seuls dépositaires d'une vraie science sociale, d'abord un soi-disant marxisme-léninisme et ensuite un « socialisme scientifique ». Or, vous le savez bien, ces partis étaient et sont toujours les seuls à vraiment défendre la classe ouvrière, les modestes travailleurs. Ceux-ci ont peu de formation, ils n'ont pas confiance en eux (et ils ont bien tort) ; si le parti dont ils sont membres, qui les soutient et qu'ils soutiennent est dépositaire du « socialisme scientifique » et qu'ils n'ont pas le niveau de connaissance exigé par la société intellectuelle pour comprendre une « science », alors ils s'en remettent aux « chefs » qui, parce qu'ils le sont, possèdent cette « science » qu'ils ont acquise dans les écoles du parti, autrefois pendant un an à Moscou...

— C'est vrai. Un jour, un responsable fédéral[4] m'a dit : « L'école centrale de quatre mois équivaut à donner une formation universitaire » ! Très présomptueux ! D'ailleurs un militant révolutionnaire n'a pas besoin de formation universitaire qui n'existe pas dans le domaine du « socialisme scientifique ». Il est vrai que cette école de quatre mois est très difficile et très dense. Il y a la sélection aussi. Qui dit formation d'une élite, dit sélection. Dès l'école fédérale, certains disaient aux élèves : peu d'entre vous iront jusqu'au bout !...

— Voilà ! Voilà un accord entre nous... Donc les chefs « communistes » sont nés de la révolte et des dogmes érigés en « socialisme scientifique ». Le parti communiste est une formidable machine de promotion sociale pour quelques ouvriers, autrefois autoproclamés (avec l'aide idéologique de Lénine) « avant-garde du prolétariat ». D'ailleurs beaucoup de ceux qui l'ont quitté

---

[4] Ce responsable est devenu dissident depuis, « déporté » comme secrétaire d'une fédération pas trop éloignée dans laquelle il fut « élu » secrétaire fédéral, puis licencié...

l'ont fait parce qu'ils le jugeaient insuffisamment adapté à leur propre nécessité de promotion individuelle. Plus staliniens que le stalinisme... On pourrait revenir ainsi sur les « livres bibles ». C'est d'ailleurs Staline qui a poussé cette perversion des livres-manuels jusqu'à Mao avec son petit livre rouge. Les peuples des pays de l'ex-U.R.S.S. ont subi le complexe de castration jusqu'au bout puisque leur grand chef « aimé » s'était fait appeler « le petit père des peuples ». Dans un autre genre, le peuple chinois s'était vu embarqué avec le « grand timonier ». D'ailleurs l'extrême frénésie spontanée du peuple chinois envers le culte de Mao ne s'explique pas autrement...

— Thorez a-t-il voulu inverser cette épouvantable tragédie en se faisant appeler « fils du peuple » ? Il y a un autre élément que vous ne prenez pas en compte...

— ... pas encore en compte ; mais je vous écoute.

— ...c'est l'extrême difficulté de la lutte des communistes. La dureté des combats qu'ils ont menés et mènent encore. Bien souvent, dans l'histoire mouvementée et terrible dans leur lutte contre l'oppression, les peuples ont trouvé les communistes à leurs côtés. Et ceux-ci n'avaient pas le temps de réfléchir vraiment sous la brutale répression. Alors, peut-être leur fallait-il un chef (ou plusieurs) qui s'occupe — hélas à leur place — de réfléchir et donc de commander...

— Bravo ! C'est un élément déterminant dans la création du complexe du chef. Mais j'en ai implicitement parlé tout à l'heure en évoquant le centralisme démocratique, support de la création de ce complexe ; sa base restant la révolte articulée avec la transformation de dogmes en « science ».

— L'avenir du communisme alors ?

— Pour le moment, il reste sous forme de spectre. J'espère qu'un jour l'humanité me verra, me comprendra, alors je ressusciterai. Les sociétés de classe ont fait leur temps. Celle qui a montré une grande supériorité par rapport aux autres est la société capitaliste, car elle s'appuie sur une liberté fondamentale celle d'échanger. Or, trop longtemps, les communistes n'avaient pas compris cela : ils voulaient supprimer le marché. Or mon but est justement de rendre ce marché, ces échanges, cette liberté fondamentale à tous les êtres humains de cette planète. Car le capitalisme est menteur : il fait croire que ce marché est à la disposition de tous alors qu'il appartient à quelques-uns. Pour cela il organise toute sa société en véritable spectacle créant l'illusion que ce décor est la réalité. Cette société exacerbe toutes les abominations de l'exploitation de l'homme par l'homme : guerres ; racisme ; trafic d'êtres humains, femmes et enfants ; trafic d'organes et de sang ; pollutions et destruction massive des ressources ; domination d'un pays sur les autres... L'effondrement des pays de l'Est qui a produit bien des tragédies est peut-être une remise à zéro de l'histoire, qui avait été figée par Yalta, et qui maintenant peut reprendre son essor. Mais attention ! L'histoire est un chemin semé de tragédies humaines....

— Pas réjouissant tout cela. Et, d'après vous que faut-il faire ?

— Je n'ai pas de recette à vous donner, mais un conseil : quoi qu'il arrive, avant tout, restez vous-même ! ! ! !

Et il disparut brusquement, totalement, comme une lumière qui s'éteint laissant la place à l'obscurité totale, et aux restes de l'impression rétinienne. Mais bientôt, la réalité du paysage s'imposa de nouveau.

Je regardai autour de moi, ébahi, bouleversé. Le fleuve coulait toujours vers le sud : non ce n'est pas la fin de l'Histoire.

Avais-je rêvé ?

La mort qui guette

Aujourd'hui, le fleuve m'a retenu longtemps. Trop longtemps...
Ces histoires qu'il m'a racontées m'ont bouleversé. Les heures
ont passé alors que je méditais en écoutant sa voix qui murmu-
rait de son flot de couleur métallique sous ce ciel d'automne qui
roulait de gros nuages dans tous les tons de gris. Le vent du nord
tachait la surface brillante de grandes nappes mates. Elle semblait charrier ainsi des grappes d'algues imaginaires.
Le temps s'écoule éternellement comme le fleuve qui ne s'arrête
jamais, ne se repose jamais. À le voir, les mêmes questions se
posent à son propos qu'à celui de l'univers : quand est-il né ?
Quand sera-t-il mort ? La Mort a-t-elle un sens pour lui ?
Juste avant que le soleil se cache derrière la montagne qui oblige
le fleuve à tourner vers la gauche, les nuages s'écartèrent pour
laisser filer un orange rayon brumeux qui teinta de sang la surface de l'eau...
Cette soirée d'automne sur ce quai désert me rongeait le cœur
d'une anxiété incurable. Je déambulais encore quelques heures
le long de cette digue construite par les hommes qui crurent
ainsi dresser le sauvage animal aquatique. Ces travaux sont lentement sapés, usés, rognés, envahis par les racines des arbres,
et il faut toujours couper la végétation, creuser le lit, réparer la
maçonnerie, toujours, toujours, tant que le fleuve existe ; et il
existait bien avant les hommes.
Juste avant la nuit, un long convoi poussé remontait fermement
le courant. Les deux embarcations en enfilade poussées par la
motrice défilèrent rapidement devant moi, à quelques dizaines
de mètres et s'enfilèrent entre les piles du pont.
Je le regardais disparaître dans la brume qui montait de l'eau
moins froide que l'air brusquement glacé.

Un long frison secoua mes épaules sous ma canadienne. Une grande fatigue tomba soudain dans mes jambes.

Je me décidai alors à rentrer...

Je marchais dans la nuit noire, l'angoisse au ventre. La rue silencieuse avec son trottoir rendu brillant par l'humidité de l'hiver proche m'ouvrait ses deux bras : la perspective rectiligne des lampadaires illuminant mon avenir immédiat de glauques flaques de lumière. En levant les yeux pour voir l'entité qui me suivait de son vol silencieux, je ne vis, au-delà de la sombre luminosité, que les ténèbres.

Je pressai le pas en baissant la tête pour ne regarder que mes pieds. Cela me rassurait.

Je me mis à courir, car l'affolement me gagnait petit à petit. Pour résister à la peur, je m'arrêtai pile, la respiration bloquée. En réalité pour écouter...

Quelqu'un me suivait peut-être. Je rentrai la tête dans les épaules, effrayé par la vision que je ne manquerais pas d'avoir si je me retournais. Je m'approchais lentement d'un poteau supportant une lampe éclairant la rue, pour m'assurer de sa protection et regarder brusquement derrière moi. Je poussai un léger cri, terrorisé par ce que j'allais voir.

Rien, personne. La rue déserte m'ouvrait les mêmes bras de la même perspective des lampadaires.

Croyez-vous que cette évidence me rassurât ?

Pas du tout. L'angoisse me brûla les entrailles encore bien plus fort.

S'il n'y a rien, c'est que le danger, bien plus insidieux, car caché, est prêt à fondre sur moi, profitant de la moindre faiblesse de ma part ; mais je ne faiblirai pas !

Je respirais difficilement. Une brûlure me serrait la poitrine. Un tiraillement lancinant me gênait au bras gauche.

Certainement l'effet de l'angoisse.

Je pressai le pas vers mon appartement, havre de paix assurée.

Croyais-je...

L'air froid me cinglait le visage.

Ah ! si quelqu'un passait, à qui je pourrais parler ! Cette humaine rencontre chasserait les démons qui me guettent.

Mais je ne croisais personne. Le destin n'eut pas pitié de moi. Il me laissa seul face à la peur. La peur, fille de la Mort.

Seule la Mort nous effraie vraiment.

Toutes nos peurs prennent leur source dans notre mort.

Lorsque la porte de mon immeuble apparut, je fus inexplicablement encore plus effrayé. Peut-être dans la crainte d'échouer si près du but... Tant qu'à faire.

Mais rien n'arriva.

Je montai les escaliers quatre à quatre, la minuterie allumée me terrorisait de la présence très récente de quelqu'un (*ou de quelque chose*) dans mon escalier.

Ma main tremblante enfila la clé, ouvrit fébrilement la porte.

J'entrai, haletant. Refermai rapidement.

Dans le noir, je tâtonnai à la recherche de l'interrupteur.

Lorsque la lumière s'alluma, je hurlai d'un long cri.

Le démon m'avait suivi jusque chez moi et me regardait de ses grands yeux sombres !

Je m'évanouis.

Bien plus tard, dans la salle de réanimation, mon grand corps malade s'accrochait à la vie.

Je n'avais plus peur. Ayant approché la Mort pour l'avoir regardée droit dans les yeux dans le miroir accroché derrière ma porte : je m'y étais vu moi-même succombant à une crise cardiaque...

L' île

C'était un enfant étrange. Solitaire. On l'appelait Sacha, parce qu'il s'intéressait de près à votre sac à main. Ou plutôt à ce qu'il contenait...

Ce soir d'été, alors que le fleuve étalait ses galets entre les chenaux d'étiage, il s'était assis sur la grève et regardait l'île, là-haut, au milieu du lit mineur.

Une île maudite comme lui.

Son visage dur, d'enfant qui n'a pas d'enfance, d'enfant qui avait appris à lutter seul contre la vie, à subir la haine de son père, et ses coups, à souffrir de la soumission de sa mère à cette violence quotidienne d'un dingue qui ne contrôlait plus sa vie puisque c'était l'alcool qui le faisait, sa figure était quasi illuminée par cette ombre de sourire qui étirait légèrement ses lèvres et faisait briller ses yeux noirs, dont l'un était encore entouré des taches colorées des ecchymoses des coups reçus il y a quelques jours.

Que c'est dur de ne pas être aimé !..

C'est l'île qui déclenchait son sourire. Elle était devenue le but de sa vie. Une île maudite par les gens d'ici, car une vieille bâtisse hantée étalait ses ruines au milieu des vorgines envahissantes. Seules les crues centennales recouvraient de ses eaux fougueuses cette véritable forêt vierge.

À la nuit tombée, il avait parfois la chance d'apercevoir un bateau qui utilisait ce lieu pour une couchée, enfonçant son brick dans la couche épaisse de gros galets.

La première fois qu'il le vit, il annonça fièrement la nouvelle à sa mère (il n'osait plus parler à son père de peur de la gifle...) ce qui lui valut une rouée de coups de son ivrogne de père qui avait tout entendu.

« Espèce de con ! Ça porte malheur, connard ! Parle plus jamais de ça dans cette baraque ! Imbécile... »

Et il tapait ! Il tapait. Sacha tentait de se protéger la tête de ses bras, ça énervait encore plus la brute, qui lui donnait des coups de pieds dans les cuisses et de violentes claques sur l'arrière du crâne.

« Arrête ! Arrête ! Tu vas le tuer ! »

Sa mère était intervenue ! C'était rare, car inévitablement, alors, la rage du vieux se retournait contre elle. Et il frappait encore plus fort ! Sacha profita de la diversion pour s'enfuir et courir au bord du fleuve, le seul compagnon qui fût à même d'apprécier sa présence. Et qui ne donnait pas de coups.

« Eh ! Sacha ! Qu'est-ce tu fous dehors à c'te heure ? »

Il reconnut la voix derrière lui. Son grand-père. Un vieux pêcheur qui habitait une vieille cabane le long du fleuve. Enfin, son grand-père adoptif, puisque le vrai, le père de son père, était mort noyé, emporté par le courant puissant du fleuve lors d'un braconnage nocturne.

Sacha tenta de lui cacher ses larmes qui avaient creusé de blancs sillons dans son visage crasseux. Il avait un visage ingrat, des joues creuses, un large et haut front qui annonçait un gros crâne toujours rasé de près — à cause des poux, disait sa mère. Le vieux, lui, cachait son crâne derrière une chevelure abondante nouée en une longue tresse sur le dos à la manière des mariniers et son visage derrière une épaisse barbe grise.

« Mais... t'as pleuré dis-donc ! Ah ? ! T'as eu des coups hein ? Tu réponds pas ? T'as raison... Faut jamais montrer sa peine aux autres. De toute façon, ils ne peuvent rien y faire. Pas vrai ? »

L'enfant répondit par un silence.

« Tu regardes l'île, hein ? Elle te fascine et t'attire... Hein ? Réponds, nom de Dieu !

— Euh... j'aimerais y aller...

— Et comment t'irais ? Il faudrait traverser le fleuve pour l'atteindre. Et elle est entourée de meuilles. Des tourbillons si puissants que même le Drac pourrait pas s'en sortir vivant...

— Je sais ! »

Sacha était agacé par la présence de ce vieux qu'il aimait beaucoup, mais il préférait la solitude.

« Tu veux te sauver des coups de ton père, hein ? C'est ça, t'en as marre des coups. C'est presque pas de sa faute tu sais. Son père à lui, il lui en donnait des coups, alors il se venge sur toi. C'est presque normal... »

Sacha écouta, intéressé par cet aveu. Mais pas du même intérêt que l'imaginait le vieux avec ses bonnes intentions. La haine était devenue trop forte.

« Il aurait dû taper plus fort... » Murmura-t-il, espérant ne pas avoir été entendu, mais heureux quand même du contraire :

« Si c'est pas Dieu possible ! Dire cela de son père... Allez... j'te laisse et tarde pas trop à rentrer, hein ? Sacha ? »

Seuls le vent et le bruit furieux de l'eau du fleuve répondirent au vieux. Le gosse était de nouveau plongé dans son admiration de l'île. Le soleil s'était couché, côté Riaume, et colorait la surface de l'eau d'un orange vif qui éclairait le visage de l'enfant d'une lueur inquiétante. Le vieux s'éloigna en haussant les épaules.

« Indomptable, ce gosse ! Indomptable ! »

Soudain, juste avant la tombée de la nuit, alors que Sacha avait détourné son regard vers le ciel pour admirer un grand héron cendré passer d'un lourd battement d'ailes avec son cou rentré dans ses épaules comme un « S », le bateau de la couchée était apparu, en décize, à la sortie du grand méandre, et disparut derrière les grands peupliers de l'île. Sacha fut horriblement déçu de ne pas avoir pu suffisamment l'admirer. Il se leva lentement et s'approcha du bord de l'eau sans un bruit et s'immobilisa, à l'affût. Un autre spectacle s'offrait à sa vue : un grand castor nageait à quelques mètres de là, son grand corps allongé à la surface, ses grosses mains cachées sous l'eau le poussaient où il voulait aller. Il remontait vigoureusement le courant, et se laissait entraîner par une coulée, recommençait, calculait son coup, repartait vers l'amont en utilisant un courant remontant appelé ici une rize, se laissait de nouveau descendre en choisissant la bonne coulée, et ainsi de suite. Du grand art pour choisir son chemin entre les meuilles mortelles du fleuve. L'animal semblait jouir d'un bonheur complet, en pleine harmonie avec l'élément liquide. Sacha suivit la bête et enregistra soigneusement son parcours, en esthète. Le destin lui avait envoyé un éclaireur pour lui montrer le chemin de l'île.

L'obscurité envahit soudain le monde autour de lui. Mais le castor avait déjà abordé l'île et l'enfant avait pu reconnaître le lieu précis d'accostage. Bientôt la lune se lèverait et éclairerait de sa lueur blême son île et le bateau bricolé sur l'autre rive...

Il s'en retourna chez lui, car il avait besoin d'un sac étanche. Il couperait un solide bâton grâce au couteau qu'il s'était lui-même confectionné et qu'il avait jusqu'ici réussi à cacher à son père.

Dans le bidonville qui leur servait de maison, les ronflements de son père lui indiquèrent que la voie était libre. Il surmonta son angoisse et se faufila jusqu'à la réserve où était stocké tout le matériel de braconnier de son père. Il trouva le sac de cuir étanche le saisit et sortit en vitesse et en catimini... La voix de sa mère le fit sursauter : « Qu'est-ce tu fais Sacha ? » Le ronflement de son père s'arrêta, comme si d'entendre prononcer le nom de l'enfant — Sacha — lui était insupportable et il se mit assis sur le lit, au fond de la salle commune.

« Sacha, nom de Dieu ! Qu'est-ce tu fous ? T'as rien apporté depuis des jours, petit fainéant ! J'te montrerai moi, ce que c'est qu'il faut faire ! » Il hurlait de fureur. La mère pleurnicha. Pendant tout ce temps, Sacha ne ralentit pas son allure. Il était déjà sorti que son père vociférait encore dans le taudis puant où ils logeaient tous...

L'enfant tremblait d'impatience alors qu'il courait sur les pavés des ruelles désertes d'Espérance, cette vaillante petite ville qui ne méritait pas son nom, du moins en ce qui concernait Sacha.

Puis il marcha quelque temps sur la route de terre battue qui constituait le chemin de halage. Il allait retrouver son coin habituel à partir duquel, en suivant l'exemple du castor, il entrerait dans l'eau du fleuve qu'il allait traverser pour retrouver son île. Mais le sort ne voulait pas que ce fût aussi simple...

Il trébucha soudain sur un obstacle invisible et s'étala de tout son long sur le chemin. Sa tentative de se retenir avec ses mains se solda par des lambeaux de peau arrachée sur les graviers.

« Eh ! Sale tête! T'as pas vu ? T'es saoul ou quoi? »

Sacha avait reconnu la voix. Le Rouquin et son acolyte le petit Teigneux avaient enfin réussi à le choper. Il tenta de se relever pour s'enfuir, mais le Rouquin lui envoya un coup de savate sur le menton qui lui releva brutalement la tête. Sans un cri, il essaya autre chose en roulant sur le côté pour se laisser glisser le long de la digue jusqu'au fleuve. Cela réussit partiellement — il sentit la douleur d'un coup de pied dans les côtes —, mais réussit quand même. Il glissa le long de la pente raide de la digue construite en pierres et se retrouva sur les galets de la grève.

« Eh ! Sale tête ! Tu t'en tireras pas comme ça. On arrive... » Ils coururent vers l'aval pour emprunter un escalier escarpé qui permettait de descendre. Mais Sacha appela le fleuve à son secours. Tant pis pour ses vêtements. Il lâcha le sac étanche qui devait maintenir ses habits au sec pendant sa traversée et entra dans l'eau. Quand elle arriva à la ceinture, l'eau fraîche courut le long de ses cuisses au travers de son pantalon. Il se laissa aller dans le courant en nageant vigoureusement vers l'autre rive. Il calculait son coup pour atteindre le point exact montré par le castor. Il l'avait dans la tête, comme un plan, comme un schéma de géométrie tel qu'il en apprenait à l'école. Une précision au millimètre près était nécessaire. Lorsqu'il arriva à la hauteur de ses agresseurs — il constata à la lueur de la lune qu'ils étaient au nombre de sept — il cria sans s'arrêter de nager : « T'es niqué le Rouquin ! » L'autre entendait sa voix, tonitruante par-dessus le clapotis des flots, mais ne voyait pas Sacha. « T'es où, sale con ! T'es où que je t'encule à sec !

— Je suis pas loin ! Et la prochaine fois, je pêcherai encore dans tes territoires ! Le fleuve n'appartient à personne, surtout pas au Rouquin !

— Si ! Ces lônes m'appartiennent ! Nous sommes les plus forts ! Alors gare à tes fesses...

— J'irai couler tes barques, sale con ! »

Déjà, il n'aimait pas qu'on l'appelle « Rouquin », il en avait horreur, mais là, il en resta muet de stupeur. Couler ses barques ? Mais c'était tabou cela. Comme aller sur l'île en face, l'île du Drac, le roi du fleuve, qui vous gobe les yeux comme il goberait un œuf de pigeon...

Sacha reprit sa nage vers le point exact qui l'attendait inexorablement. Il avait déjà oublié ses agresseurs. Son attirance intense vers cette île ne l'avait pas lâché. Elle l'avait saisi à la gorge lorsque le bateau avait accosté l'île...

Le parcours du castor était bien calculé. Le fleuve, avec ses meuilles et ses rizes emmena l'enfant directement sur les berges de l'île côté Riaume. L'air était doux, l'eau pas trop froide. Une fois sur le gravier, Sacha se déshabilla et tordit ses vêtements pour les essorer. Il devait être présentable pour sa rencontre avec le capitaine. Un bonheur sans mesure lui étreignait le cœur. Il jubilait. Il avait oublié tous ses soucis, les coups et la haine. Il allait communier avec la nature... « Y avait que ça de vrai ! »

L'air était immobile, sans un souffle de vent. Les grillons chantaient — c'est plus au sud qu'il y avait les cigales — le fleuve chantait et la lune riait dans le ciel. Tout semblait parfait pour accueillir ce nouvel arrivant dans ce nouveau monde, au-delà du fleuve.

L'enfant se rhabilla. Ses vêtements n'étaient composés que d'un pantalon de grosse toile, bleu délavé, attaché avec une grosse ficelle et d'une chemise de la même toile, de la même couleur. Ses pieds étaient chaussés d'espadrilles de toile de jute.

Il s'enfonça résolument dans les vorgines, cette végétation épaisse constituée de pousses de saules, d'ormes, de grands peupliers. Les moustiques avaient déjà attaqué. Sacha les entendait tourner autour de son visage. De grandes cloques le démangeaient sur le front, sur les tempes et même sur le lobe de l'oreille. Après une demi-heure de marche pénible dans cette jungle obscure, il trébucha sur une pierre.

Ici, le silence était absolu. Il le remarqua en s'arrêtant involontairement. Plus de chant de grillon, plus de chant du fleuve... Un silence de tombe.

Il frissonna. Une grande partie de sa joie fut effacée par la *peur*... Ce silence n'était pas *naturel*.

Il se releva en se dégageant péniblement des lianes de clématite qui l'enlaçaient lascivement pour poursuivre vaillamment sa marche vers le centre de l'île. Il se cogna à une énorme pierre cyclopéenne.

Il était arrivé aux ruines. Les ruines du château du Drac. Un vaste cercle stérile ouvrait un espace à sa vue sous la lueur blême de la lune. Comme empoisonnée, la terre, ici, ne laissait rien pousser. Seule une vaste construction effondrée à cause des coups insidieux du temps qui passe et des crues du fleuve trônait dans ce cercle. Des pierres énormes, des sculptures étranges, aux visages effrayants. Certaines représentaient des êtres aux contours d'une géométrie non euclidienne, aux perspectives bizarres et troublantes. L'enfant cheminait lentement entre ces pierres, la tête baissée, les bras croisés sur sa poitrine comme pour calmer les battements de son cœur. Son angoisse ne faiblissait pas, au contraire, elle s'approfondissait alors qu'il avançait vers le centre de cette clairière obscure. C'était d'ailleurs cette angoisse qui le poussait à continuer. Elle avait remplacé cette intense jubilation qu'il avait connue quelques heures auparavant lorsqu'il avait abordé l'île. Quelques heures ? Il avait l'impression d'être ici depuis très longtemps...

La tombe l'attendait. Il la rejoignit.

C'était une grande pierre monolithique posée sur le sol (que contenait-elle en dessous ? !) et surmontée d'une grande sculpture effrayante qui représentait un être aux allures démoniaques, ni homme ni bête, un être aquatique, c'était sûr, mais qui semblait d'une intelligence diabolique.

Et la tombe lui parla :

« Tu as traversé le fleuve pour me rejoindre, c'est bien. Ne dis rien ! Ton but n'est pas atteint, car ces ruines sont celles de ton enfance. Mais rien n'est perdu!... Tu dois poursuivre ta route vers l'autre rive de l'île. Tu y trouveras un bateau en couchée... »

Le bateau ! Il le savait qu'il devait rejoindre le bateau ! Mais, cette voix glacée comme les profondeurs du fleuve, l'avait-il entendue ou s'était-elle simplement incrustée dans son esprit ?

Un peu plus loin, alors qu'il poursuivait son chemin, il passa devant une partie de bâtiment encore debout, les fenêtres garnies d'une menuiserie pourrissante, rendue grise par les intempéries, aux vitres intactes maculées de toiles d'araignées et de poussière. Il aperçut une ombre bouger derrière une fenêtre. Il lui sembla distinguer un enfant... La terreur l'envahit, elle anima ses jambes et ses cordes vocales qui émirent un son grave et plaintif. Sa course entre les blocs sur cette terre stérile était automatique, car la peur avait paralysé son jugement.

Soudain, une ombre se dressa devant lui, à contre-jour de la lune qui brillait juste au-dessus d'elle. C'en était trop ! Il s'effondra sur le sol, la tête cachée dans ses bras. Mais, si cela l'empêchait de voir, il ne pouvait éviter d'entendre !

Une voix profonde, mais douce, résonna dans sa tête : « N'aie pas peur, je veux juste t'empêcher de faire une bêtise. N'y va pas ! Retourne chez toi ! »

Cette voix produisit l'effet contraire dans son esprit. Retourner chez lui ? Dans cet enfer quotidien ? Revoir son père, cet ivrogne violent, sa mère tout en soumission à cette violence ?...

Sûrement pas !

Il était venu ici pour embarquer vers d'autres destins que le sien beaucoup trop sordide.

Il releva alors la tête pour affronter directement cette ombre qui avait la prétention de l'empêcher de passer. Elle resta parfaitement immobile sous son regard. Il la contourna, pour pouvoir la regarder à la lumière de la lune et découvrit alors une sculpture représentant un personnage qu'il voyait de dos, le corps recouvert d'une bure avec le capuchon rabattu sur le visage. Lichen et moisissures avaient coloré sa surface en un noir profond.

Il retrouva cette forêt fluviale et affronta les griffes acérées de ses ronces, les bras souples de ses clématites, les gifles claquantes de ses branches de saules. Une chouette hululait au loin. Mais cette pénible traversée guidée par le disque blafard de la lune, ne dura que quelques dizaines de mètres. Enfin, il émergea sur la gravière. Il aperçut le bateau, immobile dans sa couchée, ombre chinoise devant le reflet brillant de la lune sur la surface du fleuve. Au-delà, assez loin, la berge de l'Empi, déserte et obscure, semblait guetter le moindre de ses gestes. Bien en aval, il devinait la tour du bac à traille, pourtant très éloignée. Il pensa avec angoisse à la cloche des noyés, celle qui sonnait quand le fleuve régurgitait un cadavre.

Son regard se porta de nouveau sur le bateau. Il était très long, plus de cent mètres, on distinguait bien, à l'arrière, la plateforme du marinier avec la longue perche du gouvernail qu'il fallait souvent manœuvrer à deux, car elle avait le diamètre d'un arbre moyen. Une ombre humaine semblait accroupie là. La cheminée était dressée, toute droite, vers le ciel, et il semblait que le moteur à vapeur tournait, car une fumée montait dans le ciel. Les deux énormes roues à aubes battaient déjà l'eau.

« Il a mis les machines à chauffer pour m'emmener ! » Se réjouit Sacha.

Et il courut sur les gros galets qui craquèrent alors sous ses pas, comme les dents claquent sous l'effet de la peur...

Le bateau était rouillé, délabré même, mais la passerelle semblait solide. Il l'emprunta résolument, sans crainte. Il courut vers l'arrière, emprunta l'échelle qui lui permit d'accéder à la plate-forme du gouvernail.

Le capitaine l'y attendait. Mais, son visage était dans l'ombre de la lune qui brillait derrière sa tête.

« Bonjour Sacha ! » Sa voix était douce et charmeuse. Elle exprimait une affection profonde que Sacha n'avait jamais connue, même de la part de sa mère.

« Tu veux partir loin d'ici. Tu verras un autre monde, celui qui se trouve au-delà du fleuve, un paradis pour les enfants malheureux. Veux-tu venir ?

— Oh oui !

— Bien, alors tu vas prendre la barre. Notre bateau s'appelle le « Mississipi ». Nous allons amorcer une sacrée décize.

— La barre ? Vous me proposez de tenir la barre ? Mais elle est beaucoup trop grosse pour moi !

— Mais pas du tout, approche-toi, tu verras qu'elle sait se mettre à ta main... »

Effectivement, Sacha s'approcha et il se sentit soudain si grand et fort qu'il put empoigner la barre, la placer sous son bras, le coude pendant, la main tenant fermement le bois lissé par les milliers de paumes calleuses des mariniers.

« Je vais lever le brick et enlever la passerelle. Tu dirigeras le bateau entre les meuilles en évitant de t'enliser... »

Le capitaine disparut vers l'avant. Le moteur monta en régime et la fumée sortit plus épaisse de la cheminée. Quelqu'un devait alimenter la chaudière en charbon. Soudain le bateau fit une véritable embardée vers l'avant. Sacha poussa de toutes ses forces l'énorme manche du gouvernail vers la berge pour en éloigner ce monstre de fer haletant, véritable dragon crachant le feu. Le bateau descendit soudain en prenant rapidement de la vitesse. L'enfant n'eut pas le temps ni la force de redresser la barre. L'énorme bateau commença à se mettre en travers, mais une main secourable survint à temps pour pousser la barre et la lourde embarcation reprit l'axe du fleuve et, à grande vitesse, entra dans un épais brouillard...

Cette fois ils allaient s'en sortir ! Ils habitaient dans une belle maison, au beau toit en tuiles. Mais Sacha disait qu'il y avait un problème. « Trop de chevrons ! » Insistait-il. « Trop de chevrons ! »
Alors, il en enleva quelques-uns. Et... horreur ! Toutes les tuiles se mirent à glisser et tombèrent au sol !
Quelle catastrophe ! L'angoisse le reprit, et le manque d'alcool saisit tout son corps.
Mais... où étaient passées ces tuiles ? Où étaient-elles passées ?

Soudain, changement de décor. Il était attablé devant une grande quantité de victuailles appétissantes. Il mangeait, et surtout, il buvait du vin. Mais, curieusement, cela ne satisfaisait pas son manque, cette profonde douleur qui le rendait esclave de l'alcool. À côté de lui, un petit garçon ne mangeait pas. Il le regardait en levant ses yeux naïfs, brillants de fraîcheur. Ce petit garçon lui ressemblait.
« Sacha ? » Interrogea-t-il ?
L'enfant répondit « non », en hochant simplement la tête. Il pointa le doigt sur sa poitrine. Il pensa alors que cet enfant, ça devait être lui. Quand il était petit.
« Ah ! Bon ! Écoute, petit, tu veux trier mes tuiles ? Mettre les bonnes de côté pour que je puisse réparer mon toit ? »

Mais, avant que le petit ne pût répondre, quelqu'un lui secoua vigoureusement l'épaule. Il se retourna lentement sur son banc et vit son père lever la main avec un sourire sardonique.

« Prends ça, petit con ! »

La peur le réveilla alors. Il tenait encore sa bouteille de gnôle dans la main et s'en envoya une bonne rasade pour oublier son rêve.

C'est alors qu'il entendit la cloche.

La cloche des noyés !

Mais quelqu'un lui secouait toujours l'épaule.

« Saleté d'ivrogne ! Réveille-toi ! Arrête de boire et viens ! T'entends pas la cloche, sale con ! T'entends pas la cloche ! C'est Sacha ? J'ai peur ! Il est pas revenu depuis des jours... Faut prendre la traille. La cloche sonne de l'autre côté... »

C'était sa femme. Mais elle ne savait pas, elle, qu'il devait encore boire pour faire cesser ses tremblements. Elle fit mine de lui saisir la bouteille. Il la gifla et but avidement au goulot.

« Laisse ça ! Tu piges rien ! M'en fous de Sacha, c'est pas mon gosse... » C'était rare qu'il exprime clairement l'objet profond de sa souffrance.

Elle, ne réfléchit même pas à ce qu'elle allait dire, seule l'anxiété conduisait sa langue : « Si t'avais été capable d'en faire !... »

Il ne répondit pas, sachant bien à quoi s'en tenir. L'ivrogne décida de la suivre : il n'avait qu'elle au monde... et le vieux...

Elle le laissa boire, car elle vit qu'il se levait. Puis, il se sentit mieux. Il avait oublié son rêve, mais il pleurait à cause de la cloche.

Lorsqu'ils arrivèrent à la traille, le bac était de l'autre côté. Il faisait descendre des passagers, chevaux et chariots. Le passeur regardait vers eux et leur faisait de grands signes. Devant eux, un homme de haute taille, un grand chapeau de cuir sur la tête, tenait une grande faux posée en travers sur ses épaules. Pour les rejoindre, avec grande habileté, le passeur traversa le fleuve au courant fougueux. Ils étaient seuls avec le moissonneur et montèrent sur le bec. Le passeur ne leur dit rien. Mais il les observait de biais sans qu'ils s'en rendent compte. De toute façon, leur angoisse était si grande qu'ils ne faisaient attention à rien.

La cloche avait cessé de sonner.

Au milieu du fleuve, le père regarda vers l'amont. Il aperçut l'île dans la brume du petit matin et sursauta soudain en poussant un cri. Il lui semblait avoir vu un énorme bateau porteur à vapeur foncer vers eux. Effrayé, il ferma les yeux, et, lorsqu'il les ouvrit, il n'y avait que l'eau qui coulait avidement et, au loin, l'île...

Le bac à peine glissé sur l'accostage en pente douce, ils se précipitèrent vers l'aval.

Un attroupement au bord du fleuve leur indiqua que le noyé se trouvait là. Un homme agitait les bras en criant à un gendarme : « C'est moi qui l'ai trouvé ! C'est moi qui dois toucher la prime !

— Mais oui. Mais oui. Répondait le gendarme. T'excite pas Louis ! Personne d'autre ne le revendique ce noyé. »

Une femme pleurnichait : « Pauvre gosse ! »

Les parents de Sacha écartèrent brutalement les badauds, tous lève-tôt pour la pêche ou le braconnage, et s'arrêtèrent devant l'horrible spectacle.

Sacha, dont le corps était tout tordu par le courant, la moitié des lèvres mangées par les anguilles et les écrevisses, le ventre gonflé comme une outre, semblait pourtant avoir trouvé comme une paix intérieure... On distinguait encore sur son visage de multiples et longues griffures boursouflées par le séjour dans l'eau...

« Mais où es-tu allé ? Où es-tu allé ? Mon petit chéri. » Pleurait sa mère...

Folie

Lorsqu'il descendit les escaliers crasseux de l'immeuble qui abritait son petit meublé, il pensa au type.

En se levant, il y pensait déjà. Sorti du lit, il s'était approché de la fenêtre, avait essuyé la buée des vitres avec son coude et regardé dans la rue. Elle était déserte dans la brume de ce petit matin. L'immeuble d'en face semblait calcifié dans le brouillard givrant. Seules les voitures défilaient en freinant pour s'arrêter au feu rouge, ensuite leur moteur râlait rageusement lorsque le feu passait au vert. Personne ne se montrait aux fenêtres d'en face. La ville semblait uniquement habitée des pierres des bâtiments et de l'acier des voitures terni par la brume déposée sur leurs toits. Pas d'être humain en vue. Donc pas le type...

Le camion à ordures était apparu dans la rue à sa gauche, s'était arrêté en bas de l'hôtel et deux grands noirs avaient sauté lestement du marchepied et couru en travers de la chaussée pour s'attaquer au grand tas d'ordures plus ou moins bien emballées dans des sacs plastiques gris anthracite. Les premiers êtres humains de ce petit matin.

Les grincements de l'escalier en bois protestaient à chaque pas qui les écrasait.

Valentin se gardait bien de toucher la rampe trop collante des dépôts laissés par la main crasseuse des hommes et femmes qui l'avaient utilisée : saleté de la ville, débris alimentaires, urine et excrément, salive et sperme, sang et larmes, morve et crottes de nez.

« Dégueulasse ! » Pensa-t-il.

Lorsqu'il déboucha sur le trottoir, les éboueurs avaient presque terminé. Les claquements d'acier de la benne et les cris des gars se mêlaient aux vrombissements des moteurs de voiture. L'air glacé le saisit en figeant son visage. Il remonta le col de son blouson et vit le type.

Il discutait avec un éboueur. Plutôt, il engueulait un éboueur et, profitant que le collègue de celui-ci avait suivi le camion qui s'était avancé, le tenait au collet des deux mains. Le type était un peu plus grand que le noir déjà très grand. À cause du camion qui vrombissait à côté de lui, Valentin n'entendait pas les deux hommes, mais il voyait bien, par leurs rictus haineux, qu'ils s'insultaient. Le noir qui regardait le type droit dans les yeux pour mieux l'affronter sembla tout à coup avoir peur. Il détourna le regard, le porta sur Valentin et l'appela au secours en levant le bras. Juste avant de détourner la tête, Valentin vit le type donner un violent coup de boule sur le nez du noir. Il avait encore cette image imprimée dans le cerveau lorsqu'il tourna à l'angle de la rue et traversa le passage piéton en courant, juste avant que les voitures ne démarrent au feu vert.

Lorsqu'il s'engouffra dans la bouche de métro, la fatigue lui coupa les jambes. Mais il résista jusqu'au bas de l'escalier où il s'arrêta, courbé par le poids du manque de sommeil et de la fatigue nerveuse du travail à l'imprimerie. En s'appuyant au mur couvert de carrelage froid et brillant, il décida de surmonter son coup de pompe et repartit vers les quais. Les éclats de voix furent perceptibles dans le couloir souterrain, désert à cette heure encore très matinale. Des cris, interpellations vulgaires, violences verbales de toute beauté. Presque fasciné par le rythme de ces bruits humains, il déboucha sur les quais en restant sur ses gardes. Il entrevit immédiatement à l'autre bout du quai, entre les poteaux métalliques, une monumentale bagarre entre deux bandes rivales. Les coups pleuvaient dru. Un grand type blond, les bras tendus pour se protéger, lançait alternativement ses coups de pieds de ses longues jambes habillées d'un jean délavé. Le noir d'en face dégustait en reculant. Il finit par attraper au vol le pied du grand con qui tomba brutalement sur le cul en criant. Valentin crut entendre distinctement le craquement du coccyx. Il en ferma les yeux de douleur pour le gars. Un autre plus petit avait déjà aligné deux noirs par de violents coups de poing très brefs, le deuxième encaissant les coups debout, bras ballants. Au troisième impact des poings blancs, le sang rouge gicla de son nez écrasé, au cinquième le petit boxeur avait les poings tout rouges. L'autre restait toujours debout. Un autre grand noir à la boule rasée avait séché trois types presque simultanément et en criant : « Laisse mon frère salaud », lança violemment le tranchant de sa main noire et rose sur la nuque du boxeur dont la tête fit un drôle d'angle avec son corps qui s'effondra immédiatement sur le quai glacé.

Le bruit de la rame de métro qui arrivait dans le tunnel recouvrit juste à temps celui du massacre : Valentin changea d'avis et ne prit donc pas ses jambes à son cou pour s'enfuir. Pour cela le métro était plus sûr. De l'autre côté, la bagarre entre quelques gars de chaque bande, les autres restant spectateurs, se terminait par la victoire évidente des noirs grâce à l'efficacité brutale du grand au crâne rasé. Les blancs s'égayèrent donc devant les blacks vainqueurs en laissant leurs blessés sur place.

À l'intérieur de la voiture, Valentin s'assit contre la fenêtre. Il voulait absolument voir quelque chose avant que la rame ne reparte et l'emmène loin de toute cette brutalité.

Pendant les quelques dizaines de secondes de violences, il avait aperçu quelqu'un assis derrière le groupe de loubards.

Il n'en était pas sûr, mais pourtant il s'en doutait bien... Oui ! Lorsque la rame démarra, il reconnut le type qui leva lentement la tête en lui faisant un signe menaçant.

C'était bien lui ! Le même type qu'il voyait partout. Qui le provoquait au combat dans les coins sombres des ruelles.

Qui accompagnait la violence, car elle le suivait désormais.

Mais Valentin était trouillard. Il avait peur. Il était vert de peur et l'autre prenait un plaisir évident à sa peur. Il jouissait de sa peur. Il se nourrissait de sa peur.

Maintenant Valentin avait même peur de sa peur.

Jusqu'où cela irait-il ?

La rame s'arrêta à une station. Le pchiiiiit de l'air comprimé des portes automatiques le réveilla de son cauchemar pourtant bien réel. Il regarda sur le quai pour lire le nom de la station et vit le type arriver avec son air sardonique et agressif.

Sur ses gardes, Valentin se leva, son cœur battant à rompre ses côtes. Mais ses nerfs le tenaient bien. Il attendit le dernier moment pour prendre sa décision : quand le type monta dans le wagon, il se dirigea vers la porte et sauta sur le quai juste quand le pchiiiit de fermeture des portes se déclencha. Curieusement le type ne chercha pas à le suivre, mais leva en sa direction la paume de sa main dirigée vers le haut, tous les doigts tendus horizontalement sauf le majeur relevé perpendiculairement aux autres. Il la leva d'un coup sec deux fois. Valentin refoula la vision sadomasochiste qui s'imprima brusquement dans sa tête. Le type claqua des doigts. Un claquement très bref, mais qui sembla faire tant de bruit que Valentin crut l'entendre nettement. Et brusquement tout s'arrêta.

Le noir absolu. Le silence, les lumières éteintes, un air glacé. Valentin ouvrit la bouche pour hurler et tout redémarra progressivement comme lorsqu'on met en marche un disque lentement, d'abord au ralenti puis de plus en plus vite jusqu'à ce tout redevienne normal. Valentin étouffa le cri dans sa gorge, mais le passant qui le vit bouche grande ouverte le regarda avec curiosité. L'arrière du train s'éloigna rapidement dans le tunnel....

Il sauta dans le métro suivant. Le voyage se passa sans encombre jusqu'à l'imprimerie devant laquelle il se rendait tous les matins à cinq heures tapantes dans l'espoir, jusqu'à aujourd'hui exaucé, qu'on l'embaucherait pour une journée complète, voire, comme cela était déjà arrivé, pour douze heures avec quatre heures payées en heures supplémentaires. Mais aujourd'hui il n'était pas le premier.

Déjà deux jeunes hommes et trois filles attendaient devant le guichet encore fermé. Ses chances étaient encore valables. Dans un quart d'heure, il y aurait des dizaines de personnes à attendre un hypothétique boulot. Il prit la file juste derrière une fille pas mal roulée, moulée dans un jeans noir. Elle se tenait le bassin légèrement penché, une jambe raide l'autre légèrement repliée, ce qui faisait encore plus ressortir la rondeur des ses hanches du côté de la jambe maintenue droite. Ses épaules étroites étaient partiellement cachées par une noire chevelure, mal lavée peut-être (quand a-t-on le temps de se laver avec cette vie de chien ?), mais l'ensemble faisait drôlement bander. Surtout au petit matin à attendre sans rien d'autre à faire qu'à regarder et à penser.

C'est ce que fit Valentin. Ce qui lui gâcha son plaisir ce fut le souvenir du geste de la main du type lorsque le métro s'éloignait.

Allez ! Il ne se le laissa pas gâcher, mais investit complètement la suggestion de ce geste...

Le brusque claquement du volet en bois du guichet le sortit de sa merveilleuse torpeur... Les cinq personnes devant lui furent prises et lui aussi. Les autres furent renvoyées à leurs foyers. En entrant dans le hall de l'usine l'odeur amère de l'encre d'imprimerie, du papier et de l'huile chaude des machines qui tournaient jour et nuit le réconforta. Il lui semblait entrer dans un monde rassurant d'activité, monde dans lequel il était pris en main, conduit par la machine. Au fond, c'était comme une drogue dont il était le plus souvent en manque. Le bruit était assourdissant. Pour se parler, il fallait crier, hurler même. De vagues zombies officiaient auprès des monstres mécaniques après une nuit d'extrême tension nerveuse pour suivre leur rythme du diable. Les gestes saccadés étaient devenus presque aussi automatiques que les mouvements des machines.

De tous ces rythmes de bielles, rouages, roues dentées, courroies de transmission, souffles des aspirateurs, halètement des plieuses, sifflement des blanchets sur la plaque d'alu, décollement de la feuille du blanchet, ronronnement des moteurs électriques, de tous ces rythmes mélangés on pouvait réussir à en intégrer un seul. Le choix pouvait être vaste. C'était selon sa personnalité et son humeur. Valentin avait choisi depuis longtemps le rythme endiablé de la batterie de « one hit (to the body) » des Stones. Il avait entendu cette musique un soir dans un bar. La batterie avait immédiatement évoqué l'usine pour lui. La chanson était entrée entièrement dans sa mémoire comme le lapin avalé par un boa. Elle n'était jamais ressortie. À tel point qu'il se réveillait la nuit la tête pleine de cette chanson et qu'il voyait l'usine fonctionner à ce rythme comme s'il y était.

Il n'en connaissait même pas le titre. Il ne savait même pas qui la chantait. Il s'en foutait d'ailleurs... De la chantonner comme ça en silence jour et nuit ça lui permettait de survivre. Non pas seulement de supporter le rythme affreux de l'usine, un rythme qui vous rend esclave de la machine, qui vous pousse au bout de vos possibilités nerveuses, qui, insensiblement, mécanise vos gestes, les rythmes, justement, tels des bielles de chair et de sang, non, pas seulement la supporter, mais l'aimer, en avoir besoin, à tel point qu'on se réveille la nuit et qu'on chante au rythme de la batterie : « my blood starts to flow... »

La fille n'était pas si jolie que la vue de son... dos lui laissait espérer. Mais enfin ce qu'il avait vu en premier était déjà suffisamment appréciable. On verrait pour le reste.

Il fut affecté à une plieuse. Une machine assez longue qui plie les journaux qui défilent ensuite sur un tapis roulant et là, on peut s'étonner, mais c'est comme cela, et heureusement, car sinon Valentin n'aurait pas de boulot, au lieu d'une machine pour compter le nombre de journaux nécessaires, les saisir et les placer dans un autre engin qui enroule un fil Nylon autour, on place un homme, en chair et en os. Cet homme ce sera Valentin de six heures à seize heures avec un quart d'heure de pause seulement pour le casse-croûte.

Le contremaître, long type maladif au nez tout rouge était déjà saoul. Valentin l'avait repéré parce qu'il allait souvent traficoter dans un placard. Il n'était pas difficile d'apercevoir la bouteille... Normal. Il fallait bien tenir le coup pendant douze heures de stress permanent. D'ailleurs cet homme semblait vivre dans l'usine jour et nuit sans jamais se reposer, sans s'arrêter. En arrosant consciencieusement son visage de postillons fortement alcoolisés, il expliqua laborieusement à Valentin le boulot qu'il connaissait déjà par cœur. Il écoutait d'une oreille distraite en cherchant la fille du coin de l'œil.

Et qui était assez bête pour ne pas comprendre un travail aussi simple ? Compter : « un, deux, trois, quatre, cinq, etc. » et, arrivé au bon chiffre, tendre les mains, attraper le paquet en serrant assez fort pour que les journaux ne tombent pas, se tourner légèrement, le poser sur l'autre machine en poussant le précédent qui tombait dans une panière, appuyer sur la pédale, se retourner, compter : « un, deux, trois, quatre, cinq, etc. »

C'était parti. Bientôt le rythme de la chanson des Stones allait l'emporter et celui des coups de reins qu'il donnerait en faisant l'amour en imagination à la fille...

Le temps s'écoulerait ainsi suffisamment vite pour que la vie soit supportable. Il fut très étonné lorsque la sirène du casse-croûte retentit et que la machine s'arrêta dans un étouffement progressif de ses rythmes mécaniques. Les grandes offsets continuaient à pulser leurs énormes feuilles qui claquaient comme des doigts de rocker quand elles se décollaient du blanchet. Les conducteurs faisaient les trois-huit et cassaient la croûte en surveillant leurs machines.

Valentin se précipita dans le grand hall à la recherche de la fille. Il avait fermement l'intention de passer de l'imaginaire au réel.

Il la trouva le premier et se l'accapara le bref quart d'heure en parlant en même temps qu'il mangeait. Il avait l'air de lui plaire. Ils prirent rendez-vous à la sortie du boulot pour se rendre au pied du World trade center. Rien de tel que la vision de ces deux buildings sans fin dressés droit pour suggérer aux filles des montées au septième ciel...

La deuxième mi-temps de la journée de travail se déroula sur le même rythme, avec la perspective d'une soirée intéressante.

Lorsqu'il sortit, elle n'était pas devant la porte. Il devait être le premier. Faisant effort de patience, il décida de l'attendre. Il traversa la rue et s'installa, appuyé par l'épaule contre un arbre. Derrière lui, de vieux immeubles en ruines éparpillés dans un terrain vague sur lequel trônaient quelques voitures épaves, sordides gardiennes de ces lieux. Sur le mur lépreux, juste à côté de lui, une vieille inscription rappelait aux passants l'origine des anciens habitants de ces lieux : « libertad pa'los presos politicos — todos Al garden oct. 27 ». Signé : « PSP ». Il y avait d'autres inscriptions plus difficiles à lire. En attendant il essaya de les déchiffrer et de les traduire. On pouvait lire le nom d'un type : « MR BARRET ». Des slogans : « proletarios del mundo Unios ! »

et encore : « la lucha continua ! ». Ces murs avaient permis à des gens d'exprimer des idées politiques...

Après une longue attente, la fille arriva au moment où il décidait d'abandonner la partie, las de l'observation de ce quartier mort.

Le type réapparut en même temps qu'elle.

Valentin sursauta. Il prit la décision de fuir.

Changea d'avis et se dirigea vers la fille en sortant de l'ombre de l'arbre déplumé. Le temps brumeux était très bas. Le type lui coupa la route. Valentin remarqua son teint très pâle, presque verdâtre, son grand imper gris, ses yeux glauques dont l'iris restait presque invisible, ses cheveux jaunes collés en filasse, ses lèvres minces figées dans un rictus ironique rendu sinistre par l'absence d'éclat des yeux. L'odeur de charogne était-elle réelle ou le fruit de son imagination face à cette espèce de zombie ?

Mais il était bien réel, car il parla à Valentin.

— Fais pas le con ! Cette fille est pas pour toi. Laisse tomber.

Il prit Valentin par le collet.

— Viens te battre avec moi : ça c'est le pied ! Te dégonfle pas. Dit-il en lui soufflant une haleine fétide dans le nez.

Il le tira vers une bagnole à la portière entrouverte.

Valentin, paralysé par la surprise et la peur ne résistait pas.

C'est la fille qui le sauva. Elle s'approcha et s'adressant à Valentin lui dit : « T'as des ennuis ? Ce type t'emmerde ? Tu veux que j'appelle les flics ? »

À ce mot, le type lâcha Valentin, cracha : « A bientôt » et monta dans sa vieille voiture. Il démarra sur les chapeaux de roues alors qu'un bolide passait à grande vitesse en vrombissant poursuivi par un véhicule de police sirène hurlante.

Qu'est-ce que ce type pouvait bien avoir comme raison de s'acharner ainsi sur Valentin ?

La fille se faisait appeler Chris.

Elle questionna Valentin sur le type. Ses réponses restèrent très évasives. Que pouvait-il répondre ? Que ce type qu'il ne connaissait pas le suivait partout. Le provoquait depuis des semaines. Que la violence l'accompagnait systématiquement et lui était devenue banale.

Il avait fini par s'habituer...

Ils parlèrent d'autre chose. Valentin paya le taxi et ils se promenèrent dans Manhattan jusqu'à Wall-Street. Ils allèrent méditer devant le grand jet d'eau et les arcades vitrées de l'Opéra, ils allèrent sur le quai saluer au loin la statue de la Liberté.

Puis, pour terminer, il l'emmena à quelques pas du World-Trade-Center...

Le brouillard tombait sur la ville. À quelque pas des deux géants, quelques immeubles plus anciens leur faisaient un piédestal. Les deux puissantes colonnes blanches de verre, béton et acier montaient solennellement en pénétrant dans les nuages bas. Une mouette passa devant cette image fabuleuse d'une construction qui semblait rendre immuable la présence de l'homme en ces lieux. Ils restèrent silencieux, enlacés devant ces deux monstrueux piliers.

« On reviendra un autre jour pour monter tout en haut. Tu verras Manhattan du ciel : un vaste radeau de rues parallèles et d'immeubles gigantesques, sillonné d'autoroutes aériennes rejoignant les grands ponts suspendus et d'autres s'enfonçant sous terre pour passer sous l'eau et longé par de grands bateaux. On reviendra. Tu verras. » Puis, ils s'approchèrent jusqu'au pied de l'une des tours. Alors là, ils se sentirent écrasés par cette hauteur.

D'autant plus écrasés qu'on n'en voyait pas le haut caché par les nuages. Le colossal immeuble semblait droit pénétrer le ciel dans un pur mouvement érotique.

Et il fit l'effet escompté sur la libido de Chris.

Ils terminèrent la soirée chez Valentin. Le lendemain, ils iraient ensemble quémander leur boulot de la journée devant l'imprimerie. Et, dans la tête de Valentin, la machine rythmerait cette fois les souvenirs de l'amour avec Chris...

Manhattan, le plus grand paquebot du monde, éternellement à quai, plein de gens, de centaines de milliers de gens qui vaquent à leurs occupations, des gens très riches et des gens très pauvres, des noirs, des blancs, des hispanos, des métis, des mulâtres, des flics, des sirènes de flics qui hurlent sans cesse, ça n'arrête jamais, jamais, des belles filles bien habillées et des épaves, des clochards et des drogués, des PDG et des éboueurs, le métro, les autoroutes et les avenues rectilignes et la mer, la mer, un paquebot vogue toujours sur la mer, mais celui-là est toujours à quai, immobile et tous ces gens ne savent pas qu'ils sont sur un grand paquebot, le plus grand paquebot du monde, majestueux, fantastique avec tous ses mâts, les plus hauts du monde, habités par des tas de gens qui travaillent, bien sapés, bien propres et qui ne se doutent pas qu'ils sont sur le plus grand navire du monde, toujours à quai, et quand prendra-t-il la mer, riche en proue et pauvre en poupe ? La façade brille toujours plus que l'arrière-cour !

Dans ce grand navire immobile, au fond de la cale, Valentin et Chris dorment du sommeil apaisé d'après l'amour.

Apaisé ?

L'inconscient de Valentin a bien noté que la fille s'est laissée sauter, non pas parce qu'il lui plaisait, mais parce qu'elle ne sait pas dire non. Et quand elle a dit oui trop souvent au même homme, elle sent monter progressivement en elle la haine. Elle ne s'en veut pas à elle-même de dire toujours oui. Non ! Elle finit par haïr celui à qui elle n'ose pas dire non. Cela peut être n'importe qui, le premier qui le lui demande. Quant à ceux qu'elle fréquente et qui ne lui demandent pas, elle les hait bien plus encore.

Mais, pour le moment, Valentin n'avait pas encore intégré cette névrose de la fille. Son inconscient avait juste noté quelques froideurs pour une femme aussi bien roulée.

Ils se levèrent dans un matin pas encore blême dans la nuit finissante. La rue toujours déserte dans la brume qui calcifiait toujours autant l'immeuble d'en face.

Triste ! Il se rendit vers le coin cuisine en raclant des pieds le carrelage écaillé du sol. Après avoir écrasé quelques cafards baladeurs, il prépara les œufs et les saucisses.

Le petit déjeuner plantureux les remit de bonne humeur.

Ils descendirent l'escalier en bois en sautillant, main dans la main. Valentin remarqua que Chris laissait sa main glisser sur la rampe.

Arrivé en bas de l'escalier il entendit la benne à ordures. Bien que levé le premier une heure plus tôt, il avait constaté par la fenêtre qu'il n'y avait pas un chat dehors, il se souvint alors que tous les matins, le type se trouvait dans la rue brusquement ré-animée. À croire que lorsque Valentin sortait de l'immeuble, les artères de la ville recommençaient à irriguer son vaste corps.

Effectivement le type était de l'autre côté de la voie, immobile sur le trottoir. Brusquement, très brièvement, le silence se fit, juste le temps au type de crier : « A tout à l'heure ! ». Et le va-carme de la benne à ordures reprit de plus belle.

La peur ressaisit la poitrine de Valentin. Elle ne le quitta plus jusqu'à l'imprimerie devant le guichet de laquelle ils arrivèrent les premiers. « L'avenir appartient à ceux qui se lèvent tôt ! » Déclama Chris en riant.

Le voyage en métro s'était déroulé sans incident, pour la pre-mière fois depuis des jours et des jours. La présence de Chris expliquait-elle cette accalmie ? Il avait presque fini par s'imagi-ner que la ville obéissait à ce type au doigt et à l'œil. Si c'était le cas pourquoi ce calme soudain ?

La journée de travail se déroula également sans incident.

Rien à signaler. À la sortie du boulot, il n'eut même pas à at-tendre Chris qui émergea de la gueule de l'usine presque en même temps que lui.

Avant la nuit, ils continuèrent à prospecter les coursives de ce vaste vaisseau dans lequel ils vivaient.

Alors qu'ils étaient très occupés à se bécoter en marchant sur le trottoir de bitume, ils ne virent pas la bande. En levant les yeux des lèvres de Chris, Valentin vit arriver la batte de base-ball sur sa tête. Il se poussa de côté d'un geste sec instinctif. Le crâne de Chris résonna sous le coup brutal du bois très dur. Valentin lâcha tout, elle s'effondra mollement sur le sol en pivotant sur elle-même et lui s'enfuit lâchement. La bande le poursuivit en l'insul-tant, le traitant de « gonzesse » de « poule mouillée », « amène-toi qu'on te la foute dans le cul » et plein d'autres amabilités de cet ordre.

Valentin courut, courut, mais il entendait toujours les pas précipités des voyous derrière lui. Il n'osait pas bifurquer sur une rue dans les carrefours de peur de perdre un tout petit peu de terrain sur des agresseurs dont il sentait presque le souffle sur sa nuque.

Pas un chat sur le trottoir, complètement vidé de tous ses passants. Les voitures passaient sur la route, floues, comme séparées par un rideau d'eau. Le silence, un profond silence de fond. Le seul bruit de sa respiration haletante, des battements de son cœur et des pas rapides et réguliers de ses poursuivants. La ville le laissait tomber. Seul, il se retrouva seul, poursuivi par une bande d'excités qui feraient de lui une bouillie de chair et de sang. Le bitume défilait sous sa tête baissée par l'effort de garder le bon rythme pour aller vite et tenir le coup longtemps. Il voyait ses pieds entrer alternativement dans son champ de vision.

Son esprit se vida petit à petit de tout sauf de la volonté pugnace d'échapper aux agresseurs.

Pugnace ? Alors, pourquoi ne pas s'arrêter et faire face à la bande ? Pourquoi ?

Dans la brume des voitures qui filaient dans la rue qu'il devait traverser, l'une d'entre elles apparut distinctement arrêtée juste devant lui. En freinant brusquement des talons et en jetant les bras en avant il atterrit presque mollement les bras sur le toit du véhicule dont la portière arrière était ouverte. Le premier homme à la batte de base-ball n'eut que le temps de frapper la carrosserie d'un « dong » retentissant, car Valentin s'était baissé et avait commencé à s'introduire dans l'habitacle sur le siège arrière. Mais l'agresseur qui suivait immédiatement, bénéficiant de plus de temps pour réagir, avait ralenti en arrivant à proximité du véhicule et assena un violent coup de batte sur la tête de Valentin. En même temps que celui-ci glissait lestement dans la voiture, elle démarra sur les chapeaux de roue, la portière ouverte frappant durement l'agresseur à l'épaule avant de se fermer en claquant. Le coup de massue avait glissé sur le crâne et frappé durement la clavicule.

Valentin, déjà installé sur le siège arrière du taxi jaune vraisemblablement conduit par un Iranien, hurla de douleur en insultant tous les loubards de la terre et particulièrement ceux de New York.

Il lui fallut un certain temps pour récupérer. Ce n'est donc que quelques minutes plus tard qu'il regarda le chauffeur qui l'avait sorti de ce mauvais pas.

Ce n'était pas un Iranien.

C'était le type.

« Dur la ville, hein ? Rien de cassé ? »

Valentin ne répondit rien, car il s'évanouit sous la douleur.

C'est par cette même douleur qu'il fut réveillé bien plus tard. Avant d'ouvrir les yeux, il entendit le ronronnement de milliers de voitures réverbéré dans un lieu clos, mais vaste.

Il sentit une épouvantable odeur d'échappement. Il toussa.

La secousse de la toux lui arracha une violente douleur à l'épaule.

« Je vais crever asphyxié ! »

Il toussa de nouveau et hurla de la douleur de sa clavicule cassée.

« Stop ! Du calme ! Bouge plus et respire lentement. »

Couché sur la banquette arrière, il se calma et regarda dehors. Une lumière jaune traçait une double ligne rectiligne dans le ciel.

Mais pourquoi étouffait-on ? Pourquoi ?

Il ne réalisait pas du tout. Il ne savait pas où il était. Dans une voiture arrêtée ? Cela, il en était sûr !

Mais arrêtée où ?

Il se leva donc péniblement en s'aidant de son bras valide et regarda par la fenêtre ouverte de la portière. Il vit une autre voiture arrêtée à côté.

« Un embouteillage ! » Pensa-t-il.

Des voitures arrêtées partout : à côté, devant, derrière.

Des milliers de voitures, en deux rangs dans chaque sens de l'autoroute à quatre voies. À perte de vue.

La vue ne portait pas très loin à cause du brouillard jaunâtre des fumées d'échappement.

Valentin sortit péniblement de la bagnole. Il tenta de s'éloigner de l'autoroute pour mieux respirer et se heurta à une paroi carrelée pleine de suie.

Un tunnel !

« Bon Dieu ! Je suis dans un tunnel ! »

Il n'y avait plus de chauffeur dans son taxi. Il s'avança et regarda les autres véhicules.

Vides ! Pas un être humain ! Personne !

Et tous les moteurs tournaient au ralenti. Depuis combien de temps ?

Il sortit un mouchoir et se l'attacha autour du cou pour mettre son bras en bandoulière. Et puis il courut d'une voiture à l'autre. Tous les moteurs tournaient et crachaient leur gaz mortel. Tous les habitacles étaient vides. Il courut en fendant la brume grasse des échappements. Il courut. Il courut. Le souffle lui manqua. Il toussa. Il courut...

Soudain, un espace vide. Sans voiture.

Le type l'attendait à l'autre bout avec, derrière lui l'arrière d'autres voitures. Comme de multiples bouches de fumeurs de pipe, des bouffées de fumées sortaient des tuyaux d'échappement.

Valentin s'approcha.

Le type éclata de rire et juste avant de partir en fumée s'esclaffa : « La ville t'a bouffé !... »

La réunion

(Manuscrit trouvé dans une baignoire
de l'hôtel Rossia à Moscou)

Le temps est gris, bas, triste. De l'autre côté de la Moskova, les monts Lénine et l'université Lomonosov se cachent derrière une brume qui les dévoile parfois brièvement, comme une robe soulevée par le vent montre subrepticement des jambes désirables. On devine alors un grand bâtiment imitant l'architecture de New York avec son espèce d'Empire State Building trônant au milieu d'un vaste ensemble massif agrémenté de petites tours.

C'est le dégel. La boue salit tout : les bottes, le bas des manteaux, les bus qui vous tournent le dos en montrant leur arrière noirci comme le cul des vaches, les taxis dont on ne peut plus deviner la couleur, mais dont on voit encore transparaître la vétusté. Pour être au propre, il faut prendre le métro dont les stations sont de véritables cathédrales souterraines. On peut accéder au quai seulement quand la rame y est arrêtée lorsque les portes coulissantes s'ouvrent.

En attendant, je suis au bord de la Moskova, le taxi arrêté derrière moi. Je scrute l'autre côté de la berge. Le cours d'eau fume comme la piscine d'eau chaude en plein air que je viens de voir, pleine de nageurs qui y ont accédé par un sas sous le niveau de l'eau, car la température extérieure est de zéro degré. Les gens peuvent se baigner là même à moins vingt !

Je remonte dans le taxi. Le chauffeur démarre en trombe dans un grand bruit de ferraille juste devant un camion.

Ses amortisseurs fatigués tressautent sur une voirie épuisée depuis longtemps. Mais la boue cache tout.

Nous sommes en avril 1977, bientôt le premier mai. Partout de grandes banderoles rouges époumonent leurs mots d'ordre en russe dans l'air humide et froid : « Prolétaires de tous les pays unissez-vous ! »

Le long de la grande avenue où quelques véhicules, essentiellement des bus, des camions et des taxis, soulèvent des gerbes de boue visqueuse, de sel, de glace fondue, s'alignent les immenses portraits des membres du bureau politique, très rajeunis. Brejnev, bien que parfaitement reconnaissable, ressemble à un jeune premier.

Au carrefour suivant, un milicien gris arrête la circulation pour laisser passer un convoi militaire. Mon taxi s'arrête donc juste derrière le flic qui nous tourne le dos, bras écartés. Le convoi passe interminablement, composé essentiellement de nombreux camions aux dos arrondis bâchés, de chars qui finissent de détruire le revêtement de la route et de quelques camions-citerne. Le chauffeur me parle en russe en se tournant légèrement vers l'arrière. Mais le vrombissement des chenilles et des moteurs est si puissant que je ne comprends rien à ce qu'il me dit.

Un groupe de femmes, ouvrières de voirie, en profite pour traverser notre voie jusqu'au terre-plein central où elles posent leur outillage et jacassent en agitant leurs mains calleuses et leurs têtes rondes emballées dans le même fichu noir. Elles saluent les militaires du convoi. Certains conducteurs sortent la tête de la cabine et crient quelque chose en agitant la main. Le milicien profite de cet instant d'inutilité pour rejoindre les femmes en riant.

Le convoi est enfin passé. Le taxi démarre. Le chauffeur a enclenché la vitesse et embrayé en maugréant.

Ce n'est pas la première fois que je viens en Russie des Soviets. Mon métier de journaliste m'y a souvent conduit. Mais cette fois, je viens pour un scoop énorme. Mes informateurs m'ont signalé que certains membres du PCUS avaient affirmé que l'URSS détenait une preuve scientifique de l'existence du « matérialisme historique ». Cette preuve est un appareil très simple pour voyager dans le temps. Pauvres imprudents ! Ces membres du PCUS trop bavards ont été arrêtés. Le Politburo n'aime pas les preuves historiques...

J'ai rendez-vous avec mon contact à l'hôtel Rossia.

J'arrive de Leningrad (ex Petrograd) où l'avion m'avait laissé pour une première rencontre. Lorsque le téléphone a sonné dans ma chambre d'hôtel, j'admirais du haut de ma fenêtre, le cuirassé Aurore, amarré au quai depuis des années, symbole de la révolution bolchevique, vaisseau de guerre qui avait lancé le signal de l'insurrection en tirant du canon. Je songeais alors au grand escalier du Palais de l'Ermitage que j'avais emprunté comme tous les visiteurs du musée et où je m'étais imaginé les bolcheviques en armes le gravissant quatre à quatre lors de la prise du Palais d'Hiver.

Le téléphone, c'était pour me dire que, le rendez-vous reporté, je devais me rendre à Moscou. Je raccrochais, très déçu d'attendre encore. Je rendis ma clé et payai ma note.

Avant de repartir, je me promenai sur la perspective Nevski, grouillante de monde avec ses magasins en contrebas du trottoir. Je me faisais arrêter tous les dix pas par des jeunes qui me parlaient en anglais pour me proposer une pute, m'acheter des jeans, me changer de l'argent à un taux très avantageux ou me vendre ces horribles médailles rouges et or prisées par les Soviétiques.. Certains voulaient même m'acheter carrément tous mes vêtements. Agacé par ces interpellations répétées, j'abrégeai ma promenade et regagnai rapidement l'aéroport.

À Moscou, je préfère le taxi à la marche à pied...

Le souvenir s'estompe lorsque nous atteignons la place rouge, le GOUM, le mausolée de Lénine, la cathédrale Basile-le-Bienheureux. Pour arriver là, nous avons dû contourner le vaste Kremlin surmonté du magnifique drapeau soviétique, rouge, « rouge du sang des ouvriers » comme le dit la chanson, avec, dans le coin, en haut à gauche l'étoile jaune à côté de la faucille et du marteau de la même couleur.

Un drapeau sans pareil. Il flotte sur le monde tel une tache de sang. Le sang des ouvriers...

Cette fois sera-t-elle la bonne ?

Lorsque j'ouvre la porte, je sens une présence dans ma chambre. Très méfiant, j'ouvre lentement, prêt à éviter une quelconque agression.

Le gars est là, assis derrière la petite table, les rideaux fermés. La lampe de chevet éclairée derrière sa tête plonge son visage dans l'ombre.

Je lui demande : « Qui êtes-vous ? » Il me répond : « Celui que vous attendez !...

— Avez-vous l'argent ? » Poursuit-il.

Sa voix est impersonnelle. Ce type est assez compétent pour travailler sa voix et la rendre aussi mécanique que celle d'un ordinateur.

Je lui lance un paquet épais qu'il attrape adroitement et fait disparaître en un clin d'œil.

J'ai juste le réflexe de cueillir au vol une enveloppe sans même avoir vu le geste du lanceur. « Ouvre-la ! » Dit-il.

Je m'exécute fébrilement. Je trouve un billet et je lis, en français, en lettres découpées dans un journal : « C'est dans la salle de bain ».

Je n'hésite pas une fraction de seconde. Dans la salle de bain, un paquet m'attend. Je l'ouvre. Il contient un drôle de casque et un mot. Toujours les lettres découpées dans un journal : « Pour le prix, cet appareil ne fonctionnera qu'une seule fois seulement. »

De retour dans ma chambre, je constate qu'elle est de nouveau vide ! Mon correspondant s'est évaporé.

Tant pis. J'ai la machine. Je vais pouvoir l'utiliser.

Elle ne fonctionne qu'à proximité du lieu dont elle doit prospecter l'événement historique.

Quelques instants plus tard, bloc-notes et stylo en main, je place le casque sur ma tête.

Je suis immédiatement transporté dans un autre lieu et en d'autres temps.

La salle est vaste. Une longue table. Réunis autour, une belle brochette de messieurs en costume gris, chemise blanche et cravate sombre. Ils ont tous la mine grave de gens responsables. Leur responsabilité est grande : ils doivent assurer leur pouvoir d'une main de fer tout en faisant croire que c'est le prolétariat qui l'exerce.

Lorsque j'arrive en ces lieux, la réunion a déjà commencé. On ne voit pas les murs de la pièce, remplacés par une brume incertaine.

J'assiste à la scène, assis à la table, invisible, mais présent. Je comprends parfaitement la langue des participants bien que je sache qu'ils parlent russe.

Le Secrétaire général lit son rapport. Il fait référence à une question présentée par le NKVD qui demande que lui soient confiés les vingt-six mille prisonniers polonais internés lors de l'invasion de la partie orientale de ce pays par l'URSS en septembre 1939.

Étrange, le Secrétaire général ne ressemble pas à Joseph Staline... Les participants à la réunion ne ressemblent pas non plus aux membres du Bureau politique du PCUS en ce 5 mars 1940 (un grand calendrier, énorme, avec la date encadrée flotte derrière le secrétaire général).

Celui-ci argumente dans le but de décider l'élimination physique de ces vingt-six mille personnes.

« À la sortie, il nous faut bien voir que la contre-révolution doit être éliminée. N'importe comment, si ce n'est pas eux ce sera nous. Cette élimination physique doit rester secrète, et il faut faire venir l'idée que les jugements doivent être réalisés par le NKVD lui-même. » Etc.

En attendant, les autres participants, qui connaissent déjà parfaitement l'issue de la réunion, cherchent comment ils vont le mieux possible s'exprimer dans le sens « proposé » par le S.G. C'est cela l'enrichissement de la politique du Parti.

L'un se tient le front, le coude appuyé sur la table et écrit de temps en temps quelques griffonnages brefs.

Un autre, la main sur la nuque, tient sa tête penchée, dans un effort de réflexion, évidemment méritant.

Un troisième, les deux coudes sur la table, mains jointes, doigts légèrement repliés, les deux Index sur la bouche semble se faire violence pour ne pas approuver immédiatement les paroles du « petit père du peuple » en opinant fortement du bonnet.

L'attention extrême du suivant semble s'exprimer dans le fait qu'il tient son crayon pointe en l'air en fixant le S.G. d'un regard pénétrant.

Ensuite, un rêveur pensif se gratte lentement le menton, la tête sur le côté.

Le personnage assis à côté écrit pratiquement tout ce qui se dit de la main droite, sa tête appuyée par le front sur la paume de sa main gauche, doigts repliés.

Son voisin se gratte le coin de l'œil en regardant en l'air pour essayer de voir la poussière qui le gêne.

Le suivant, les coudes sur la table, regard vitreux, pose son menton sur ses deux mains, le poing fermé de la droite enserré dans la gauche.

Un autre penche la tête du côté gauche, mais sa paume largement ouverte la retient de tomber alors qu'il se gratte derrière l'oreille droite.

Un gros syndicaliste exhibe son attaché-case sur la table devant lui, l'avant-bras appuyé dessus, sa chaise loin de la table l'oblige à se plier en avant presque couché, le cou en avant, bien tendu, pour pouvoir se gratter la moustache de ce même bras. L'autre main écrit, le regard perdu dans le vide à l'horizontale.

Le plus jeune écrit constamment, presque couché sur la table, le regard à ras du crayon. Il a l'air vraiment occupé à rédiger ses mémoires ou à noter tout ce que dit le S.G. Le zoom de mon regard s'approche pour voir qu'il ne fait que gribouiller nerveusement des dessins grossiers.

Le dernier ponctue le message politique du S.G. de tics nerveux. « Nous écraserons à l'avenir les ennemis comme nous les écrasons aujourd'hui, comme nous les avons écrasés hier. »

Voilà ! Le S.G. a terminé...

« À qui la parole ? » Interroge, en souriant aimablement, le président de séance qui a la chance aujourd'hui de détenir la meilleure place : celle qui le dispensera de parler et, de devenir, peut-être, un dissident par un malencontreux, mais toujours possible manque de vigilance.

Qui va parler le premier ?

Ce problème est également réglé par le protocole non écrit, non dit, mais représentatif de la hiérarchie de la réunion : le premier qui démarre est celui qui prend le plus de risques, donc qui a le moins à perdre.

Le plus malin intervient au milieu de la réunion, ayant évalué la tendance. Le dernier mot revient au S.G. pour les conclusions.

Le premier sera donc le plus naïf. Ensuite le syndicaliste, puis celui qui écrit tout, ensuite le jeune qui monte etc...

Lors de la séance d'aujourd'hui personne ne devient dissident. Pas de malencontreuse maladresse. Juste les sempiternelles formules de « raisonnement » : « Je trouve ça intéressant », « j'ai le sentiment que », « il me semble que », (celui-là est prudent), « ch'crois que » (en réalité, cet autre ne croit pas, il en est sûr !), « il semble se dégager une dynamique » (prudence...), « ce qu'il y a de plus important, c'est de VOIR », (il commence à prendre ses distances avec les précautions oratoires), « il se révèle que », « la question qu'il faut qu'on se pose », (ça vient, ça vient...), « à partir de là, il faut qu'on réfléchisse aux arguments qu'il faut employer », « donc je crois qu'il faut peut-être qu'on réfléchisse à comment diversifier nos arguments », (là, ça frise la dissidence, mais non, car :) « c'est un argument fort à mon avis », tc. etc.

Après ce bref débat, Staline lit la décision adoptée par le Bureau politique, datée du 5 mars 1940.

« Décision du 5 mars 1940 : question présentée par le NKVD de l'URSS.

I — Confier au NKVD de l'URSS :

1) Les cas de 14700 personnes qui se trouvent dans deux camps de prisonniers de guerre, anciens officiers polonais, fonctionnaires, propriétaires terriens, policiers, agents de renseignements, gendarmes, colons et détenus de droit commun ;

2) ainsi que les cas de 11000 personnes arrêtées qui se trouvent dans les prisons des régions occidentales de l'Ukraine et de la Biélorussie, membres de diverses organisations contre-révolutionnaires d'espionnage et de subversion, anciens propriétaires terriens, industriels, anciens officiers polonais, fonction-

naires et transfuges - à examiner selon la procédure spéciale, avec l'application à ceux-ci de la peine capitale, par fusillade.

II — L'examen de ces cas doit être fait sans convoquer les personnes arrêtées et sans leur communiquer l'accusation, ni la décision de clore l'enquête, ni la condamnation finale - selon la procédure suivante :
a) pour les personnes qui se trouvent dans les camps de prisonniers de guerre, en utilisant les documents présentés par la direction pour les prisonniers de guerre du NKVD de l'URSS.
b) pour les personnes arrêtées, en utilisant les documents des dossiers présentés par les NKVD de l'Ukraine et de la Biélorussie.

III — Confier l'examen des dossiers et l'exécution à la troïka composée des camarades Merkoulov, Kaboulov et Bachtakov (chef du 1er détachement spécial du NKVD de l'URSS).

Signé :
Secrétaire du Comité central
J. Staline. »

L'appareil que j'ai sur la tête a cette particularité de me faire ressentir toute l'horreur et la souffrance de ces milliers de massacrés, mais aussi celle, potentielle, de tous ces communistes qui croient en leur idéal et qui ne savent pas que le chef de tous les communistes de l'URSS a signé une décision aussi abominable. Les « râteaux » de la terreur continuent à faire leur œuvre.
La mort plane sur Katyn. Des milliers de cadavres pourrissent depuis mars 1940 dans le sol de cette région...

Soudain, c'est le noir ! Le néant envahit mon regard, mes oreilles. Mon odorat également, juste après que j'eus senti l'odeur de la mort qui flottait au-dessus de cette réunion sinistre, tels les bancs de brume sur Moscou.

Je retire l'appareil d'un geste bref et jette un coup d'œil sur mon bloc-notes : vide ! Je n'ai pris aucune note.

Aucune ! Cette décision du B.P. du PCUS est inconnue. Il y a un scoop à faire. Une info à vendre aux services spéciaux étrangers. J'essaie de reconstituer mes souvenirs et je rédige un compte-rendu.

Mais personne ne me croira. On voudra des preuves. J'ai payé très cher pour ma seule satisfaction personnelle.

Cette information par écrit présente même un grand danger pour ma sécurité ici. Je la brûle donc dans un cendrier.

Lorsque la flamme consume brutalement la page, elle lèche cruellement mes doigts et je pousse un cri de dépit et de douleur.

On frappe à la porte. Je demande : « Qui est-ce ? » Une voix d'homme me répond : « Un paquet pour monsieur ! »

Ah ? Je n'attends aucun paquet...

J'ouvre. Un grand type dans un imper gris me tend un paquet emballé dans un papier bleuâtre entouré d'une ficelle. Son visage se cache à l'ombre d'un grand chapeau.

Je regarde fixement l'objet avec lequel le gars me tapote le ventre d'un air irrité. Je le prends finalement. Le gaillard tourne les talons et disparaît à l'angle du couloir...

Je pose le paquet sur la table et cours décrocher le téléphone. Je demande à la réception : « Quelle est la personne qui m'a monté un paquet ?

— Personne ne vous a demandé, monsieur.

— Comment personne ? Et vous n'avez pas vu passer un grand type en imper gris, chapeau sur la tête ?

— Personne de ce genre n'est passé devant la réception...

— Aurait-il pu passer sans que vous le voyiez ?

— Absolument pas, monsieur ! »

Ce réceptionniste devait tourner le dos au moment où le flic est passé. Le flic ? Voilà l'explication. Le KGB a dû lui donner l'ordre de ne rien dire.

Presque rassuré par cette explication rationnelle, mais néanmoins inquiétante, je dirige mon regard vers le paquet.

Il est posé sur la table, bien tranquille, attendant, sûr de lui, que je l'ouvre. Je m'approche lentement, comme si je voulais le surprendre. Je le saisis, le secoue, approche mon oreille. Sa légèreté suggère qu'il ne contient, sinon rien, du moins pas quelque chose de dangereux. La ficelle dénouée me permet de soulever le couvercle en carton avec une légère appréhension. La boîte est vide. Rien que de l'air. Si ! Au fond, une petite enveloppe appelle mon attention. Ma main s'enfonce dans les profondeurs de carton et mes doigts saisissent le papier. Une fois déplié, voici ce que le message me dit : « Remets l'appareil de matérialisation historique dans la boîte que tu tiens dans tes mains, referme la soigneusement avec la même ficelle, et remets-la à la réception en leur disant que c'est pour lossif. »

En retournant le papier, je lis au verso : « Fais ce qu'on te dit si tu tiens à la vie ! »

L'appareil de « matérialisation historique » est toujours sur le lit. Il aurait presque l'air de ricaner pour se moquer de ma perplexité !

Réfléchissons : « Si la menace est réelle, je risque ma peau en ne rendant pas l'engin. Il ne fonctionne plus, je sais pourquoi : parce que sa source d'énergie, une pile spéciale, s'use complètement lors d'un seul « voyage ». Si on me réclame l'engin, c'est qu'il est possible de se procurer cette pile. Mais, en me le réclamant, ils doivent bien avoir prévu que je ferais ce raisonnement !... »

J'ai une idée : « Si je rends la boîte avec un cendrier dedans, je gagnerai du temps pour rechercher une pile chez mon ami Vassili qui saura bien utiliser son réseau clandestin pour me la procurer. »

J'ai alors une sueur froide : « Mais, bon sang ! si je fais aussi facilement cette réflexion, ceux qui me réclament l'engin doivent l'avoir faite aussi ! »

C'est alors qu'un terrible dialogue s'installe entre moi et moi dans ma tête :

— Rends la machine à remonter dans le temps historique et retourne à la maison ;

— Si tu fais cela, tu rates la meilleure chance de ta vie.

— Mais je te dis que c'est un piège !

— Non !

— Si !

« Non ! Si ! Non ! Si ! Non ! »

« Ah ! Le Non a eu le dernier mot ! »

Je saisis alors le cendrier en verre qui trône à ma portée sur la table (je songe alors aux horribles cigarettes russes avec leur tuyau en carton) le pose au fond du carton que je tiens posé sur la paume de l'autre main. Le couvercle fermé, je pose le tout sur la table afin d'être mieux à l'aise pour le ficeler. J'enfile mon manteau, mon chapeau, empoche l'appareil et mes gants ; le paquet sous le bras, je descends au rez-de-chaussée.

« C'est pour Iossif ! » Dis-je d'un ton décontracté, mais assuré.

« C'est pour Iossif ! » Me crois-je obligé de répéter comme si le réceptionniste n'était pas au courant...

Celui-ci range la boîte derrière le comptoir sans s'émouvoir et en me demandant : « Il n'y a pas de message ? »

Je réponds, en affichant ostensiblement un air de penser que ce réceptionniste n'a pas inventé la poudre : « Non. Pas de message. »

Et je sors dans la rue boueuse pour marcher un peu au frais. La plus proche bouche de métro m'avale rapidement pour me re-cracher bien plus tard dans une triste banlieue aux innombrables bâtiments en briques à cinq étages et quatre montées d'escalier par barre. Chaque façade aligne de minuscules balcons qui dé-passent devant chacun des minuscules appartements. C'est dans un de ceux-là que je trouverai Vassili.

En ouvrant la porte après mon léger coup de poing sur le pan-neau, il me reconnaît et fait mine de la refermer. Mais j'avais prévu cette réaction et déjà placé mon pied entre l'encadrement et le battant.

« Fais pas l'idiot Vassili. Je te jure que j'ai pas été suivi (effecti-vement, j'avais développé tous les trésors secrets de l'agent du même non pour semer d'éventuels pisteurs...). Mais si on reste longtemps comme cela, un de tes voisins aura vite fait d'appeler le KGB. »

À entendre ce sigle maudit, ses yeux brillent de haine.

Vassili me fait entrer.

« Qu'est-ce que tu veux encore cette fois ? »

(La dernière fois, il avait failli se faire prendre, failli seulement...
Alors ?)

« Une pile...

— Une pile ? P.I.L.E. ? Épelée-il.

— Oui, une pile pour faire fonctionner ça. »

Et je lui tends l'appareil de « matérialisation historique ». Il le reconnaît immédiatement : « Ah ! Je comprends ! Mais je n'en ai pas à disposition ici. Je dois faire appel au marché noir et ça va coûter très cher. »

Me susurre-t-il en prenant un air de fouine.

Cet air sournois m'inquiétant, j'interroge :

« Combien ? »

Le chiffre astronomique qu'il m'annonce ne m'impressionne pas, car j'ai les moyens.

« Dans quel délai ?

— Reviens demain. » Assure-t-il.

Lorsque je quitte l'immeuble, le froid, compagnon de la nuit, est tombé en gelant la neige fondue.

Je retourne à mon hôtel.

Ou plutôt j'essaie...

Car je n'y arriverai jamais.

Avant la bouche de métro, relativement éloignée du logement de Vassili, je croise une bande de jeunes particulièrement éméchés. Ils m'interpellent en russe. Je m'éloigne en précipitant le pas. Le rythme de leur démarche s'accélère également. Ils parlent fort ; je cours, car soudain j'ai peur. Ils courent également et cette fois se taisent, bien décidés à me rattraper.

Je dérape alors sur une plaque de neige fondue et regelée par la nuit et tombe violemment sur la tête. Les houligans sont sur moi. Ils m'attrapent par les bras et me soulèvent brutalement. Je reprends alors connaissance. Moscou semble avoir changé. Les vêtements des jeunes aussi. La « matérialisation de l'histoire » avaient-ils dit.

Cette maudite histoire de pile m'avait perdu. Je n'avais plus l'appareil dans ma poche.

J'implore mes agresseurs : « Rendez-moi l'appareil ! » Ils éclatent de rire. Un camion militaire attend sur le bord de la route.

Les soldats qui m'emmènent me font monter derrière avec eux. Nous nous rendons à la gare, déserte, tout entière disponible pour eux et moi. Nous montons dans un train-couchette. Lorsque je passe devant le samovar la grosse préposée ricane en parlant sur un ton vulgaire. Accompagné de trois soldats, j'entre dans le premier compartiment. La grosse nous apporte du thé chaud dans un grand verre en miaulant un grand « tchaï ». Lorsque le train démarre, les soldats me laissent dormir quelques heures en m'enfermant dans le compartiment. La grosse préposée en uniforme avec son calot fixé sur la tête profite alors de cette occasion pour me faire passer discrètement un cahier de papier grisâtre et me fait signe d'écrire et de le lui rendre. Certainement une dissidente qui a besoin d'informations pour un samizdat quelconque. C'est sur ce cahier que j'écris l'histoire des derniers moments de ma vie. Que deviendra-t-il ?

Lorsque j'arrivai à ce moment du texte, alors que la nuit est noire à l'extérieur du train, la femme revient chercher le cahier. Elle me l'arrache des mains et me fait un geste éloquent en passant son index bien droit sous son menton d'un mouvement de gauche à droite... Son gros visage bouffi, monstrueusement éclairé par la lumière violette de la veilleuse du compartiment, est hilare sous son calot. Elle me fait signe de fuir par la fenêtre et me rend le cahier pour que je rajoute cette scène. On retrouvera sûrement mon cadavre déchiqueté dans la grande plaine de Russie... Malgré le bruit cadencé des roues du train sur les rails, j'entends les grosses voix vulgaires des miliciens qui s'approchent dans le couloir.

Dehors, les grandes étendues de terre noire commencent à être labourées. Infinies. Le train roulera durant des heures et des heures dans le même paysage noir, presque sans arbres...
Un voyage sans fin.

La tête dans l'acide

« *T'as vu ce que j'amène ? »*
*Un jour, mon compagnon de chambre était revenu de la visite
dominicale chez son ami avec cette « surprise ».*
*Il sortit de son sac un gros objet emballé dans des chiffons qui
cachaient plus qu'ils ne protégeaient un crâne.*
Un vrai crâne humain, bien traité, vernis, sans odeur.
*L'os, couleur d'ivoire, brillait sous la lumière de la piaule. Nettes
étaient les lignes brisées de la jonction entre l'os frontal, pariétal,
occipital, sphénoïde et temporal. Les grandes orbites noires re-
gardaient partout à la fois, tristement. Ou... de manière agressive peut-être ?*
« Oh ? C'est un crâne en plastique ?
— Non. Un vrai.
— Un vrai ! ? Mais comment est-ce possible ? »
*C'était un vrai. Le crâne d'un jeune homme à voir la parfaite
dentition qu'il affichait dans son ricanement hideux.*

Alger la blanche. Le soleil éclate sur les immeubles blancs de
l'avenue du bord de mer. Les cargos attendent, écrasés par la
chaleur suffocante. Debout sur les quais, je lève la tête pour regarder les hauteurs de la ville et la casbah.

Deux soldats français en tenue de combat, casque lourd, la
chemise du treillis retroussée sur le bras négligemment posé sur
le PM MAT 49 suspendu à l'épaule droite par la bretelle. Les
Arabes passaient devant eux, la tête légèrement raidie par la
crainte d'être interpellés. Face aux guerriers, une enseigne ironi-
sait : « Boucherie de la paix ».

Sur ma gauche, en haut de la colline, à quelques pas du nouveau centre commercial ultramoderne, le monument de l'indépendance domine la ville avec ses trois flèches qui se rejoignent en leur sommet. Les deux soldats couleur vert olive et casquette blanche gardent solennellement la flamme qui lèche nuit et jour l'entrejambes de ce gigantesque monument.

Je baisse alors la tête pour mieux diriger mes pas vers l'escalier qui m'amènera sur l'avenue du bord de mer qui court le long de la belle ville, en surplomb du port. Une ou deux échoppes se sont installées là, au flanc de cette falaise artificielle, entre mer et ville pour vendre je ne sais plus quoi, dans l'odeur suffocante d'urine des nombreux recoins de ce passage du bas de la ville vers le haut.

Sur l'avenue, bordée côté mer de candélabres à trois branches et, côté immeubles, d'arcades protégeant le piéton de leur ombre fraîche, la circulation est relativement dense : beaucoup de taxis jaunes conduits par des jeunes qui louent la licence d'exploitation du véhicule quelque mille dinars par mois à un ancien moudjahidin, catégorie de population seule autorisée à exercer ce métier.

Je traverse après avoir attendu le feu vert au pied d'un immense panneau de pub représentant un tableau de Vasarely.

À proximité du jardin luxuriant de la mosquée d'or et d'argent, j'aperçois trois femmes habillées à l'Européenne, enfin, disons comme des Italiennes du sud... La seule fille appétissante que j'ai vue ici vient juste de monter dans une grande Mercedes accompagnée d'un gros en costume trois-pièces et attaché-case. Petite robe d'été laissant deviner les formes souples du corps dans le vent chaud de la mer qui faisait bouger l'étoffe. Cheveux châtain foncé frémissants, grands yeux noirs soumis (en y regardant bien, lorsqu'elle les a plantés dans les miens, j'y ai nettement vu l'éclat de fière révolte), lèvres épaisses sous le rouge à lèvres cachant mal la moue de provocation... Les rares autres femmes que je verrai seront soit voilées d'un léger tissu blanc ou ocre brodé, soit en tenue blanche et noire, la tête emballée d'un foulard, ou le corps complètement enveloppé dans un grand drap blanc dont seul un œil est autorisé à regarder pour voir où l'on va.

La rue, la plage, les cafés, les jardins sont essentiellement peuplés d'hommes, de beaucoup d'hommes qui vont et viennent, qui palabrent en groupe, de jeunes et d'adolescents qui vendent des Marlboro présentées sur une table de camping pour dix dinars le paquet.

Un vrai crâne, d'un vrai homme mort pendant la guerre d'Algérie et dont l'âme est damnée à jamais, car sa tête n'a jamais connu la sépulture que sa religion exige. Quant à son corps... Ce crâne avait longtemps trôné sur le haut de l'armoire de notre piaule. Il avait même donné lieu à de multiples utilisations genre farces et attrapes. On peut facilement deviner lesquelles. Jusqu'au jour où j'avais pris le crâne en photo. Le dimanche suivant, mon compagnon était alors revenu de sa visite dominicale en disant : « Je le ramène chez mon copain... »
Bien plus tard, j'avais appris d'où venait ce crâne...

En empruntant l'escalier à rampe de bois qui monte alternativement de gauche et de droite, je songe au cimetière de Dellys, bien clos entre de grands murs. Le cimetière français, relativement entretenu : j'y ai vu un ouvrier algérien nettoyer les tombes. Mais pas si bien entretenu que chez nous c'est sûr... L'odeur de mort qui y flotte, les croix, tombes, caveaux et constructions mortuaires alignés à l'ombre de grands arbres rappellent la grandeur de certains d'entre ceux qui dorment ici depuis des années. Dans l'oubli ?

Un peu plus loin, le cimetière musulman s'étend à tous les vents sur la falaise face à la mer, avec ses tombes simples, alignées au milieu de folle végétation. Un troupeau de moutons se régale des herbes bien nourries de la mort de ceux qui ont su rester modestes face à elle.

Dans le lycée juste à côté, d'énormes crapauds sautaient lourdement dans les allées mal entretenues de la cour. Un jeune chat noir, maléfique, à moitié mort, n'avait survécu que parce que nous lui donnions quelques gouttes de lait à laper chaque matin. Aurions-nous eu tort de lui donner un peu de vie ?

La mer magnifique, indomptable, a fini par démolir la voie de chemin de fer que l'occupant avait construite au pied de la falaise. Sur cette ancienne plate-forme poussent les fleurs qui crachent un long jet liquide quand on leur chatouille les bractées. Les tronçons de l'ancienne digue de protection ne subsistent que pour témoigner du travail inutile de l'occupant. De jeunes Algériens, bienheureux de fraîcheur, nagent dans l'eau claire entre les roches qui alignent d'anciennes sédimentations géologiques retournées par la puissante lenteur de millions d'années écoulées. La lumière est radieuse.

À un palier de l'escalier qui mène à la casbah, une très vieille mendiante, assise dans un coin, toute vêtue d'un vêtement blanc crasseux tend sa main décharnée, les doigts de plus en plus repliés comme des crochets du pouce à l'auriculaire. Elle marmonne des plaintes et supplications.

En bas, il y a beaucoup de monde qui déambule dans les rues.

Les grandes avenues sont parcourues par une nuée d'hommes, avec, ici ou là une femme isolée qui a l'air pressée de rentrer chez elle se mettre à l'abri des regards. Ensuite, en montant, les rues se font de plus en plus étroites. Les passants se serrent donc à l'ombre des immeubles blancs écrasés de soleil. Les trottoirs inutiles ne peuvent contenir tout ce monde et les hommes marchent en nombre sur la route encombrée de voitures en stationnement. Des queues de clients, attendant leur tour pour boire la fraîche orangeade trop sucrée à la fontaine réfrigérée, ralentissent encore la progression du passant. Le vendeur de boisson ne possède parfois qu'un seul verre qu'il rince dans un seau d'eau entre deux buveurs.

Les rues de la casbah sont dures à monter sous cette chaleur étouffante. Plus je monte, moins il y a de monde.

Au détour d'un escalier, des enfants jouent au foot sur une plate-forme (le toit d'une habitation) sur fond de mer bleu très pâle très loin en bas et de forêt d'antennes de télévisions, de bâches tannées par le soleil, de bâtisses construites de bric et de broc emmêlées par la volonté tenace des habitants de se loger dans une surface d'habitation la moins petite possible. Je me demande comment font les enfants pour ne pas perdre leur ballon à chaque instant dans les précipices qui entourent leur aire de jeux.

Les passages sous les voûtes des maisons construites au-dessus de la ruelle apportent une ombre tiède. Les avancées des immeubles soutenues par des étais en bois se rejoignent parfois au-dessus de la tête du passant. Les chemins et les rues sont de plus en plus sombres.

Certaines fenêtres sont surmontées d'une casquette horizontale qui leur fait de l'ombre pour un supplément de fraîcheur. Des poutres en bois, coincées entre les murs de part et d'autre de la ruelle empêchent l'immeuble de s'écrouler. Je passe d'un secteur très dégradé, aux murs noirâtres mangés par les ans à des quartiers bien conservés, aux murs biens blancs, aux étais des surplombs bien traités et colorés marron foncé, aux longues marches d'escalier bien pavées.

« L'Algérien avait été mal enterré. Sa tête dépassait légèrement de la terre. Je l'ai déterrée, coupée, nettoyée, vernie. Cela fait un sacré souvenir du pays : le crâne d'un de ses habitants !

— Mais il devait être tout pourri ?

— Non, pas tellement, il venait juste d'être enterré.

— Ah ? Par vous alors ?

— Non, par mes potes du régiment. On venait juste de prendre quelques fellaghas. Ils ont pas tenu le coup après l'interrogatoire. »

Silence gêné. Comme pour le meubler, il rajouta : « Tu sais comment on fait pour nettoyer des ossements à fin de conservation ? » J'hésitai à répondre. Il prit les devants et poursuivit : « Tu enlèves le maximum de viande, les yeux et tu retires le maximum de cervelle et tu fais tremper l'os plusieurs jours dans de l'acide chlorhydrique. Après, tu finis de nettoyer, car la viande part toute seule et tu fais bouillir le tout, sécher au soleil. Tu vernis quand c'est bien sec. »

J'arrive, en sueur, devant un passage voûté surmonté d'un amas d'immeubles fraîchement crépis de blanc. Je m'arrête un instant pour souffler et me préparer au plaisir de m'asseoir sur le rebord spécialement aménagé dans la paroi pour s'y arrêter au frais. La fraîcheur de cet endroit vous saisirait presque. Je m'assois, très heureux de cette halte. Sur le mur, de l'autre côté de l'étroit passage, je lis des inscriptions à la craie en alphabet kabyle. Je finis par me lever pour m'approcher afin de mieux voir les caractères géométriques parsemés de points. Un jeune Algérien s'approche et m'interpelle : « Les Kabyles veulent nous imposer leur culture ; ils ont même inventé un alphabet pour nous l'imposer... »

Je me retourne, perplexe, me demandant si j'allais répondre. Mais le jeune, habillé d'un t-shirt blanc et d'un pantalon gris, chaussé de mocassins noirs et de chaussettes blanches, était déjà passé.

C'était quand j'avais pris les photos que mon copain avait rendu le crâne. La police aurait pu s'intéresser de trop près à un reste humain. Alors, il avait fallu donner les photos et rendre le crâne...

Je crève de soif ! Pourtant, je viens juste de boire un verre de cette orangeade glacée, tellement sucrée qu'elle aggrave la soif. Je rêve d'une bière bien fraîche tirée au tonneau. Ici ce n'est pas possible. Les intégristes pèsent de tout leur poids, qui est très lourd, pour interdire toute vente de boisson alcoolisée.

Une demi-heure plus tôt, en bas, j'étais entré dans un café à la française. Comme à Paris : le bar en zinc et la salle avec les tables et les chaises. La seule différence ici, c'est la proportion des hommes : cent pour cent...

Au-dessus du bar, une pancarte indique la marque de bière qu'ils semblent avoir le courage de vendre : KRONENBOURG !

Bonsoir ! L'eau m'en venait à la bouche rien que de lire cette pub ! Il n'y avait qu'à Tizi Ouzou que j'avais pu boire de la bière. Et ça faisait si longtemps...

— Oui ? M'interroge le barman.

— Une bière ! fis-je, tout joyeux du plaisir qui m'attendait, en montrant la pancarte du doigt...

— Pas d'alcool ici ! me répondit-il en se rembrunissant.

— Et cette pancarte alors ?

Le gars se mit à rire silencieusement en haussant les épaules.

Je repartis sans boire, pour me venger de cette contrariété. Et maintenant j'ai soif.

Je pense aux oueds séchés, lignes de verdure dans le paysage désolé du sud. Palmiers dattiers et lauriers roses pompent l'eau du sous-sol avec leurs longues racines.

Je pense à la fraîcheur de la cascade au moulin Ferrero, à côté de Bou Saada, aux confins du désert. Dans les ruines du moulin, de grandes roues dentées témoignent encore de l'ancienne activité industrielle du lieu. Les jeunes adolescents y passent leurs loisirs en plongeant dans l'eau tiède et en y pêchant du poisson frétillant avec quelques miettes de pain. Ils viennent du bidonville tout proche constitué de maisons basses en moellons bruts surmontés d'une dalle de laquelle dépassent encore les ferrailles d'un futur étage non construit et entre lesquelles serpentent des ruelles poussiéreuses. Parfois, il n' y a même pas de toit ; juste les quatre murs. La maison reste inachevée à cause d'une histoire de taxe m'a-t-on dit... Vu de la colline, ce quartier misérable s'étale jusqu'à l'horizon où l'on devine, au pied des montagnes pelées, la vaste étendue verte de l'oasis. Des citernes remorquées par des tracteurs vont et viennent entre les puits de pompage situés un peu plus loin et la ville.

La fraîcheur on la trouve aussi, de l'autre côté de la cité, au fond de la vallée, dans les jardins de Bou Saada irrigués par l'eau de l'oued au bord duquel ils sont installés.

Le crâne. Je le voyais presque distinctement dépasser le bouillon dans lequel il trempait, le casque du soldat remplaçant la marmite. Les trois noires cavités : les orbites qui avaient contenu des yeux et le nez. Le sourire idiot du soldat qui, à l'aide de sa baïonnette enfilée dans l'orifice de la moelle épinière exhibait les restes de la tête d'un homme au-dessus de son casque transformé en bassine de la mort.

Maintenant, il pèse lourd dans mon sac à dos. Je l'imagine claquant des mâchoires à chaque pas que je fais.

Je n'avais pas eu trop de difficultés à le retrouver. J'avais observé les habitudes des propriétaires et, profitant de leur absence de week-end, ce fut un jeu d'enfant de subtiliser l'os dans le placard de leur maison.

Je sens son dur menton me percer les côtes...
J'ai encore du chemin à faire dans les ruelles de plus en plus étroites de la casbah. Lorsque j'avais parlé de mon souvenir d'étudiant à un vieil arabe, là-bas, en France, il m'avait donné une adresse à Alger. Un vieil alchimiste qui « reprenait » de telles reliques. Or, je cherchais depuis longtemps le grand livre de Djâbir Ibn Hayyân, dit Geber, alchimiste qui découvrit il y a plus de mille ans les trois acides : acide sulfurique, acide azotique et eau régale.
Cette dernière étant capable de dissoudre l'or...
Le vieil alchimiste possédait ce livre. Il pouvait le céder contre la tête qui attendait dans mon sac.
En guise d'adresse, l'Arabe français m'avait donné un vrai jeu de piste qui m'a conduit à travers la Tunisie et l'Algérie jusqu'à la casbah d'Alger.
Je rêve de paysages verdoyants, de lacs noirs et profonds, de rivières, de cascades, de grands fleuves lents et majestueux... Je songe aux étendues brûlantes que je viens de traverser en Tunisie. Aux troglodytes de Matmata, vivant dans leurs pièces fraîches creusées autour d'un vaste trou dans le sol, excavation jouant un double rôle : celui de faire de l'ombre et celui de recueillir l'eau de pluie. Même là quelques antennes de télé fleurissaient à même le sol qui constitue le toit de leurs maisons. J'ai été accueilli dans une de ces habitations par une famille qui m'a offert de l'eau contenue dans une cruche en plastique. À gauche du tunnel d'entrée, l'écurie des moutons vous souhaitait la bienvenue par l'odeur entêtante qu'elle dégage. La femme portait un lourd anneau d'or massif à la cheville. La fraîcheur, j'avais cru la

trouver à l'oasis de Nefta, aux confins du désert, là où vous êtes assaillis continuellement par des troupes d'enfants mendiants pendant que les émirs se prélassent dans les grands hôtels de luxe à air conditionné. J'ai piqué une tête dans une piscine à l'eau trouble qui m'a saisie par la tiédeur de son eau. Il est vrai qu'il faisait cinquante à l'ombre. Je suis entré dans le hall d'un grand hôtel pour voir. J'ai cru entrer dans un frigo, tellement l'air était frais. Le mendiant à côté de la porte d'entrée souriait ironiquement quand je suis ressorti dans la fournaise...

Les nomades campent désespérément le long des routes.

Dans leurs grandes tentes déchirées par le temps, rapiécées tant bien que mal. On leur avait offert un « travail » saisonnier : ramasser l'herbe à bois qui sert à faire du papier. Il faut en ramener des tonnes pour survivre. Alors, ils font comme tout le monde, ils mendient.

Les enfants de Kairouan ont trouvé la mine d'or : pour quelques pièces ils plongent devant les touristes dans le vieux réservoir d'eau construit il y a des siècles par les Arabes envahisseurs.

Maintenant, j'ai la tête. J'ai l'adresse du vieil alchimiste. Mon but est proche. Je posséderai peut-être bientôt le Grand livre qui me permettra, moi qui suis initié, d'avoir accès à Azoth qui rend éternel...

Mais le soir tombe. L'obscurité s'épaissit. Là-haut, entre les immeubles pansus, le ciel est violet foncé. Sans un nuage. À chaque croisement, une ombre attend pour marquer mon passage. Une fois, je me suis arrêté pour lui parler.

Lestement, elle s'est évaporée dans un sombre escalier.

Cette fois, je suis perdu.

Sans que je m'en rende compte, petit à petit, des silhouettes silencieuses m'ont rejoint. Lorsque je me retourne, mû par un pressentiment, j'aperçois, à quelques pas derrière moi, une masse sombre de gens qui me suit !

Je m'arrête en poussant un léger cri de terreur et m'assois sur le sol, les bras entre mes genoux, épulsé.

Un homme sort du groupe qui s'était arrêté en même temps que moi. Il m'interpelle en restant à quelques pas. Sa voix a quelque chose de difficile à percevoir.

« Viens ! Suis-nous !

— Qui... qui êtes-vous ? Que me voulez-vous ?

— Tu veux voir Geber ? »

Cette question me stupéfie, mais me redonne beaucoup d'énergie.

« Oui !

— Alors, suis-nous ! »

J'hésite un moment. Plutôt, j'observe la troupe silencieuse qui se tient à quelques pas. Je discerne mal.

Je crois voir des soldats français et algériens ensanglantés, des femmes violées, des hommes mutilés, au-delà, au fond de la rue, un village brûle alors que les avions lâchent leurs bombes.

Je ferme les yeux et secoue la tête. Lorsque je regarde à nouveau, je ne vois plus qu'une masse indistincte de gens.

L'homme qui m'a parlé me fait le geste du bras ordonnant de le suivre. La troupe marche devant, dans les ruelles obscures. C'est moi qui ferme la marche.

Nous marchons longtemps dans la nuit, tels des automates vers un but lointain. Tout à coup, les êtres qui me précèdent forment une haie sur deux rangs entre lesquels l'homme s'enfile. Je le suis, mais je n'ose pas dévisager les ombres alignées contre le mur de chaque côté de la ruelle...

Une acide odeur de mort flotte en ces lieux.

L'homme a ouvert une porte de laquelle sort une ombre encore plus épaisse. « Entre ! » Dit-il solennel.

Je baisse la tête pour passer et pénètre ainsi dans un lieu où règne le noir absolu. Poussé par des mains osseuses j'avance de quelques pas dans l'obscurité en devinant que mes compagnons nocturnes me suivent. La porte claque derrière nous.

Je reste debout longtemps dans un froid glacial et un silence de tombe seul égalé par le calme de la campagne française en hiver. Attente interminable !

Je tente de bouger, le bras gauche tendu dans le noir, le droit replié devant moi. Je fais ainsi quelques pas devant, à gauche, à droite, derrière. Rien ! Je ne touche rien. Je n'entends rien. Seule l'odeur acide de la mort m'irrite les narines.

Finalement, je trouve plus sûr de m'accroupir sur le sol et de ne pas bouger.

C'est alors qu'une faible lumière pointe devant moi.

Jaune. Elle est très jaune. C'est une bougie dont la mèche s'allume lentement et brille de plus en plus fort jusqu'à éclairer l'endroit où nous sommes. Un être humain dans une grande cape, la tête couverte d'une capuche se tient accroupi derrière. La pièce est ronde, très vaste, et tout autour contre le mur, une assemblée se tient en cercle, parfaitement immobile dans l'ombre qui ne laisse deviner que la forme des gens qui la composent. Dans ce silence absolu, je n'entends aucune respiration, aucun raclement de gorge.

Rien. Leur poitrine reste absolument immobile...

Un chuchotement provenant de l'homme à la capuche parvient à mes oreilles.

« Tu cherches Geber ; me voici.

Qu'as-tu à m'apporter ? »

Je retire mon sac à dos et en extrais le crâne dont j'ai maintenu la mâchoire avec un élastique.

« Je te ramène ceci !... »

Et je tends l'os à Geber.

« Et que veux-tu en échange ?

— Le livre de Djâbir Ibn Hayyân, car je veux avoir accès à Azoth qui rend éternel.

— Ce livre n'existe pas. Mais je peux t'offrir l'éternité... »

Il fait un geste de la main, un homme sort du rang, un militaire français, la tête à moitié arrachée par un coup de fusil de chasse s'approche, me prend la tête des mains et la porte à Geber. Celui-ci la tient face à lui et regarde longuement dans ses orbites vides, puis parle dans un chuchotement un peu plus aigu.

« Cet homme est mort jeune. Il a beaucoup souffert. Sa souffrance est le paiement de ton éternité... Es-tu d'accord ?

— Oui ! Oui ! »

L'éternité en échange des souffrances passées d'un autre !... Qui n'aurait pas dit oui ?

« Notre marché est donc conclu. »

La lumière s'éteignit brusquement en même temps que le silence s'imposa. Je restais ainsi immobile quelques heures quand j'aperçus une faible lueur sur le mur en face de moi.

Je me retournai et vis le jour sous la porte. Aussitôt les bruits de la rue s'allumèrent comme un poste de radio dont on tourne le bouton.

Je me levai péniblement, d'atroces piqûres dans les jambes quand le sang se remit à circuler. Je fis quelques mouvements pour que le sang me fasse souffrir moins longtemps et m'approchai de la porte en jubilant.

J'ouvris sur une rue grouillante de monde sous le déjà dur soleil du matin. En face, l'enseigne d'un magasin : « Boucherie de la paix ».

Un barrage avec deux militaires français qui demandaient l'identité des passants.

Lorsque j'arrivai, ils m'arrêtèrent. Je protestai en disant que j'étais Français.

« Bien sûr que t'es Français, dit le bidasse, tous les bicots sont Français ! »

Il me prit le menton brutalement entre les doigts et appuya pour me faire ouvrir la bouche.

« Il est jeune, il a de bonnes dents ; ça fera un beau bibelot pour ma maison... »

Pirette tétravalente

Le mur de Berlin, celui qui séparait Berlin-Ouest de la « capitale de la RDA » a été abattu dans la joie par les Allemands des deux « côtés », dans la nuit du 9 au 10 novembre 1989. Depuis des mois, des milliers d'Allemands de l'Est passaient en RFA via la Hongrie et la Tchécoslovaquie.

Pourquoi cette soudaine frénésie ? Parce qu'ils étaient attirés par la vitrine de l'Ouest ?

Cette nuit-là, en automne, alors que le symbole de la coupure idéologique du monde s'effondrait, dans un secteur à part, les Vopos et les policiers de RFA, ensemble, très vigilants, empêchaient quiconque de s'approcher d'une portion du mur. Adrien Percet l'avait cherchée toute la nuit. Il avait fini par repérer l'endroit. Il était extrêmement difficile de s'avancer à proximité. Mais Adrien avait pris ses précautions et s'était muni de jumelles infrarouges. Même s'il s'attendait à la scène à laquelle il assistait maintenant, l'étonnement le saisit devant la réalité d'une chose aussi incroyable ! À la lumière de projecteurs, des hommes en tenue blanche maniaient de petits pics avec lesquels ils dégageaient du mur des formes étonnantes. Incrustés, mêlés à la pierre et au béton, de nombreux corps pétrifiés (des statues ?) apparaissaient lentement sous les coups délicats des archéologues de service...

I

Adrien Percet habitait une commune jumelée avec une ville de RDA. Tous les ans, en été, des jeunes gens y faisaient un voyage linguistique. En 1974, il fut accompagnateur pour la première fois...

Un long voyage en car les amena au sinistre poste-frontière dans une vallée délabrée avec une voie de chemin de fer aux rails rouillés et une vieille gare en ruine. Cela changeait des luxueuses autoroutes de RFA...

Après quelques complications avec les douaniers (quelqu'un qui n'avait pas son visa...) ils entrèrent dans la partie socialiste de l'Allemagne. C'est là que les jeunes lycéens commencèrent à se déchaîner. Le chahut dura ainsi tout le séjour. Le but du voyage était Altenburg où ils étaient hébergés dans le vieux château au sommet de la colline du centre de la ville. Le temps resta presque toujours pluvieux.

Le directeur du séjour s'avéra être un gars de la « police secrète » comme le disaient les gosses allemands. Adrien, se croyait obligé de lutter contre le trafic de devises entre jeunes Allemands et Français, jusqu'au jour où il s'aperçut que les autorités allemandes fermaient les yeux...

L'interprète était une jolie blonde, bien roulée. Elle avait un peu de poils sombres sur les jambes, mais l'ensemble était extrêmement agréable à la vue. Charmante, belle et très ouverte. Il était tellement attiré qu'il en rêvait la nuit. Des rêves érotiques qui produisaient de belles cartes géographiques sur ses draps... Une nuit, le rêve devint réalité. Un bruit le fit sursauter au beau milieu d'un de ces rêves. Une espèce de chuintement léger, mais tellement surprenant qu'il le réveilla. Très contrarié, il resta un moment les yeux grand ouverts dans le noir... Pffftttt. Un frôlement se produisit dans l'obscurité et l'air fut embaumé d'un parfum qui renvoya sa libido vers ses rêves érotiques. Le parfum de la jolie fille. Les rais de lumière traversant les volets fermés furent traversés par une ombre à la démarche élégante. Son cœur se mit à cogner fort contre ses côtes, par crainte du désir. Elle s'approcha du lit, s'assit sur le bord, et, tenant sa tête par la nuque, sans craindre l'haleine de la nuit, l'embrassa fougueusement. Son rêve était devenu réalité ! Et, oh bonheur ! cette réalité se produisit encore bien des nuits...

Il finit quand même par s'apercevoir qu'elle entrait dans sa chambre fermée à clé, alors que cette dernière était restée dans la serrure, à l'intérieur. Mystère ! Elle avait tout simplement l'air de traverser les murs. Comme elle n'allumait jamais, et qu'il fallait se lever et traverser la pièce pour tourner l'antique interrupteur, elle disparaissait toujours dans l'obscurité. Il essaya de dormir lumière allumée, mais elle ne vint pas le rejoindre cette nuit-là. Quand il lui demanda comment elle faisait, elle répondit qu'il n'avait qu'à continuer à en profiter sans poser de questions. Alors, il continua... Il tenta bien de lui expliquer qu'il profitait mieux de l'amour en regardant et qu'il aimerait allumer la lumière, elle resta intraitable !

Bien que cette jeune femme refusât d'adhérer au SED (Sozialistische Einheitspartei Deutschlands, ce qui veut dire parti socialiste unifié, en réalité le parti communiste), elle semblait bien faire partie du groupe dirigeant. Ce dernier voulait avoir dans ses rangs des gens un peu critiques pour donner l'illusion du pluralisme... Elle lui montra un jour une taie d'oreiller avec un bouton bien cousu d'un côté et l'absence de boutonnière de l'autre. « Tu vois, c'est cela le socialisme.... » Lui avait-elle dit.

À Buchenwald, lors de la visite de l'ancien camp de concentration nazi, les jeunes Français lui firent carrément honte en faisant monstrueusement les pitres à l'intérieur du mémorial aux victimes du nazisme. Certains d'entre eux n'avaient aucun sens de l'honneur et du respect devant la souffrance humaine. Puis, ils flânèrent à Weimar aux riches maisons colorées, dont celle de Gœthe. Ils changèrent de train dans une petite gare. De nombreuses locomotives à vapeur haletaient encore sur les voies de chemin de fer de l'Allemagne de l'Est en toussant leur noire fumée vers le ciel.

Un jour, il assista à une violente discussion entre le directeur, membre de la STASI (police politique) et son fils. Celui-ci affirmait sans se démonter qu'il n'y avait qu'un seul peuple allemand. Le vieux affirmait le contraire ; il disait qu'il y avait désormais deux peuples allemands, et que c'était irréversible...
Quelques jours avant la fin du séjour, le fiancé de la belle interprète se pointa au grand désappointement de Percet... Un beau jeune homme bien proportionné, également interprète. « Un

veinard qui baise une fille magnifique. » Songea Adrien. « Et elle traverse les murs ! » Marmonna-t-il.

Heureusement, le directeur, debout juste à côté de lui, comprenait mal le français !...

Ils quittèrent Altenburg avec ses vieilles rues pavées, ses camions rustiques qui y roulaient dans un énorme bruit de ferraille et ses vieilles maisons noircies par la fumée du lignite.

Il ne sut pas comment la belle blonde venait le rejoindre dans sa chambre fermée à clé...

Une fois revenu en France, il n'eut pas d'autre pensée que celle de la retrouver et de savoir comment elle faisait !...

Il se rendit au siège de l'association France-RDA qui l'employait et demanda à ses amis l'adresse de la jeune interprète. Son pote Robert la lui donna avec un clin d'œil complice qui fit monter le rouge au front d'Adrien. Il se posa la question de savoir si son ami en avait profité également...

II

Il n'y avait pas de compagnie d'aviation française qui assurait la liaison avec Berlin-Est. Et il voulait atterrir à l'est et non pas à l'ouest. Question de principe. Alors le voyage suivant se répartit en trois étapes : Lyon — Paris, Paris — Amsterdam, Amsterdam — Berlin-Est. La compagnie hollandaise acceptait d'atterrir en RDA. Dans l'avion qui volait vers Paris, son compagnon de voyage s'aperçut qu'il avait oublié son passeport. Adrien poursuivit donc seul sa route au départ de Roissy. L'escale à Amsterdam fut particulièrement laborieuse, mais enfin, il fut tout heureux de se retrouver dans un petit avion rempli d'Algériens en direction de Berlin (Est, bien sûr !). Même l'aéroport était triste. Un temps humide, une piste mouillée dans une vaste plaine, un vieux car bringuebalant, une file d'attente dans un hall au plafond bas, un Vopo (cela veut dire Volkspolizei, police du peuple) en gris qui dévisage effrontément chaque passager de ses yeux également gris... Enfin bref... Les « huiles » l'attendaient à la porte. « Mein Genosse hat sein Reisepass vergessen ! » Bredouilla-t-il d'un air désolé... Son compagnon avait oublié son passeport....

Ils logèrent au « Weissetaube »; hôtel plus ou moins crasseux, mais privé.

À Berlin, Adrien Percet demanda à voir le mur. Le responsable du Parti le regarda avec de grands yeux effrayés et ne lui répondit rien. Il put quand même admirer, à partir de l'Est, au-delà du mur et du poste-frontière, la belle porte de Brandebourg où les agents de la CIA observaient l'Est à la jumelle nuit et jour. Fascinant, ce monde coupé en deux, chaque côté observant l'autre et le craignant. Berlin-Est avec ses jardins, ses vastes avenues rectilignes, si vastes et si désertes...

« Vous avez beaucoup de gens qui passent à l'Ouest ? »

Demanda Adrien.

Le gars de la Stasi répondit : « Quelques-uns, mais il y a surtout les passe-murailles ! » Et il se mordit la lèvre inférieure.

Adrien crut à un défaut de traduction.

À Dresde, entièrement reconstruite telle qu'elle existait avant, au milieu des nombreux échafaudages en bois des chantiers de construction et de réhabilitation, dans un site d'architecture baroque magnifique au bord de l'Elbe, à proximité de l'église restée en ruines en mémoire des bombardements massifs par les Américains lors de la dernière guerre, au Zwinger, il admira quelques toiles célèbres. Curieusement, ces peintures le fascinaient en lui rappelant confusément son aventure et, peut-être, prévoyaient-elles son aboutissement. La plus érotique d'abord, de Pierre Paul Rubens (1577-1640).

Elle illustre une scène de l'Ancien Testament. On y voit, assise, la femme d'Urias qui va prendre son bain, ses longues jambes nues repliées émergeant d'une étoffe sombre lui entourant la taille et rehaussant la blanche nudité de ses seins. Elle s'accoude négligemment du bras gauche en regardant, sur sa droite, un jeune esclave noir lui apportant la lettre du roi David qui devait la désirer en la regardant du haut de la terrasse qu'on aperçoit en haut à gauche sur le tableau. Il y a une autre femme qui lui peigne les cheveux. Seul le petit chien du bas de l'image semble ne pas être content, car il aboie. On sait comment le roi

David se débarrassa du mari de cette belle femme qu'il convoitait : en l'envoyant à la mort. Cette scène fait l'objet d'une autre toile célèbre.

La deuxième est de Rembrandt. Un joyeux type fêtard, assis de profil, une fille sur les genoux qui présente le dos, mais regarde le public en tournant la tête, lève bien haut une flûte de champagne en vous regardant droit dans les yeux.

La dernière toile est horrible. Elle est de Jacob Isaacksz, van Ruisdael. « Le dentiste ». On y voit un pauvre type assis sur une chaise, un arracheur de dents qui farfouille avec un instrument dans sa bouche grande ouverte, quatre spectateurs dont l'un tient la main du sacrifié et un jeune blondinet habillé tout en bleu qui éclaire la scène avec une bougie dont il cache la flamme avec la main pour mieux diriger la lumière vers le visage du patient...

Ah ! Ces arracheurs de dents !

Lors de ce séjour, Adrien ne put que se contenter de demander des renseignements sur la fille, car il n'avait pas la liberté suffisante pour voyager seul dans le pays. Ce ne fut qu'au voyage suivant qu'il disposa de cette liberté et qu'il entendit alors parler de la thiotimoline.

III

En novembre 1988, il se rendit à Halle. Grande ville universitaire située non loin de Leipzig. Le gars qui devait les attendre à la sinistre frontière n'était pas là. Un douanier avait pris Adrien à part, car il parlait allemand, pour lui expliquer que l'un des voyageurs qui l'accompagnaient n'avait pas de visa. Coup classique, le douanier rajouta qu'avec quelques dollars tout cela s'arrangerait. Devant leur ferme obstination à refuser toutes tractations, on les laissa passer, car ils avaient bien tous leur visa... À Eisenach, ils quittèrent l'autoroute qui, comme toutes celles de RDA, faisait tressauter la voiture à chaque joint des grandes plaques de béton qui constituaient son revêtement. Pour téléphoner à leur « contact ». Pas de problème, on les attendait à l'Interhôtel

« Stadt Halle », Thälmannplaz... Première vision de Halle : ultra-moderne. De grands immeubles en béton, plusieurs autoroutes superposées constituaient la façade de cette grande ville. Le reste était profondément dégradé à part la grande avenue piétonne centrale aux beaux immeubles réhabilités de couleurs pastel et bordée de commerces luxueux. Cette avenue était toujours pleine de monde. Mais on en avait vite fait le tour. Des quartiers entiers semblaient avoir été bombardés, en ruines, noirs des poussières du lignite qui constituait la seule source d'énergie de ce pays. D'ailleurs, dès Eisenach, l'odeur âcre de l'anhydride sulfureux, polluant caractéristique de la combustion de ce mauvais charbon, prenait le voyageur à la gorge. Le très pratique réseau de tramways jaune pisseux ou rouges et jaunes pénétrait partout pour presque rien.

Dans toutes les usines qu'ils visitaient, ils rencontraient la direction invariablement composée du directeur (affichant à son revers l'insigne du parti), du responsable du syndicat (également muni du même insigne) et du responsable du parti. Jusqu'au jour où Adrien posa la question : « Vous êtes tous trois membres du parti. Alors qui commande dans cette boîte ? » Ce fut le directeur qui répondit : « Personne ne commande, nous n'utilisons que la conviction... » Au fond, tout cela ne l'intéressait que peu. Une seule pensée occupait son esprit : retrouver la fille.... Elle habitait à Döbeln, Roteplatz (place Rouge...), en face du Rathaus (Hôtel de Ville). Il réussit à convaincre ses compagnons de lui laisser la voiture pour se rendre dans cette petite ville. Il gara sa voiture à l'ombre du beffroi du Rathaus et alla frapper à la porte de la fille. L'affaire s'annonçait mal : son nom n'était inscrit, ni sur l'entrée ni sur la boîte aux lettres. Une grande femme aux cheveux gris et à l'air très digne lui ouvrit. Il utilisa son allemand hésitant pour demander la fille. La dame lui répondit, avec un air gêné :

— Elle n'habite plus ici. Partie...

— Partie ? Mais... depuis longtemps ?

— Assez...

Le femme était embarrassée et voulut fermer la porte, mais Adrien coinça son pied et insista :

— Je... je dois absolument retrouver cette jeune femme. C'est très important pour moi. Pouvez-vous me donner sa nouvelle adresse ?

— Je ne la connais pas !

— Connaissez-vous quelqu'un qui puisse me renseigner ?

Elle réfléchit un peu et demanda :

— Vous êtes Français ?

— Euh. Oui !

— Alors, retournez en France...

— En France ? Elle est en France ?...

— En France ou ailleurs, de l'autre côté.... Et maintenant, laissez-moi fermer la porte ou j'appelle la police.

Médusé, Adrien retira son pied et la femme ferma la porte en la faisant claquer ! D'après ce qu'il comprenait, la belle interprète était passée à l'ouest ! Mais cela était impossible, paraît-il !....

Il retourna rejoindre son groupe et il poursuivit ses visites l'esprit bien occupé par cette nouvelle énigme.

Au foyer pour la réinsertion des jeunes qui avaient des difficultés sociales dans leur famille, il comprit qu'ici, on appelle « difficultés sociales » les désaccords politiques...

À l'hôtel, bâtiment moderne sans élégance, dans un vieux quartier, ils étaient servis par quelques magnifiques jeunes filles. Mais celles-ci ne traversaient pas les murs et lui non plus... Chaque soir, ils prenaient le tramway pour aller à la Keller. Il y avait la salle des jeunes avec rock et celle des vieux. Ils prenaient des bonnes cuites. Et l'alcool, ça délie la langue...

Un soir de grosse beuverie faite d'un mélange du blanc sec de là-bas et de bière d'automne bien rousse, il raconta son histoire d'interprète.

— Une fille formidable, dit-il, la voix pâteuse.

Formidable. Et qui savait traverser les murs ! rajouta-t-il en riant.

L'autre se rembrunit...

— Eh ? ! À chaque fois qu'on parle de cela, je crois plaisanter et je finis par vexer. C'est fort cela !

Rajouta-t-il.

— Ah ! Je vois que tu ne connais pas la thiotimoline...

— Qu'est-ce que c'est que ce machin ?

— Un produit utilisé par nos dirigeants. Il produit un durcissement hélicoïdal de la paroi strangulaire du corps thyroïde.

— Et c'est grave ?

— Oui.

— Comment cela ?

— Et bien, je ne sais pas si tu me croiras...

— Dis toujours...

— Et si un gars de la STASI m'entend ?

— Avec le bruit tonitruant de l'orchestre ?

— Oui... Bon ! marmonna-t-il.

— Alors ?

Il se pencha par-dessus la table ronde couverte d'une nappe blanche. Adrien approcha son oreille de la bouche de son vis-à-vis pour pouvoir entendre.

— A ... EH. o... uuuHHH... Cracha celui-ci.

— Je n'ai rien compris ! hurla Adrien.

— Cela permet de traverser les murs ! hurla-t-il juste au moment où l'orchestre s'arrêta...

Tout le monde se retourna vers leur table. L'Allemand rougit jusqu'aux oreilles. Adrien le rassura :

— Ils ne comprennent pas le français.

— Eux non. Mais le gars de la STASI qui vous suit, si !

Répliqua-t-il, soudain devenu pâle. Mais, ne vous inquiétez pas, nous, les communistes, les vrais, nous avons trouvé l'antidote. Les Français nous l'ont fait connaître : la pirette trétravalente.

Un jeune type, genre Gestapo, s'était levé et s'approchait à grands pas de notre table.

— En voilà un dit le compagnon de table d'Adrien. Je suis foutu. Mais eux aussi. Ils n'en n'ont plus pour longtemps ! Auf wiedersehen !

Il se leva et fila, poursuivi par le jeune flic. Adrien paya et sortit en titubant. Deux mecs en imper l'attendaient dehors. L'un d'eux s'adressa à lui en français avec un fort accent allemand :

— Meuzieu Berzet, feuillez nous zuifre z'il fous blait !

Et il se mit à pleuvoir. Un des flics leva ses yeux bleus au ciel et dit : « Es regnet »...

Adrien suivit les deux flics sans rechigner. Bourré comme il était, il ne serait pas allé bien loin s'il avait fui. Ils l'emmenèrent dans un bureau en bois plaqué verni, comme on en voit partout ici. Un fonctionnaire encravaté était assis derrière le bureau. Il parlait un français impeccable.

— Cher monsieur, asseyez-vous. Vous êtes membre du Parti communiste français ?

— Euh... Oui !

— Vous allez pouvoir comprendre ce que je vais vous raconter.

Il fit signe aux deux sbires de sortir. Se cala dans son siège comme pour se préparer à un long voyage.

— Le gars, à la Keller, vous a raconté l'histoire des passe-murailles. Ce mur à Berlin emmerde tout le monde.

Alors nos dirigeants qui savent bien interdire ceci ou cela au peuple ne peuvent pas supporter de subir les mêmes interdictions. Nos labos ont donc découvert la thiotimoline, un produit qui permet à un être humain, lorsqu'il l'ingère, d'être à un endroit avant d'y être. Alors, imaginez ce que permet un tel produit. Was sagen sie ?

— Eh bien...

Fit Adrien, songeur, mais incrédule.

— De traverser les murs bien sûr ! Alors, une minorité de dirigeants l'utilisent pour aller profiter des avantages luxueux de l'occident. D'où l'intérêt pour eux de maintenir ce mur : ils sont les seuls à pouvoir le traverser !

Mais nous ne sommes pas d'accord et nous avons trouvé l'antidote. Tous ceux qui « passaient » l'ont avalé sans en être conscients. La formule de la thiotimoline a été détruite. Presque tous nos dirigeants qui ont voulu passer de l'autre côté une dernière fois sont restés figés dans le mur. On n'en fera pas des statues... Les autres restent encore au pouvoir, mais pas pour longtemps. Bientôt le mur tombera. Maintenant que vous savez tout, partez vite et rentrez en France dès demain matin comme prévu. Je vous ai parlé, car je savais que vous partiez.

— Et vous ?

— Je vais être arrêté. Mais bientôt relâché...

Il se leva, fit le tour de son bureau et lui tendit la main pendant qu'il se levait de sa chaise.

— Auf wiedersehen Herr Percet et à bientôt quand l'Allemagne ne fera plus qu'une..

Lorsqu'il quitta furtivement l'immeuble en rasant les murs, il aperçut la voiture de police arriver lentement. On pouvait nettement lire sur la carrosserie :

« Volkspolizei ».... Police du peuple !

Post-scriptum : pour connaître les propriétés de la thiotimoline, lire le traité d'Isaac Asimov : « Les propriétés endochroniques de la thiotimoline resublimée » in Astounding, février 1948 et celles de la pirette tétravalente, consulter la monographie de Marcel Aymé : « Le passe-muraille » in Gallimard, 1943.

Le sang de Giglio Fava

La fille était très jolie. Jeune et jolie. Elle avait perdu son frère jumeau à Rome.

« Que faisiez-vous à Rome ? » Questionnai-je, à la limite de la curiosité malsaine.

« Cela ne vous regarde pas ! répliqua-t-elle.

— Mais, si je dois mener une enquête sur cette "disparition", je dois tout savoir...

— Un voyage touristique et culturel ; entre frère et sœur. »

Le marché fut conclu. Elle me paya bien pour un voyage à Rome et une enquête de routine en somme.

Après sa disparition, les carabiniers avaient remis les affaires du jeune homme à sa sœur. Comment s'appelait-il au fait ? « Arthur Gauvin » m'avait-elle répondu d'un ton sec. Et elle ?

« Bretagne !

— Comme la province ?

— Oui ! Comme ! »

Aussi belle que cette belle région française, âpre et envoûtante, tendre et dure, un beau visage ovale aux grands yeux marron foncé qui semblaient voir à travers mon corps jusqu'au bout de mon âme. Attirante et intimidante. Quel âge pouvait-elle avoir ? Jeune, c'est sûr, mais très mûre aussi. Ses cheveux châtains, brillants et souples, encadraient un visage à la très forte personnalité. De la jupe du tailleur noir sortaient de longues jambes soyeuses dans leurs bas noirs, jambes qu'elle croisait amoureusement en balançant très légèrement le pied de celle du dessus. Cette féminité était rendue fatale par son complément, une présence très virile dans son langage et ses expressions, mais aussi dans son corps par ses larges épaules contrariant une taille fine, bien moulée dans la veste qui retombait effrontément sur ses hanches rondes.

Donc, elle m'avait remis les affaires de son frère. Des vêtements et un dossier concernant un congrès auquel il participait au moment de sa disparition. J'avais feuilleté ce dossier, au demeurant peu intéressant, à part la presse romaine qui traitait, souvent sur un ton dramatique, du problème des brigades rouges. La « Repubblica » datée du dimanche 30 et lundi 31 mars 1980, publiait une déclaration du ministre libéral Zanone qui refusait l'ouverture aux communistes. La page suivante offrait une mauvaise caricature de Georges Marchais disant : « Nous, du PCF, défendons le socialisme réel, mais aussi le socialisme irréel. » (« Noi del PCF siamo possibilisti : difendiamo il socialismo reale, ma anche quello irreale »)...

Bref, mon premier boulot était de prendre contact avec les personnes dont je trouverais le nom dans le dossier. Le congrès me sembla peu productif en soi pour des pistes sérieuses.

Lorsque je pus me libérer pour me rendre à Rome, je terminais une autre affaire à Lyon et dus me taper l'escale à Nice avec le vol qui n'est pas direct au départ de l'aéroport de Satolas.

Juste avant l'atterrissage sur le petit aéroport méditerranéen, on a l'impression que l'on va plonger dans la mer quand, soudain, on ressent la secousse des roues du train d'atterrissage sur la piste pendant que l'on ne voit toujours que la mer à droite...

J'avais déjà connu cela à l'aéroport Kennedy de New York...

Après une petite promenade sur la plage, l'heure du départ pour Rome arriva et l'avion décolla sous un soleil magnifique, contrairement à Lyon sous la brume. Quelque temps après, je vis au loin un magnifique spectacle : des neiges immaculées sur le fond bleu vif de la mer et du ciel. La Corse.

L'avion survola le Cap-Corse, pointe nordique de l'île de beauté, île aux parfums sauvages, mosaïque géologique baignée par une mer diverse et chatoyante, des rouges falaises de la côte ouest, aux blanches parois crayeuses de Bonifacio et au sable gris de Porto-Vecchio. Je me souvins alors qu'une nuit de juillet, en mer, au large sur le bateau, bien avant d'accoster à Calvi, la Corse s'était annoncée à moi par le parfum du maquis,... Cette fois elle s'annonça par sa montagne, diamant étincelant dans l'écrin bleu de l'air et de l'eau.

Dans le dossier d'Arthur Gauvin que Je continuais à consulter dans l'avion, je trouvai une page arrachée d'un livre. Une légende dont j'ignorais l'origine. Je me mis à lire :

Des flambeaux illuminaient la salle d'une telle clarté qu'on ne pouvait trouver au monde un hôtel éclairé plus brillamment. Tandis qu'ils causent à loisir paraît un valet qui sort d'une chambre voisine, tenant par le milieu de la hampe, une lance éclatante de blancheur. Entre le feu et le lit où siègent les causeurs, il passe, et tous voient la lance et le fer dans leur blancheur. Une goutte de sang perlait à la pointe du fer de la lance et coulait jusqu'à la main du valet qui la portait. Le nouveau venu voit cette merveille et se raidit pour ne pas s'enquérir de ce qu'elle signifie. C'est qu'il lui souvient des enseignements de son maître en chevalerie : n'a-t-il pas appris de lui qu'il faut se garder de trop parler ? S'il pose une question, il craint qu'on ne le tienne à vilenie. Il reste muet.

Une lance qui saigne ! Jamais entendu parler ! On verrait bien...
Un autre papier comportait juste une adresse sans aucune indication de nom. Il y avait également un vieux livre datant du dix-huitième siècle : « Princesse Brimbilla » de Hoffmann. Je lus quelques passages. Il n'était question que de carnaval et de déguisements.
Je refermai le livre et m'endormis quelques minutes en pensant : « Je verrai tout cela à Rome ».

Pantalon parlait à messer Bescapi :
— La saignée a bien produit son effet, elle a calmé Giglio Fava.
— Oui. À présent il dort...
— Mais, brave Bescapi, qu'as-tu fait de la robe tachée du sang de Giacinta ?
— Mais cela ne te regarde pas Pantalon !
— Bon, bon... Et le sang de Giglio Fava, celui qui a été recueilli par le chirurgien ?
Alors, un grand masque apparut, couvrant toute la scène.
Ce masque parla, la bouche de chair et de sang et les yeux vides : « Le masque se borne, comme dans la vie quand on s'efforce

de saisir le sens d'un discours prononcé dans une langue inconnue, à contrefaire inconsciemment les gestes du modèle qui lui
parle...

Le masque se volatilisa dans l'air et Pantalon, en gros plan, hurla
en envoyant de gros postillons : « Mais qui se cache derrière le
masque ? »

Et messer Bescapi, le tira en arrière en le prenant par l'épaule
en criant encore plus fort : « Et le sang de Giglio Fava ? Hein ? Le
bol du sang de Giglio Fava.... » et il secouait toujours rudement
l'épaule de Pantalon...

« Monsieur, monsieur, réveillez-vous, vous faites un cauchemar ! » Dans l'avion, je m'éveillais péniblement, secoué par une
charmante hôtesse...

Je balbutiai quelques excuses en me demandant ce que j'avais
bien pu raconter en rêvant. J'essayais d'oublier tout cela lorsque
l'avion atterrit à Rome.

Après les bagages, je sortis du bâtiment des passagers en plein
soleil. Je posai ma valise pour essuyer mon front. Un type me
parla alors, à contre-jour, le soleil m'éblouissant juste par-dessus
sa tête :

« Signore Jean Calmet, per piacere ?

— Attendez, tournez-vous par là, car vous m'éblouissez. Là, voilà. Oui, c'est mon nom.

— La Signorina Bretagne m'a chargée de vous accueillir à votre
arrivée à Roma.

— Ah ? Elle ne m'avait pourtant rien dit...

— Tenez. Voici un mot écrit de sa main. »

Il me tendit une enveloppe blanche que j'ouvris devant lui. La
lettre, signée Bretagne, me recommandait les bons soins de son
porteur. Je décidai de suivre le gars et de rester méfiant.

« Votre nom, c'est comment ?

— Ettore...

— Ettore comment ?

— Ettore ! C'est tout !

— Va pour Ettore Sétou... Où allons-nous ?

— À votre hôtel, en plein centre de la Citta, non loin de la piazza Navone... »

Rome fut belle et accueillante pour mon arrivée. Après avoir posé les bagages à l'hôtel, je rejoignis mon compagnon qui m'attendait à l'accueil.

« Il est temps de déjeuner, dit-il.

— Oui ! Où allons-nous ?

— Suivez-moi. »

Dans la même rue, nous entrâmes dans une trattoria en descendant quelques marches. Nappes blanches. Je m'envoyai un kilo de spaghetti à la bolognese arrosés d'un Bardolino pas piqué des vers.

Sétou m'expliqua qu'il manquait une pièce au dossier que m'avait donné Bretagne.

« Une photo, dit-il en fouillant dans la poche intérieure de sa veste.

— Une photo de quoi ?

— Je ne sais pas, je ne me suis pas permis de regarder. »

Il me tendit une enveloppe marron. Je la saisis et l'ouvris : j'en retirai une photo en noir et blanc représentant une grande maison, ou plutôt un palais très délabré.

« C'est quoi ce bâtiment ?

— Je ne sais pas, vous dis-je. Elle m'a envoyé cela par la poste en m'écrivant de vous le remettre. Elle précise dans sa lettre qu'il s'agit d'une photo. »

Je retournai le document ; il y avait une inscription à la main au dos ; espèce de gribouillis d'une vieille encre verdâtre, pâlie par le temps. Un ancien document donc.

« Il y a une inscription au dos. Je n'arrive pas à la lire... Voulez-vous essayer ?

— Si vous voulez. »

Il saisit la photo et, la regardant au dos, me présenta l'image. Alors qu'il essayait de déchiffrer, un vieux type qui passait derrière moi s'écria : « Palazzo Pistoia ! Piazza Navona ! » Au moment où je me retournais pour regarder l'auteur de cette déclaration, Sétou s'écria : « Voilà ! C'est écrit : piazza Navona ! » Et la voix derrière moi affirma : « Sicuro ! » Mais, quand je me retournai, le vieux type me tournait déjà le dos à quelques mètres, se faufilant entre les tables. Je me levai pour le rejoindre quand un serveur, portant un plateau couvert de ces pots en verre au col évasé remplis de vin blanc ambré me coupa irrémédiablement la route en disant : « Scusi ! Signore... » Après quelques contorsions de la part de chacun pour s'extirper de cet embouteillage, le vieux était déjà en haut de l'escalier qui montait de la salle de restaurant à la rue. Je courus en slalomant entre les tables, toutes occupées par des convives, escaladai les marches et sortis dans la rue blanche de soleil, éblouissante. Le temps que mes pupilles se ferment suffisamment face à cette luminosité pour voir beaucoup de monde circuler dans la voie étroite, mais pas le vieux.

De retour à la trattoria, je fus très déçu de constater que Sétou m'avait laissé tomber ! En payant la note quand même et en laissant l'enveloppe posée là sur la nappe blanche où elle semblait m'attendre ironiquement. Je sortis la photo et la présentai au garçon. Qui n'avait jamais vu ce bâtiment ! Je me rendis à l'office de tourisme : même réponse.

Enfin, j'avais un indice...

Piazza Navona, je m'arrêtai quelques instants à proximité de la fontaine des fleuves (Fontana dei Fiumi) pour admirer l'ensemble baroque constitué par cette grande place en forme d'arène, celle du cirque que l'empereur Domitien avait fait aménager justement à cet emplacement vers l'an 90. Je scrutais longuement les palais, l'église Sainte-Agnès ; je repartis vers le sud pour regarder le palazzo Braschi... À première vue, aucun bâtiment ne ressemblait à celui de la photo. Je revins admirer la fontaine des fleuves où le Nil se voile la face pour ne pas voir les erreurs commises par l'architecte Borromi sur l'église de Sainte-Agnès... Je m'assis à une terrasse pour pouvoir prendre mon temps à ausculter les somptueuses constructions entourant la place.

Après de longues méditations, en comparant photo et réel, je choisis un petit palais discret. Pourquoi ?

Je quittai ma table de terrasse et approchai de la porte de cette maison sous le soleil brûlant. Une plaque en cuivre portait une inscription : « Palazzo Pistoia » ! Je n'en croyais pas mes yeux ! l'avais trouvé ! Je tendis la main pour pousser la porte qui s'entrouvrit facilement. Je me glissai à l'intérieur. Aussitôt, je fus saisi par une fraîcheur morbide ; contraste violent entre cette glaciale pénombre et la chaude lumière de la place. Je laissais la porte se refermer derrière mon dos. J'étais dans un vaste hall d'entrée, surprenant par ses grandes dimensions alors que la façade de la maison sur la place était très étroite. Je fus presque tenté de ressortir pour vérifier, mais un pressentiment me dit que tout pas en arrière serait irréversible.

Ce vaste hall, dans un désordre indescriptible de débris de maçonneries, de boiseries noircies par le temps et rongées par les vers, d'étoffes pourries, de cuivres vert-de-gris et d'argenteries noircies qui s'accumulaient sur son sol, du plafond duquel tombaient de grandes toiles d'araignées telles de diaphanes tentures auxquelles collait une poussière grise, ce grand vide sale présentait un escalier monumental au-delà de ses détritus. Il fallut, par un véritable parcours du combattant, enjamber, écraser, contourner, écarter des bras, s'essuyer les yeux, avant d'atteindre la première marche. Curieusement, cet escalier était resté, lui, très propre. J'entrepris l'escalade avec une petite appréhension, car l'ambiance était, disons... spectrale. Un silence absolu troublé seulement par le bruit de mes pas et de ma respiration. Au palier, un autre escalier, en bois cette fois, montait, étroit entre deux parois de lambris usés par le temps. Le bois vermoulu craquait sous mes pas. Je craignais qu'il ne cédât sous mon poids, mais poursuivais ma montée qui dura longtemps. À tel point que je me demandais comment ce fût possible étant donné la hauteur constatée de la maison sur la place. Ces marches m'amenèrent finalement dans un vaste grenier, très encombré lui aussi, silencieux également. Là-bas, au fond, à travers l'obscurité épaisse, un rayon lumineux, blanc et géométrique sortait d'une porte entrouverte. Je traversai ce nouveau capharnaüm pour atteindre cette lumière tant désirée.

En m'approchant de la porte, insensiblement, j'entendis de plus en plus fort le son d'une voix. Un homme sifflotant et marmonnant un air de La Tosca ! Je m'approchai alors silencieusement et, le dos contre le mur à côté de la porte, je jetai un coup d'œil à l'intérieur en penchant la tête. Une pièce nue comportait en son centre un miroir sur pied, encadré de bois doré. Le vif rayon lumineux sortait de ce miroir ainsi que le sifflement de La Tosca. La porte poussée du pied, je me présentai devant l'ouverture : personne ; la pièce, de forme cubique était vide, hormis le miroir... Ce rayon lumineux n'était pas réfléchi, non ! car la pièce ne comportait aucune ouverture qui eût laissé entrer le soleil. Il sortait carrément du miroir ! De même que le chant. Cette violente luminosité m'empêchait de voir le reflet dans la glace. Je m'approchais donc clignant des yeux, l'avant-bras posé contre mes sourcils. Debout devant, j'enlevai mon bras et regardai droit dans la glace. Surprise : je n'y vis que mon banal reflet... Mais soudain, un détail me terrorisa : la main droite de ce reflet frottait le menton et son visage souriait ironiquement alors que moi, ma main, poing fermé serrait mon avant-bras gauche et mon visage ne devait pas du tout sourire ! Enfin mon reflet, mais autonome... Tout cela était terrifiant ! Je ne résistai pas et m'écartai de devant le miroir. Une voix en sortit : « Eh ! N'aie pas peur ! Je ne suis que toi. Allez ! Viens face à moi que nous puissions parler ! » Je me plaçai de nouveau face à mon reflet.

« Ah ! Te voilà ! Ne crains rien, ne pouvant sortir d'ici, je ne peux te faire aucun mal... Si tu es venu, c'est que tu es en quête de quelque chose, non ?

— ...

— Mais réponds ! Tu es sourd ? »

Je restais silencieux, fasciné, épouvanté par ce reflet exact de moi-même qui me parlait comme s'il était autre...

Le voilà qui reprend : « Je sais ce que tu cherches » Dit-il encore et son bras sortit du champ pour y revenir portant une coupe remplie d'un liquide rouge sang. Du sang ?

« C'est cela que tu cherches ! Le sang de Giglio Fava !

— Le sang de qui ? »

Je m'étais juré de ne rien dire, mais cela m'échappa...

« Le sang de Giglio Fava. Boire de ce sang c'est accéder à la vie éternelle, car tu créeras ton double, véritable frère jumeau qui, lui, vivra bien plus longtemps, car sa naissance surviendra lorsque tu boiras le sang !

— Comme Arthur Gauvin et Bretagne !

— Qui ça ? Ah ? Ce sont les personnes que tu es venu chercher ici ! Qu'ils se débrouillent ! Veux-tu boire cette coupe ?

— Euh... »

Voilà une bien étrange proposition !

Soudain, une voix féminine se fit entendre derrière moi :

« Ne l'écoutez pas ! »

La voix de Bretagne !

Je me retournais et la vis, éclairée par le rayon du miroir, toujours aussi désirable. Elle s'approcha de moi et me prit par le cou :

« Regardez-nous dans la glace, » ronronna-t-elle... Bon sang ! Elle m'avait suivi ici sans se faire remarquer !

Je regardai dans le miroir. Je vis deux personnes : moi-même, ou plutôt mon reflet et un jeune homme, copie conforme de Bretagne qui me tenait par le cou !

« Salut Bretagne ! fit-il.

— Salut Arthur ! répondit-elle.

— Et voilà, tu as retrouvé ton cher frère, rajouta mon reflet. Mais pour venir ici, il faut boire le sang. Et pour boire le sang, il faut répondre à trois questions.

— Allez ! Essayons ! rétorqua-t-elle !

— Bien ! Bien ! dit-il et il fouilla dans la poche de sa veste (de ma veste en quelque sorte...) et en sortit une feuille de papier. Ah ! Les voilà ces questions ! Première question : qui est le porteur du masque ?

— Le porteur du masque ?... Le modèle original que le masque ne comprend pas ! répondit-elle.

— Bravo ! Bravo ! Tu as répondu correctement à la première question ! »

J'étais sidéré et de la question et de la réponse que « mon » reflet avait déclarée correcte !

Quelle scène ! Dans une pièce ne comportant qu'une porte par laquelle je suis entré, violemment éclairée par un rayon lumineux sortant du miroir, moi, avec une jolie fille qui me tient par le cou, devant la glace dans laquelle mon reflet se trouve avec son reflet, mais mâle cette fois.

« Deuxième question : où entra la procession de la princesse Brambilla ?

— ?... Ils entrèrent tous dans le palais Pistoia, place Navona !

— Ah ! Ah ! Ici alors ? Ici !

— Eh bien oui ! Ici ! ronchonna-t-elle vexée. »

Et du coup, elle me lâcha le cou ! Ce fut très désagréable ! J'observais qu'elle me tenait ainsi par inadvertance, comme cela... par hasard. Ce qui la fascinait, c'était son reflet mâle dans le miroir. Elle ne le quittait pas des yeux. Et « lui » non plus ne la quittait pas des yeux.

Ces quatre yeux de braise brûlant de passion avaient fini par mettre une couleur rouge dans le rayon lumineux qui sortait du miroir.

Elle questionna :

« Mais pourquoi n'est-ce pas Arthur qui pose les questions ?

— Il n'est pas encore doué de la parole. On verra plus tard... Alors, troisième question, la plus difficile : qu'est-ce que le dualisme chronique ?

— ... (Elle récita :) " Cette étrange folie dans laquelle le moi se brouille avec lui-même, ce qui fait que la personnalité de l'individu ne peut plus conserver sa cohérence ".

— Pas mal ! Pas mal ! Mais malgré tout ce n'est pas cela. Je te laisse encore une chance. Alors ?

— ... (Elle récita encore :) " Supposez maintenant que l'individu a dans le corps, comme materia peccans, un double prince pensant de travers... "

— Bravo ! Bravo ! Tu connais, je vois, le discours de Maître Cerlionati. C'est bien. Tu peux accéder à la coupe magique. »

Sa main quitta de nouveau le champ et y revint tenant la coupe de sang. Il la tendit vers Bretagne qui s'était approchée, me tournant le dos. Sa main sortit de la surface du miroir comme d'une surface d'eau verticale. La jeune fille saisit fébrilement la coupe, la porta à ses lèvres et rejeta la tête en arrière pour boire. Elle le fit si loin en arrière que je vis le sang, rouge liquide, couler dans sa bouche grande ouverte. Ayant bu, elle rendit la coupe vide à la main tendue. Arthur tendit le bras, ses doigts sortant du miroir. Bretagne les saisit et, tenant la main de son double, traversa la surface brillante en même temps que le bras de mon reflet reculait. Celui-ci sortit du champ, le laissant libre au couple. Bretagne n'était plus dans la pièce. Les deux jeunes gens s'enlaçaient dans le miroir, la lumière baissait, le couple se dénudait passionnément l'un l'autre. J'entrevis leurs corps sculpturaux emmêlés juste avant que le rayon ne s'éteignît.

Et l'obscurité et le silence me saisirent. Le noir me fit frissonner violemment et je hurlai de terreur. En criant et reculant, je retrouvai la porte, les escaliers, le capharnaüm. Je trébuchai cent fois sur les débris et me retrouvai dehors dans le soleil couchant de Rome.

De retour à l'hôtel, une belle enveloppe parfumée m'attendait, posée juste devant le miroir de ma chambre.

Elle contenait une belle somme d'argent et une carte sur laquelle je pus lire ces mots : « Vos honoraires pour cette enquête bien menée ! Merci ! » Signé : Bretagne.

La ville

Certaines personnes n'ont qu'une certitude, c'est que le camp qu'ils ont choisi est le bon.
Pourquoi l'ont-elles choisi ? Demandez-leur. Elles vous répondront : « Parce que c'est le nôtre ! »
Il y a des gens comme cela dans tous les camps.
Dieu ne se pose donc plus de problème : il les soutient tous.
Même celui qui est vaincu, car ainsi il l'est pour son bien...

On symbolise souvent la pénétration du sexe mâle dans le sexe femelle par un train entrant dans un tunnel. La plus célèbre de cette image est celle de la fin du film d'Hitchcock : « La mort aux trousses ».
Ce symbole cesse d'exister lorsqu'on pense que le train va ressortir à l'autre bout. Alors, imaginons qu'il ne ressorte pas. Il s'arrête dedans. Mais avant, il a défilé de toute sa longueur, interminablement, surtout si c'est un train de marchandises... Et dedans, il éjacule en déposant son liquide fécondateur.
De quoi ça accouche une montagne ?
D'une souris bien sûr !

-1-

Le commandant du Stellaire quitta ses fantasmes produits par un long voyage spatial peuplé des rêves artificiels de l'hibernation. Il devait se concentrer sur les délicates manœuvres qu'il devait désormais diriger. C'était un homme d'âge mûr, très sportif, au visage durci par ses nombreux voyages intersidéraux. Il avait la tête rasée ce qui le distinguait des autres hommes d'équipage.

Le vaisseau spatial approchait de la planète K. Elle avait été découverte il y a plusieurs siècles par un navire pionnier de la compagnie des mines interstellaires. Le mystère qu'elle enfermait n'avait pas encore été élucidé. Pourtant, depuis sa découverte, de nombreuses équipes d'études parcouraient ses rues en labyrinthe, survolaient son urbanisme délirant et ses mouvements lents, mais nets, observés dans un temps relativement long pour une vie humaine, mais certainement très court pour sa vie à elle. La planète entière était une ville sans habitants. Ceux-ci avaient existé dans un passé lointain, mais semblaient s'être suicidés collectivement. On n'a jamais trouvé aucun reste ni aucune représentation de leurs corps. Même la configuration des immeubles, rues, places ne pouvaient donner une idée de leur morphologie, car tout bougeait constamment, tout différent, pas deux maisons semblables, pas deux routes identiques, pas deux portes de la même forme. L'auteur de cette merveille portait un nom, car on trouvait la lettre K gravée partout.

Cette ville vivait, comme toute ville bien sûr, mais sans le secours d'êtres intelligents. Tout y fonctionnait : les ressources d'énergie lui permettaient d'évoluer comme bon lui semblait. On n'osait pas aboutir à la conclusion pourtant logique : cette ville était intelligente elle-même.

Mais quelle sorte d'intelligence qui n'existe que pour sa propre évolution, sans croissance, par destruction lente d'éléments et reconstruction d'autres ? Cette ville était dangereuse. Tous ceux qui voulurent y séjourner se retrouvèrent un jour noyés dans quelque fontaine, emmurés dans quelque paroi, calcifiés dans quelque monument. Et pourtant ces « restes » finirent également par disparaître, comme tous les « restes » des constructeurs et peut-être d'autres visiteurs...

La ville-planète « K » gardait toujours son secret...

Le vaisseau se mit en orbite et toute l'équipe se prépara à se rendre sur la planète en embarquant sur une navette spéciale.

-2-

Lorsque la navette fut partie, le commandant Gartien alla ouvrir un coffre en composant un code secret, en retira une clé et s'installa devant l'ordinateur de bord. Il utilisa la clé pour mettre un contact qui alluma un écran annexe de l'ordinateur. Celui-ci grésilla et afficha un message : « Afficher code secret du commandant ». Gartien tapa un chiffre très long au clavier. L'écran répondit en affichant « OK ». Puis « Ordre n° 5243ZK67235609, code à afficher dans le programme de conduite des opérations à mener en orbite autour de la planète « K ». Il exécuta l'opération demandée et reçut ses instructions. Celles-ci l'avertirent que la planète, selon un cycle de cent trente-sept années, envoyait un message incompréhensible. Du moins avait-on déterminé ce cycle parce que ce message était parvenu deux fois avec ce laps de temps d'intervalle.

L'équipage n'a pas pu l'enregistrer la première fois, car il fut très bref : une fraction de seconde ! La deuxième fois, l'enregistrement fut possible. Mais resta incompréhensible.

Ce message devait de nouveau être émis. Bientôt. Il fallait se tenir prêt à l'enregistrer pour essayer de le décoder. Ou du moins de le comparer avec le dernier message.

Quelques renseignements sur la planète-ville. Elle continuait de croître régulièrement. Le diamètre de la planète avait grandi depuis la dernière expédition. Elle s'était ajouté plusieurs couches de rues, places, couloirs, maisons et monuments, selon une même trame : un octogone de dix mètres de côté qui permet de réaliser des combinaisons complexes infinies. Aucune expédition n'avait trouvé de source d'énergie particulière. Les forages n'avaient jamais réussi, la planète « mangeant » rapidement tout ce qui s'enfonce en elle. On ne savait pas si la ville est construite sur une planète solide ou non.

L'ordre d'expérimentation était terrifiant ! Gartien devait le garder pour lui jusqu'à son exécution. Il pouvait désormais comprendre la nature exceptionnelle de la cargaison qu'on avait chargée en grand secret dans les soutes du navire...

-3-

Après quelques jours d'attente, la navette revint avec son équipage au complet. Personne ne manquait à l'appel.

L'ingénieur Krowski était tout excité : « Incroyable ! Incroyable ! » Répétait-il.

Le commandant Gartien fit son rapport devant l'équipage au complet : le pilote Merlon, le toubib Revère, le flic Romert et son coéquipier Jardon, l'équipe technique composée de l'architecte Strave, du chimiste Fire et de l'ingénieur Krowski qui répétait : « Incroyable ! La planète a construit quelque chose de nouveau depuis la dernière expédition. Une énorme infrastructure incompréhensible. Un assemblage très compliqué ; j'ai fait quelques relevés... C'est immense. Il me faudrait du temps pour étudier ce monstrueux système.

— Silence Krowski ! On a compris : ça suffit !

— Bien... bien...

— J'ai ouvert le coffre qui contenait le code d'accès aux recommandations du centre.... »

Gartien se crut obligé d'écouter un moment le silence, de sentir l'attente curieuse de l'équipage. Seul quelque vague cliquetis résonnait dans les parois de l'engin qui les abritait du terrifiant vide spatial. Puis, il reprit : « Je ne suis pas autorisé à vous spécifier clairement l'objectif de notre mission, ce qui m'est très pénible. Mais vous connaîtrez les ordres au fur et à mesure des nécessités d'exécution....

— Pas même nous ? Nous ne pourrons pas savoir ? »

C'était Romert, le seul qui pouvait se permettre d'interrompre le commandant...

« Je vous prie de ne pas m'interrompre ! répliqua sèchement Gartien. Voici les premiers ordres...

— Imprimez-nous cette partie des recommandations sinon l'équipage ne pourra pas exécuter vos ordres...

— Romert ! Vous m'agacez ! Mais j'avais prévu ces interruptions : voici le texte demandé. Vous pourrez en faire prendre connaissance à tous. »

Il tendit un feuillet jaune au flic qui le lut d'un bref coup d'œil et releva des yeux coléreux : « Mais ce texte n'est pas attesté !

— Non ! Je suis le commandant non ?

— Ce texte doit être attesté ! J'attends vos explications !

— Il n'y aura pas d'explication... »

Gartien s'approcha discrètement d'une table munie de tiroirs dont l'un était ouvert - le plus haut pour que son contenu ne fût pas vu. Au moment où Gartien se retournait pour y plonger la main, le petit flic teigneux qui ne disait jamais rien, mais qui agissait (c'était toujours Romert qui parlait), Jardon sortit son flingue et le braqua sur le commandant. Celui-ci se retourna vers eux, tenant fermement à la main l'arme qu'il avait sortie du tiroir.

« Eh ? Qu'est-ce qui vous prend ? s'exclama Strave, un grand type très brun.

— Bon Dieu ! marmonna Fire, un intellectuel au visage émacié portant des lunettes, ses yeux exorbités par l'étonnement, très grossis par les verres, rappelaient aux autres son obstination à ne pas utiliser des lentilles de contact.

— Faites pas l'idiot Gartien. Ordonna le petit blond à l'air sombre !

— Ah ! Bon réflexe Jardon ! répliqua Gartien.

— Attendez ! Rangez vos engins ! C'est pas le moment ! On attend le message d'un moment à l'autre.

Strave s'interposa entre les protagonistes.

— Nous verrons ce problème après la réception du message, non ? interrogea Krowski, une lueur ironique dans ses yeux verts...

Gartien — les siens étaient très noirs — y plongea son regard. Que savait cet ingénieur très intelligent, avec son air qu'il rendait bête d'apparence pour mieux vous surprendre ?

— D'accord ! Mais chacun range son arme ? »

Jardon réfléchit quelques secondes, remit son flingue dans son étui et se croisa les bras sur sa poitrine ce qui le rendit encore plus petit. Romert reprit la parole : « OK ! On attend le message ; mais le problème demeure : nous ne ferons rien sans l'attestation des recommandations. Gartien ! Remettez-moi votre arme s'il vous plaît ! »

Et il tendit sa large main vers le commandant qui, à l'étonnement de tous, y posa négligemment son flingue en souriant : « Mais n'oubliez pas que c'est moi le commandant. Ce n'est pas parce qu'on m'a mis deux flics sur le dos...

— Vous savez bien que nous obéissons à tous les ordres sauf ceux des recommandations qui doivent être attestées. J'attends toujours cette attestation. Insista fortement Romert.

— Nous verrons cela après la réception du message de la planète. Nous nous sommes bien mis d'accord ?

— Ouais... »

Romert avait l'impression de se faire piéger dans un moment de faiblesse.

Le message arriva comme prévu, au jour et à la date calculée. Exactement. Toujours aussi bref. Krowski le fit étudier, malaxer, étaler, découper par l'ordinateur de bord. Après des heures et des heures d'études, de dissection de ce message, il gardait toujours son secret. Sauf...

Le commandant Gartien réunit de nouveau tout l'équipage.

« Krowski, à vous la parole !

— Merci commandant. Voilà. Nous avons reçu un troisième message. Il est un peu différent des autres, mais il leur ressemble beaucoup. Je n'ai pas réussi à déchiffrer quoi que ce soit ! Peut-être qu'à notre retour, les énormes moyens de notre base nous permettront d'en venir à bout.

— Bien ! Dans ces conditions, nous attendons l'attestation des recommandations du centre, commandant ! ordonna Romert.

— Venez les chercher ! »

Jardon, discrètement, avait fait le tour de Gartien. Une fois derrière lui, il porta le bout du canon de son flingue entre les omoplates du commandant. Romert avait également sorti son arme, mais à l'intention des autres membres de l'équipage.

« Krowski ! Avez-vous transmis le message de la planète au centre ?

— Euh... Évidemment ! Pourquoi ? Qu'avez-vous l'intention de faire Romert ?

— Tous en cellule ! »

Sous la menace des armes, l'équipage fut enfermé. Les deux flics politiques restaient maîtres du vaisseau.

« T'inquiète pas Jardon ! Quand notre mission sera terminée, ils nous ramèneront au centre. Bien obligés !

— Bon ! Je m'inquiète pas. Tu as le code secret ?

— Oui ! Je l'avais dès le décollage du centre. Ils ont fait croire à Gartien qu'il était le seul à le posséder pour le mettre à l'épreuve.

— Il ne voulait pas mettre les directives en œuvre ; c'est la seule explication de son refus de montrer les attestations ?

— Le papier qu'il m'a filé recommandait simplement de décoder le message, de le communiquer au centre et d'attendre les recommandations qui devaient arriver plus tard.

— Et tu savais que cela ne pouvait être ce qu'il fallait faire ?

— Évidemment ! Si on nous envoie ici, ce n'est pas pour refaire simplement ce que les autres ont déjà fait lors des précédentes missions. Maintenant laisse-moi ! J'ai à faire. »

Romert resta seul pour réaliser toutes les complexes opérations d'accès aux recommandations spéciales du centre.

-4-

Dans leur cellule les prisonniers se tournèrent vers Gartien, la porte à peine refermée par leur geôlier. Krowski attaqua le premier : « Mais Bon Dieu ! commandant ! Qu'est-ce donc que ces recommandations que vous ne voulez pas exécuter ?

— Cela ne vous regarde pas !

— Si ! Cela nous regarde ! rétorqua le médecin Revere. Parce que les deux flics, eux, vont les mettre en route les recommandations.

Ses yeux d'habitude très doux, malgré un rire de chèvre qu'on entendait souvent résonner dans les coursives, étaient étincelants de haine pour les policiers.

— Bien sûr, confirma le pilote ; alors commandant, il faut tout nous dire.

— Je... Je suis tellement abasourdi par ce qu'on nous demande de faire ! Tenez, dit-il à Merlon, vous qui pilotez si bien ce magnifique engin, osez lire les recommandations à vos camarades ! »

Il sortit un simple feuillet rose de sa poche revolver et le tendit au pilote, homme discret, mais efficace. Il prit la feuille et pencha sa tête grisonnante sur le papier : « Je lis d'abord. » Dit-il. Et il lut dans un grand silence seulement troublé par les soupirs d'impatience de Gartien.

« Merde alors ! » S'exclama le pilote. Rares étaient de tels mots dans sa bouche. Son visage buriné par les étoiles avait pâli.

— On nous demande d'envoyer une bombe H spéciale perforante. On ne peut pas forer dans la planète avec les moyens que nous avons employés. Et nous les avons tous utilisés. Sauf la bombe perforante : elle pénètre d'abord très profond dans le sol puis sa charge d'explosifs non nucléaires creuse une grande chambre souterraine et fait immédiatement exploser la bombe nucléaire : l'énergie considérable s'échappe vers le centre gravitationnel de l'astre. Voyage au centre de la Terre ! Il nous faut employer ce sale engin sur « K » !

— Voilà l'horreur que je voulais éviter. Le centre veut absolument creuser. Ils espèrent une formidable richesse au centre de cette planète ; une substance extraordinaire : le cerveau de cet astre intelligent ; une matière vivante et intelligente...

— Mais cette bombe perforante va la détruire ? répliqua le bavard Krowski.

— Non ! affirma immédiatement le chimiste. Une grande partie de cette énergie devrait être utilisée par le « cerveau » de la planète.

— Tout est question de dosage, complète Gartien, de dosage. L'ingénieur Krowski fait l'innocent, mais il sait très bien que des calculs ont été faits au centre pour déterminer ce dosage. L'énergie de cette bombe doit être un message que nous envoyons au « cerveau » de la planète. Pas vrai Krowski ?

— Ouais !

— Et ce dosage permettra de vitrifier les parois du « tunnel » ainsi creusé et d'accéder au « cerveau » et à sa matière fabuleuse : de l'intelligence matérielle ! Vous vous rendez compte ?

— Mais, alors, tu connaissais les recommandations s'étonna le naïf Fire en direction de Krowski..

— Bien sûr qu'il les connaissait. C'est lui qui a fait un rapport complet sur cette planète. Il nous a caché qu'il a étudié tous les rapports des expéditions précédentes...

— Mais, pourquoi le centre vous a-t-il désignés comme commandant sachant vos opinions sur ces recommandations ?

— Parce que, mon pauvre Merlon, cela fait bien longtemps que j'emmerde le monde au centre ! Vous le savez bien. Il fallait bien me piéger à un moment ou un autre. D'où la présence des deux flics.... »

Tout à coup une vibration très faible fut ressentie par l'expert de ce vaisseau. Merlon, fit établir le silence : « Chut ! fit-il en mettant l'index verticalement devant ses lèvres. Ils mettent les lance-torpilles en batterie ! Ils vont envoyer l'engin sur la planète ! »

-5-

Les deux flics avaient parfaitement suivi les instructions complètes des recommandations du centre. Le fait qu'elles contenaient de manière précise toute la marche à suivre pour toutes les manœuvres à réaliser, même les plus élémentaires pour un commandant, avait mis la puce à l'oreille de Gartien. Il en avait facilement conclu quel devait être son sort. Il ne s'était défendu que mollement, sachant que les deux flics avaient Krowski comme allié dans la place.

« La torpille est partie ! Annonça fièrement Jardon.

— C'était pas compliqué de suivre les instructions ! Le découragea Romert. Mais j'essaie de comprendre le rapport de Krowski sur ces mystérieuses infrastructures.... Retourne surveiller la trajectoire de la torpille.

— Et le message ? Que dit le message ?

— Personne ne le sait ! On pense que cet immense être vivant a parfois des « sursauts », une volonté de communication. C'est un vrai schizophrène ; complètement replié sur lui-même à se construire en ville sans fin ; une manière comme une autre de se regarder le nombril, de se masturber quoi ! Et de temps en temps : pouf ! une bouffée sociale : il a envie de communiquer ! Mais on ne sait pas ce qu'il dit. Alors, le centre a décidé de communiquer avec lui à notre manière.

— Mais pourquoi Gartien n'est pas d'accord ?

— Pourquoi ? Pourquoi ? C'est un con d'idéaliste ! Il ne veut pas égratigner cette nouvelle intelligence. Nous, nous voulons la transformer, en profiter au maximum. Lui, dit que c'est la matérialisation de l'Idée. Tout l'univers viendrait de cette intelligence qui est devenue schizo et se regarde le nombril au lieu de continuer à travailler le cosmos. Mais nous allons la réveiller, nous ! Va voir la torpille je te dis !

— Ouais ! J'y vais... »

Quelques secondes plus tard, il revient, manifestant un air très étonné :

« Eh ! Romert ! La torpille change de trajectoire ! Elle se dirige désormais tout droit vers ces mystérieuses infrastructures !

— Oh ? Tu as essayé de prendre le pilotage manuel ?

— Oui ! Il ne donne absolument rien !

— Bon ! Maintenant, on sait que « K » réagit. On verra bien ce qu'elle fera. Mais derrière l'assurance de façade, une sourde terreur commençait à étreindre le cœur des deux hommes.

— Il faut aller demander conseil à Krowski ! affirma Jardon.

— Oui ! de toute façon, la torpille est partie ! On ne risque plus rien ! »

-6-

Tout le monde était de nouveau rassemblé dans la salle commune. Romert informa les nouveaux venus des évènements intervenus.

« La planète a pris une décision, c'est sûr ! s'écria Krowski !

— Elle n'est donc pas si schizo que cela alors ?

— Non ! Toubib ! J'ai toujours pensé qu'elle ne l'était pas. Elle se repose seulement à construire cette ville depuis des siècles. Cela l'amuse ! Nous allons bien voir ce qu'elle va faire !

— Silence Gartien ! Ordonna Romert : la torpille arrive sur la planète ! »

Une immense infrastructure en forme d'entonnoir constitué d'imbrications complexes de poutrelles, tubes, et câbles s'était ouverte pour accueillir la torpille. On ne voyait pas le fond de cette énorme anfractuosité. La torpille disparut dans le noir profond de ce trou nouveau.

Puis, plus rien ! Pas de signal ! Pas d'éclat ! Pas de lumière !

Rien !

Les passagers du vaisseau ressentirent alors comme un trouble dans la vision de ce monde. Oui ! ses contours devinrent de moins en moins nets et soudain, les instruments de bord affichèrent une augmentation exponentielle de la gravitation. En une seconde, le vaisseau fut happé par la planète qui avait disparu. Elle n'existait plus !

À la place, une énorme gravité courbait tout vers elle : la lumière d'abord, les planètes ensuite, et les étoiles. La planète K avait décidé que cela suffisait comme cela, l'expansion de l'univers la fatiguait. Désormais tout le cosmos se replierait dans son trou noir...

Le clochard

*D'aucuns pensent que les choses
et les lieux ont des âmes et
d'autres pensent qu'ils n'en ont
pas. Quant à moi, je ne saurais
dire, mais il faut que je vous
parle de la Rue.*

Howard P. Lovecraft

La nuit était triste. Je marchais dans les rues brillantes d'humidité et désertes d'une banlieue perdue.

J'arrivai à une esplanade entre de grands immeubles en béton. Des cris de jeunes hommes à la voix muante résonnaient entre les façades indifférentes. Des beurs s'interpellaient d'un bout à l'autre de la place, impitoyables pour les gens qui dormaient. Je passai mon chemin.

Les grandes pelouses humides, pleines de merdes de chien, constituaient de vastes zones obscures entre les rues éclairées par des lampadaires. C'est là que tout se passait : les conversations qui durent la nuit entière sur les filles, les « fromages » et les parents de qui on se moque le cœur serré de remords (mais tant pis, il faut bien être soi-même), parfois la fille que l'on saute à tour de rôle et qu'on paie plus ou moins et qui a l'air d'aimer cela, car elle revient souvent, le pétard qu'on fume, les coups que l'on monte, tout se passe là en été. En hiver, c'est au coin de la place, à l'abri du vent. Ils sont assez fiers, car ils pensent lire de la peur dans les yeux des passants. Ils se trompent : ce qu'ils prennent pour de la peur, c'est l'angoisse de voir des jeunes aussi abandonnés, si désemparés qu'ils ne se respectent plus eux-mêmes. Et toute cette bière qu'on boit et qu'on pisse et qu'on cuve dans tous les coins...

Alors, au bruit, j'évitai les groupes qui ne se gênent pas pour parler parfois très fort.

C'est dans un square que j'ai trouvé le clochard. Il était mort de froid et de faim. Il puait encore le chou pourri, odeur du type qui ne s'est pas lavé depuis des semaines. Il serrait un cahier entre ses mains. Je l'ai pris. Je l'ai lu. Un cahier d'écolier crasseux plein d'une écriture tourmentée. Surprenante aussi, car l'écriture de quelqu'un de très cultivé. Bien sûr, sinon il n'aurait pas pu rédiger cela.

Ce clochard fréquentait un café. Ce manuscrit décrit les journées qu'il y passait... Je fourrai le bouquin dans ma poche et cherchai une cabine téléphonique pour appeler les flics. Ils arrivèrent une demi-heure plus tard. Deux costumés dans une voiture sérigraphiée. Pour ne pas être inquiété, je m'étais planqué à proximité pour observer la scène. Ils s'approchèrent. L'un d'eux toucha le cadavre et dit : « Il est déjà froid ! » L'autre, resté dans la voiture de patrouille envoya un message radio. Quelque temps après, une ambulance emmena le corps à la morgue...

Le jour blafard commençait à pointer. En face de la ZUP, de l'autre côté de la rue qui la longe, entre béton et champs labourés, il y avait un bistrot. Le patron était en train d'ouvrir. Je m'approchai et entrai. Il faisait encore froid, j'étais le premier client dans cette salle déserte.

Le patron m'accueillit, déjà derrière son bar.

« Bonjour ! Un petit blanc s'il vous plaît. »

Je m'installai à une table et ouvrit le cahier.

Avant de me mettre à lire, j'interrogeai :

« Vous ne connaissiez pas un clochard qui venait ici régulièrement ?

— Sûr. Il était toujours assis à votre place.

— On vient de le trouver mort de froid sur un banc...

— Oh ! Que c'est triste... »

Bon ! Alors, je lus le livre.

LE JOURNAL DU CLOCHARD

Premier jour.

De la place où je me tiens, je vois la rue. C'est encore une vraie rue, avec quelques maisons, une boulangerie, un tabac et le café où je suis.

Il y a même une ferme. Je vois passer une petite fille avec son bidon dans lequel le fermier va verser le lait encore tout chaud, à peine trait.

Le café est désert. Le patron nettoie des verres derrière le comptoir. Un homme en costume avec une serviette entre et commande un café. Il s'assoit à une table et sort un bloc-notes qu'il couvre nerveusement de signes cabalistiques.

Sur le trottoir, un vieux passe, une baguette de pain sous le bras, un journal plié dans la main.

Deuxième jour.

J'ai appris qu'ils vont construire un ensemble de bâtiments. Il faut beaucoup de logements sociaux pour loger les gens. Ils appellent cela une ZUP. Quand on le dit, ça produit comme un éternuement ! La gare restera : juste en face du bistrot. Tant mieux.

Troisième jour.

Les travaux vont bientôt commencer. Des engins de chantiers commencent à sillonner les terrains vagues. À voir cette rapide transformation du paysage, le souvenir me revient de mon ancienne vie de sidérurgiste.

Mais, bon sang ! quelle mouche m'a piqué de venir me perdre ici ?

Ah oui, quelle idée, car, qui d'autre que le sidérurgiste connaît le sentiment fabuleux de transformer le monde de ses mains. Avec deux roches, l'une rougeâtre et l'autre noire, il fabrique la fonte et l'acier, celui qui fait les armes, les automobiles, les chars et les avions...

Eux, là de l'autre côté de la rue, ils remuent la boue.

Moi, je remuais le métal en fusion.

Dans de grands halls à l'odeur de chaleur et de soufre, dans les gerbes d'étincelles des particules de fer brûlant dans l'air rappelant ces bâtonnets qu'on allume le jour de Noël, des hommes, des scaphandriers brillants, remuent le feu incandescent avec de longues tiges et le fer en fusion coule, liquide comme de l'eau, jaune orange telle une rivière de feu, s'écoule dans une longue gerbe vers de grands godets qui sont ensuite emmenés sur des rails pour, en basculant, couler la fonte dans l'énorme cigare qui la transportera liquide vers l'aciérie.

Là, on la versera dans une énorme cornue de pierre et d'acier, un homme y jettera des pelletées de chaux, un autre, le sifflet à la bouche, donnera l'ordre de souffler à travers le liquide pour brûler le charbon resté dans le corps du fer, charbon qui en fait de la fonte, et qui une fois parti laissera l'acier. Une énorme gerbe de fumée rougeâtre montera haut dans le ciel. Et, de ma maison je savais que l'haleine chaude de l'aciérie purifie la fonte. Puis, la grande cornue basculera pour verser l'acier dans d'autres poches qui le verseront ensuite dans des lingotières où l'acier se reposera, se refroidira. Puis, on démoulera le lingot. Et, avec des grandes pinces, le pontonnier le déposera soigneusement dans des fours qui le porteront au rouge vif, pour seulement le ramollir.

C'est là, dans un autre hall fumant, où l'odeur de soufre se mêle à celle de l'huile brûlée que le lingot, ramolli par la flamme du gaz de haut fourneau, sera aplati entre de grands rouleaux d'aciers manœuvrés d'en haut par des hommes en combinaison grise, dans une cabine confortablement climatisée, pleine de manettes, d'écrans et de cadrans.

En bas, c'est l'enfer. Il fait une chaleur du diable.

C'est un jeune OS tunisien, qui descend régulièrement sous les rouleaux du blooming, dans une étuve sulfureuse, pour enlever la calamine qui tombe des lingots rouges étreints par les rouleaux puissants. Un jour, il n'est plus remonté : « malaise » a-t-on dit...

Dans une cabine non climatisée, je réceptionne les brames, lingots aplatis encore brûlants. Il faut les arrêter d'un habile aller et retour inversé de deux manettes et, par la manœuvre d'une autre, les pousser vers l'aire de stockage. Surtout ne pas les laisser partir, ne pas se laisser envahir, car le rythme, ce n'est pas lui qui le choisit, mais ceux de la cabine qui commande l'alimentation du blooming en lingots. Il fait chaud. La brame, en passant devant ma cabine me brûle le visage. Il faut boire beaucoup... Pour pisser, il faut appeler le remplaçant.

Comme il n'y en a qu'un pour toute la ligne, il faut attendre longtemps. Parfois, on pisse sur place. En été on crève de chaud. En hiver, on cuit devant et on gèle derrière. Un jour, un morceau de calamine brûlante a incendié la graisse du palier d'un moteur entraînant un rouleau. Le feu grondait à mes côtés, mais les brames arrivaient. Impossible de quitter mon poste pour l'éteindre.

Le remplaçant est arrivé juste à temps. Un coup de seau d'eau et la grande flamme a disparu. Le gars m'a engueulé !

Mais « que veux-tu que je fasse ? » lui fis-je comprendre en lui montrant les manettes.

Si seulement l'usine brûlait...

Au laminoir à froid, c'est moins pénible. Ça sent l'huile chaude et il y a autant de bruit. Mais c'est toujours la machine qui commande...

J'ai donc voulu partir. Quitter l'usine. Chercher l'aventure dans la capitale.

Mais l'usine, mangeuse d'hommes, me faisait aussi vivre.

J'avais oublié cela...

Là, en face, les immeubles montent vers le ciel.

Je me souviens du hangar qu'ils construisaient pour protéger le parcours des rouleaux de la tréfilerie. Ils se baladaient encore incandescents, accrochés à un galet roulant sur un rail très haut. Les tiges d'acier enroulées se refroidissaient donc lentement en se promenant.

La griserie du monteur en charpente métallique : il grimpe comme un singe sans s'occuper du vertige qu'il ne connaît pas. Le gros fer dont la section ressemble à un « I » est amené par le grutier au-dessus du socle en béton dans lequel sont scellés les grosses vis dont les tiges filetées dépassent. Le poteau placé, on visse les écrous en le laissant branlant. Le monteur monte lestement, les deux pieds « marchant » à l'horizontale sur le corps principal du « I » les deux mains se tenant par les deux barres perpendiculaires du « I ».

Une fois en haut, il attend la ferme que la grue approche. Il l'attrape, accroupi sur le haut du poteau. Il maintient un trou de la ferme en face d'un trou du poteau grâce à sa clé qui comporte d'un côté une pointe qu'il enfile dans les deux trous face à face. Gare au déséquilibre. Mais il s'en fiche, car il voit tout de haut.

Presque la liberté quoi ! En tortillant sa clé, il aligne les trous dans lesquels il enfile une à une les grosses vis.

Quand c'est fait, il ne reste plus que le dernier : celui qui est enfilé par la queue de la clé. Il serre les autres boulons, sort la clé et place le dernier.

La ferme est posée d'un côté. Il reste à refaire la même opération de l'autre côté : pour cela, il faut redescendre...

Le boulot me plaisait. À cause de la liberté. Malgré le cul gelé sur les poutrelles en hiver et brûlé en été. Malgré les boulons qui tombaient en rebondissant sur le casque et les hommes aussi parfois. Oui, ça me plaisait... Mais il m'ont viré ! Restructuration, mécanisation, production. Enfin que des bonnes raisons.

Alors, je suis venu ici...

Bien plus tard.

Les immeubles sont presque terminés. Du café, on voit bien la ZUP. De grandes tours et barres pleines de logements. Les premiers locataires arrivent.

Encore bien plus tard. Premier jour.

Avec la ZUP, la clientèle du bistrot est tout autre. Au petit matin, les ouvriers qui vont travailler viennent boire le café ou le petit blanc avant de prendre le train. On entend beaucoup parler d'accession à la propriété.

Dans la journée, tout le reste de la journée, des chômeurs. Comme moi ! Toute la sainte journée à boire leurs indemnités ASSEDIC. Et ça discute de boulot, de boulot.

« Qu'est ce que tu faisais toi... avant ?

— Moi ? Maçon ! Je suis trop vieux pour trouver du travail ! J'ai cinquante ans, c'est donc ce qu'on me dit... Et toi ?

— Avant je faisais ce que je fais maintenant : stages, chômage, re-chômage. Mais ça va mieux : j'ai trouvé un boulot à mi-temps !

— Ah ? C'est quoi ce boulot ?

— Un CES !

— Un quoi ?

— Un CES ; ça veut dire : contrat emploi solidarité !

— Ah ! Et tu fais quoi ?

— La plonge au CES !

— Où ?

— Au collège d'enseignement secondaire ! T'es bouché ou quoi ?

— C'est tout ce que t'as trouvé ? Un CES au CES !

— C'est la mission locale qui me l'a trouvé. Autrement, à tous les jobs où je me suis présenté on m'a dit que j'étais trop jeune !

À la télé, on voit un type parler. La cinquantaine, l'uniforme des capitaines d'industrie, un air sûr de lui. Lui, il a réussi, donc il ne peut qu'avoir raison. D'abord c'est lui qui commande alors ? Oui ! C'est le patron des patrons, le président du CNPF. Voici ce qu'il dit : « Les entreprises ont fait beaucoup d'efforts en créant des milliers d'emplois. Elles ne pourront pas en faire plus, car leurs charges sont trop lourdes. Il faut les alléger. La taxe professionnelle, par exemple, est un impôt obsolète. Il faut le supprimer ! » Et bla-bla... Il y a trois millions de chômeurs, ils licencient à tour de bras pour se faire du fric et cela ne suffit pas : il leur en faut encore plus...

Plusieurs jours plus tard.

J'ai plus la notion du temps. Je claque toutes mes économies en pinard. Je suis bourré dès le matin. Je cherche plus de boulot depuis longtemps. D'ailleurs crasseux comme je suis, je vois pas qui pourrait m'en donner ! Pourtant, ce soir, j'ai rendez-vous avec un mec qui m'en a promis.
Étrange ! Un air de petit loubard. Mais bien sapé ! Il m'a presque convaincu qu'il pourrait faire quelque chose pour moi. Je vais essayer de moins boire aujourd'hui pour pas être trop bourré au rendez-vous. Mais il fait froid !
Alors...

Tiens ! Le journal du clochard s'arrête ici. En haut d'une page de gauche. Par réflexe, je tourne la page de droite, presque auto-matiquement.
Il y a encore quelque chose d'écrit avec une encre brunâtre ; rougeâtre plutôt. Le texte précédent était écrit au stylo bille bleu...
Ne dirait-on pas du sang ? Voilà ce qui est écrit : « J'ai gagné mon entrer au Pacte, car j'est tué ce clodo J'est écrit ce messaje avec son san A moi le maggau et la meyeure vie »
Sans ponctuation et avec toutes les fautes.

Le soir est tombé. Il fait noir dehors. Le bistrot est presque dé-sert. Le patron du bar est un vieil homme rébarbatif.
Je le comprends : tenir un bistrot dans un quartier pareil.
Des grandes barres impersonnelles, des entrées sales, les boîtes aux lettres cassées. Une misère noire partout. Les grandes pe-louses qui séparent les immeubles plus qu'elles ne les relient ne réussissent pas à donner une humanité à l'ensemble. Non, ce n'est pas l'architecture qui crée la misère. Non, cette architec-ture montre la misère, montre du doigt ceux qui l'habitent comme des miséreux. C'est pourquoi tous voudraient bien par-

tir. Ceux qui réussissent vont atterrir dans des Z.U.P. horizontales où ils ne retrouvent que des gens comme eux. Alors...

Un grand type se tient debout devant ma table. Le café est très sombre, je distingue mal : pourquoi ont-ils éteint les lumières ? Seul le bar est lumineux. Une lampe éclaire le patron juste au-dessus de la tête jetant de longues ombres sous ses sourcils, son nez et ses lèvres. Il me regarde fixement avec un air sardonique. C'est l'éclairage plutôt !

Je ne vois pas le visage de l'homme debout devant moi ; je perçois vaguement un costume, une cravate criarde, une posture du corps agressive. Prétentieuse plutôt ! Il tient sa main droite dans la poche de sa veste.

« Vous pouvez pas vous pousser un peu ?

— Ta gueule ! C'est moi qui cause.

— Eh ? On n'a pas gardé les cochons ensemble non ?

— Ta gueule et donne-moi ce cahier. Tu l'as piqué où ?

— Je l'ai trouvé dans la rue. Il est à vous ?

— Menteur ! Le patron m'a dit que tu lui as parlé du clochard !

— Bien sûr ! Ce cahier est son journal ! »

Le gars sort la main de sa poche. Elle tient un rasoir.

Il profite de mon sursaut de peur pour subtiliser le cahier d'un geste adroit. « T'en fais pas ! Tu la reverras ta mère ! »

Il tourne les talons et s'éloigne vers la porte. Au moment où il l'atteint, je lui pose la question :

« C'est vous qui l'avez tué ?

— Ta gueule !

— Un pari non ? »

Le gars ne répond pas et sort. Il n'a pas vu la voiture de police arrêtée plus loin. Je jette un coup d'œil par la fenêtre : trois flics entourent une espèce de clochard mal sapé. Bien sûr, il porte un costard et une cravate. Mais la veste est trop étriquée et les pantalons trop larges. La cravate trop criarde. Les cheveux hirsutes. Un flic lui passe les menottes. Un autre lit le cahier ouvert. Le troisième regarde vers moi alors que le clochard lui parle.

Je me lève précipitamment et traverse la salle du bar en faisant tomber quelques chaises. L'air froid du dehors me saisit le visage. Un flic s'approche du bistrot. Je n'ai que le temps de disparaître dans la brume de la nuit.

Cette sinistre Z.U.P. semble ricaner de cette fuite.

Je m'arrête au milieu de la pelouse pour regarder derrière moi. Le flic a renoncé. La voiture de police s'éloigne en évitant soigneusement d'entrer dans la Z.U.P.

Les policiers préfèrent faire le grand tour !

Espérance

Lorsque le train s'arrêta en gare d'Espérance, la petite ville fluviale était sous la brume.

Jean Calmet ressentit le froid humide du fleuve en posant le pied sur le quai. Déjà, l'ambiance n'était pas à l'accueil.

Véronique, toujours aussi obsédée par les phénomènes supranaturels, l'avait supplié de venir enquêter ici. Le détective n'aimait pas les histoires de revenants : toutes celles qui avaient fait l'objet de ses enquêtes s'étaient avérées bidon. Mais sa douce amie avait tellement insisté...

« Pourquoi n'y vas-tu pas toi-même ? C'est toi la spécialiste de ce genre d'affaires...

— Tu sais bien que je suis occupée ailleurs. Cette enquête nous rapporte gros : notre commanditaire m'a déjà versé un énorme acompte. Tu peux pas refuser !

— Oh ! Chiotte !

— Aller ! Ne râle pas !...

— Et c'est qui le commanditaire de cette enquête que je dois mener ?

— Je peux pas te le dire ! Pour la bonne et simple raison que je ne le sais pas moi-même !

— Hein ?

— Regarde... »

Et elle lui tendit une grande enveloppe.

Il la saisit un peu hésitant, car il sentait que s'il prenait connaissance de son contenu, il ne pourrait plus reculer. Elle contenait une lettre dactylographiée accompagnant une coupure de journal, une photographie et une liasse de billets. La lettre commandait une enquête dans la petite ville d'Espérance et promettait la même somme en cas de succès.

« Mais enquêter sur quoi ?

— Lis la coupure de presse. » Répondit Véronique.

Le titre annonçait :

Découverte de vestiges sur une île du fleuve.

Puis, le corps de l'article :

Une grave pollution chimique du fleuve a conduit la Compagnie à faire baisser le niveau du cours d'eau pour qu'il soit plus bas que celui de la nappe d'eau potable. Ainsi, l'eau gravement polluée ne pouvait pas entraîner sa pollution dans la nappe phréatique.

C'est à cette occasion qu'est apparue une île inconnue jusqu'alors. Cette île s'est-elle formée par apport d'alluvions fluviaux ? Ou par soulèvement du sous-sol ? Quoi qu'il en soit elle est apparue. Cet événement étrange en accompagnait un autre : il y a sur cette île un ensemble de ruines mystérieuses ! Immédiatement les services compétents ont été prévenus et une équipe d'archéologues s'est rendue sur les lieux. Aujourd'hui, ces vieilles pierres n'ont pas encore laissé percer leurs secrets. On parle de temple pour célébrer le culte de Cybèle ou de Mithra, culte cruel consistant à égorger un taureau pour s'en faire asperger de son sang afin de se purifier et de commencer sa route vers l'éternité.

Dans la petite ville d'Espérance, on dit que cette île est hantée. Qu'elle est le lieu du passage vers les enfers où vit le Drac, monstre assoiffé de sang qui apparaît parfois en émergeant du fleuve comme le dit la légende.

Mais comment cela peut être dit alors que cette île n'existait pas auparavant ?

En attendant, la Compagnie exige que les fouilles se terminent rapidement afin de rétablir le niveau de l'eau, car à chaque minute qui passe, c'est de l'énergie hydraulique perdue... »

Puis, il regarda le cliché. Il représentait une pierre avec un signe gravé dessus. Il reconnut les caractères de la petite machine qu'ils avaient trouvée lors de précédentes aventures. Leur présence indiquait la possibilité d'un passage vers des mondes extérieurs. Les gens d'Espérance n'étaient pas si bêtes que cela...

C'est cette photographie qui le décida à y aller !

Il marchait dans les rues pavées d'Espérance. Une rue étroite, parallèle au fleuve qui se dirigeait vers une sombre colline rocheuse portant sur ses flancs les ruines d'une vieille bâtisse.

À l'hôtel, le réceptionniste bougon lui remit ses clés sans un mot. La chambre 217 était vraiment miteuse : un mobilier réduit à sa plus simple expression, un peu bancal sur une moquette pelée et souillée de nombreuses taches qui déclenchèrent dans l'esprit du détective des images parfois sordides. Bon ! Il était tard et il était temps de se coucher. On verrait bien demain.

À l'aube, il était déjà au bord de l'eau : il ne voulait pas rater le bateau qui se rendait sur l'île. Après une heure d'attente, il vit arriver une charmante jeune fille. Il l'aborda prudemment :

« Vous faites partie du chantier de fouilles ? » Questionna-t-il, l'air le plus aimable possible.

La fille le regarda d'un air méfiant.

« Oui ! Que voulez-vous ?

— Voilà, je voudrais rencontrer votre responsable, car je fais un reportage sur les légendes qui sont liées aux lieux que vous défrichez...

— Ah ! Vous êtes journaliste alors ?

— Non, écrivain plutôt.

— Bon. Mon chef arrive. Le voilà... »

Un jeune homme déboucha de la rue qui donnait sur les quais. Jean s'approcha.

Le responsable des fouilles accueillit Jean avec amabilité.

« Bonjour ! Je suis Jean Calmet. Je suis écrivain. Je prépare un livre sur les légendes liées au culte de Cybèle et Mithra dans la vallée. J'aimerais pouvoir visiter votre chantier pour en apprendre plus et faire quelques photos. »

— Ah ? Bon... »

L'homme était intrigué. Il montra un visage fermé. Mais Jean crut déceler comme un air de soulagement dans son regard fuyant.

« On peut parler maintenant ? Ou vous préférez que je re-
vienne ?

— Non, non. Je... vous pouvez visiter le chantier. Je vais désigner
quelqu'un pour vous conduire. Ce n'est pas très grand. De toute
façon il est situé sur une île. Venez, nous embarquons. »

Ils montèrent sur le bateau pneumatique à moteur alors qu'une
brume montait du fleuve. Il fallait contourner quelques bancs de
sable avant d'atteindre l'île. Elle apparut soudain dans une dé-
chirure du brouillard épais que le fleuve semblait avoir produit
pour cacher les ruines aux yeux des riverains. Un banc de graviers assez plat qui présentait en son centre un amas de pierres
moussues desquelles pendaient encore quelques plantes aquatiques déjà séchées. Au centre de ce tas pierreux émergeait une
petite tour cylindrique.

Ils étaient quatre dans la petite embarcation : la jeune fille, le
responsable des fouilles, un autre gars qui pilotait le bateau et
Jean.

« Les autres nous rejoindront ensuite. Le bateau fera plusieurs
navettes. » Se crut obligé d'expliquer le responsable.

« Je m'appelle Didier — déclara-t-il à l'intention de Jean — et
vous ?

— Jean... Jean Calmet

— Vous avez vu l'île ? On y arrive dans une minute. Qu'est-ce qui
vous intéresse dans cette île ?

— Je vous l'ai dit : je recherche toute trace des cultes du taureau... et les légendes du Drac...

— Ce ne sont que des légendes n'est-ce pas ?

— Oui... pourquoi ? Il me semble entendre comme un ton de
contrariété dans ce que vous dites. »

L'air était calme et frais. Et ils approchaient.

« Vous savez que l'apparition de cette île a réveillé des tas
d'histoires de fantômes chez les gens du bled ?

— Et vous en avez vus des fantômes ? »

Didier hésita.

« Peut-être... je les ai devinés. Mais il faudrait venir la nuit. C'est
la nuit qu'apparaissent les fantômes, non ? »

Jean ne répondit pas à la provocation.

« Et à part ça qu'avez-vous trouvé sur cette île ?

— Pas grand-chose jusqu'à présent... des pierres et un puits. C'est tout...

— Et il est intéressant, ce puits ?

— Peut-être, car il était complètement fermé. Un tube de pierres maçonnées enfoncé dans le lit du fleuve. Nous avons pratiqué une ouverture latérale sous la voûte. Nous avons sondé sa profondeur. Il n'est pas très profond, pas plus que le fleuve lui-même. »

Ils accostèrent.

L'endroit était assez quelconque. Un tas de pierres moussues au centre duquel dépassait un cylindre maçonné d'environ deux mètres de diamètre.

Ils en avaient vite fait le tour. Une échelle était posée contre la construction et un tas de pierres se trouvait disposé à quelques mètres de là. Le bateau repartit chercher le reste de l'équipe et les deux jeunes gens se mirent au travail : examiner une à une les pierres de la construction effondrée.

« Au boulot, il ne nous reste que peu de temps avant la remise en eau... »

Jean s'approcha du puits et gravit l'échelle. Il ne savait pas s'il devait être déçu ou pas.

En haut de l'échelle, on accédait au conduit vertical par une ouverture irrégulière pratiquée sur la paroi du cylindre. Il passa la tête et vit la surface brillante de l'eau. L'odeur humide lui rappelait quelque chose : cet arrière-goût qui accompagnait les « passages », il en était sûr. Mais comment en ouvrir un ici ? Il lui faudrait revenir seul. En se penchant, il se coucha à l'horizontale pour regarder la voûte au-dessus de lui. Elle était vaguement éclairée par les reflets argentés de l'eau du puits. Il remarqua qu'il manquait une pierre juste au-dessus de l'entrée creusée par les archéologues.

Le miroir. Le miroir de l'eau constituerait un passage. Il en était sûr. Il fallait trouver la pierre qui manquait. Celle de la photo dans le dossier que lui avait remis Véronique. Quelqu'un devait la lui remettre. Rendez-vous était déjà pris pour la fin d'après-midi.

Il négocia le prêt d'une barque pour revenir dans la soirée. Seul. De toute façon les fouilles se terminaient sans avoir apporté quoi que ce soit d'intéressant. La Compagnie allait remettre le fleuve en eau. Il fallait faire vite.

Le café était mal famé. Mais c'était son rendez-vous. Des types crasseux regardaient de biais lorsqu'ils croyaient ne pas être vus. Le dessus de la table était tout collant. Le patron était un arabe souriant. En étalant la crasse sur la table avec un torchon gluant, il demanda :
« Qu'est-ce que vous buvez ?
— Un demi... J'ai un rendez-vous. Personne ne m'a demandé ?
— Ah ? Un type là-bas attend aussi quelqu'un...
— Merci. »
Le détective se leva et s'approcha du type en question : un gros mec qui lui tournait le dos, son crâne chauve luisant sous les néons. En contournant la table, il vit de qui il s'agissait. Une vieille connaissance à lui. Un de ses correspondants qui lui avait déjà fourni un document précieux lors d'une autre aventure.[5]
« Salut Jean. Ferme la bouche, tu vas gober des mouches...
— Ça va. Qu'est-ce que tu fiches ici ? » Répondit Jean.
« Je suis envoyé par ta chère et tendre. On lui a fait parvenir un objet que je dois te remettre. »
Sur ces mots, il leva son petit verre de rouge et l'avala d'un trait.
« Alors, donne ! s'énerva Jean.
— Ben, pas comme ça...
— Comment ça, "Pas comme ça !" ?
— Ben, et l'argent ?
— L'argent ? Véro ne t'a pas payé ?
— Ben non ! Elle aurait eu trop peur que je me tire sans te donner l'objet...
— Combien ?
— Deux mille francs.

---

[5] Voir « Ruines » du même auteur chez le même éditeur.

— Bon, ça va, c'est pas trop cher... Bouge pas, je demande confirmation à Véro avec mon portable. »

Il regagna sa place et saisit son portable dans sa poche. Il tapa les numéros et porta l'appareil à son oreille. Il regarda par la fenêtre en attendant que sa correspondante réponde. Il lui sembla reconnaître Didier dans une ombre derrière la cabine téléphonique. Une bande de jeunes maghrébins était agglutinée non loin de là en poussant des cris en guise de conversation.

« Allô ?

— Véro ?

— Oui...

— C'est Jean...

— Ah ! Comment va mon chéri ? T'es arrivé ?

— Oui. J'ai visité l'île. Rien de fantastique. À part un puits.

— Ah ? Voilà, voilà. C'est bien ce que je pensais. Je t'envoie Gilles Leroy, ton meilleur correspondant. Il doit te remettre la pierre. Celle qui va s'encastrer dans le puits, celle qui comporte un signe, celui de la photo.

— Mais bon dieu, comment tu fais pour savoir tout cela ?

— À chaque fois que tu poses cette question, c'est que tu oublies que je suis un peu spéciale dans ce monde...

— Ah oui ? J'aime que ce soit toi qui me le rappelles.

— Quoiqu'il en soit, fais ce que tu dois, et surtout, soit prudent, là-bas...

— Là-bas ?

— Oui, là-bas, de l'autre côté...

— Bon dieu, tu penses que je vais passer de l'autre côté ?

— Et pourquoi crois-tu que tu es à Espérance ? Nous voulons savoir vers quel monde mène cette porte non ? Si tu prends tes précautions, tu ne risques rien...

— C'est ce qu'on dit !

— Tu es sûr que tu n'as pas été suivi ?

— Je pense que je ne l'ai pas été, oui... Par qui voudrais-tu que je sois suivi ?

— N'oublie pas qu'Anatole est toujours dans la nature. Il cherche tout passage vers un monde extérieur. Surtout celui dont il vient...

— J'y ai pensé à ce monstre... Je me demandais...

— Tu te demandes qui nous a fait parvenir ces documents ? Je ne sais pas.

— Tu veux pas me le dire, plutôt...

— Non. J'te le jure sur la tête de ma mère !

— Elle est bonne : t'en n'as jamais eu de mère

— Un à zéro. Je serais aussi curieuse que toi de connaître notre informateur. Peut-être même qu'il y en a deux...

— Bon ! Je t'avais pas appelée pour une si longue conversation. J'te quitte.

— Allez, au revoir. Et fais attention... surtout à Anatole. »

Il en mourrait d'envie de passer de l'autre côté. Cela l'excitait tellement que la seule chose qu'il craignait était de ne pas réussir son coup. D'ailleurs, Véronique le savait très bien et lui laissait le soin de mener à bien cette investigation.

Il allait appuyer sur le bouton d'arrêt quand il se souvint brusquement de la raison de son appel et il cria dans l'appareil, attirant l'attention sur lui :

« Véro ?

— Oui. Qu'est-ce qu'il y a ?

— J'oubliais l'essentiel : Leroy me demande deux mille francs. C'est bien ce que tu avais prévu ? »

Elle réfléchit un moment puis : « Oui. D'accord. »

Et elle raccrocha.

« Une vraie spécialiste pour semer le doute ! » Râla-t-il intérieurement.

Il retourna vers son correspondant et s'assit à sa table.

La pierre était de la même matière que celles qui tapissaient l'intérieur du puits. Elle portait bien l'inscription : la représentation d'une espèce de serpent dont le haut du corps était constitué d'un torse humain avec deux bras et une tête animale. Une gueule et des yeux féroces, sans pitié, sans humanité, rendaient l'image inquiétante. Un vieux type qui sortait du bistrot en passant derrière Jean Calmet s'exclama : « Le Drac ! »

Jean demanda :

« Le Drac ? C'est quoi le Drac ?

— Un être de légende qui hante les profondeurs du fleuve et qui enlève les femmes.

— Un conte de fées alors ?

— Oui, le fruit de l'imagination humaine... »

Et le vieux sortit en haussant les épaules.

« Tu t'intéresses aux légendes maintenant ?

— Comme toujours... »

Leroy n'avait pas lâché la pierre. Il se contentait de la montrer à Jean. Il avait l'air un peu tendu. Jean se rendit compte que ce type en face de lui était en train de prendre une décision.

Ça y est : elle était prise.

« Je... je ne me contenterai pas de deux mille francs. J'ai une autre requête...

— Laquelle ? »

Jean se replia dans sa coquille de méfiance.

« Je veux venir avec toi. Et mon ami aussi.

— Ton ami ?

— Oui, celui qui a trouvé la pierre. Il ne demande rien. Seulement, il veut venir aussi.

— Je... ne sais pas... »

Aussitôt, devant l'hésitation de Jean, Leroy remit la pierre dans sa poche avec un de ses gestes gracieux et rapides comme l'éclair.

« C'est à prendre ou à laisser. Alors ?

— ....

— Tu veux un délai de réflexion ?

— Je ne sais pas. On n'a pas bien le temps. Ton ami, là... il veut juste voir ou quoi ?

— Ouais ! Il veut juste voir...

— Bon. Je crois que je n'ai pas le choix. Où est-il ?

— Il nous attendra sur l'île... »

La soirée était extrêmement fraîche et de la brume montait au-dessus du fleuve. Ils montèrent tous les deux dans la barque et Jean, par de robustes mouvements des bras, se mit à ramer en direction de l'île. On pouvait la repérer par le petit lumignon de la lampe tempête qui avait été laissée là. L'éclairage public d'Espérance jetait un halo grisâtre sur ce petit tas de cailloux qui constituait l'île.

Soudain, là-bas sur l'île, une ombre se dessina. Un grand type, comme une ombre chinoise, tirait vers le bord ce qui apparaissait comme le corps d'un homme... Celui-ci partit dans le courant, et la grande ombre se redressa en regardant fixement l'embarcation qui s'approchait. Jean Calmet crut reconnaître cette silhouette : Anatole ! Ce jeune homme qui était passé de l'autre côté et qui était devenu vampire. Un terrible prédateur, qui cherchait à tout prix un passage. Pourquoi ? On ne le sait pas. Certainement pour trouver ses semblables et les faire venir dans notre monde... D'ailleurs, toutes ces légendes, comme celles du Drac, ont une base réelle. Ces dragons, monstres, vampires et lutins, sont des êtres des mondes extérieurs qui ont pu échapper à la vigilance des « gardiens » des portes. Ces derniers ne donnent pourtant plus signe de vie dans notre monde.

L'ombre sembla se diluer dans la grisaille du soir... Jean se tourna vers son compagnon. Il ne semblait pas avoir vu, car il se tenait tête baissée.

« Tu sais nager ? interrogea Jean.

— Euh... Non !

— T'inquiète pas, je suis un très bon nageur... »

Ils abordèrent sans encombre. Ils ne voyaient personne. Pourtant les lieux ne comportaient aucun obstacle, à part les ruines et le puits... Où était passée l'ombre ?

Jean descendit le premier. Leroy hésitait à poser le pied à terre.

« Tu viens ? Qu'est-ce que tu fais. Tu hésites. C'est bien toi qui avait demandé de venir, non ?

— Je ne vois pas mon ami...

— Moi non plus. Il n'a pas pu venir. Il n'y a pas d'autre barque que la nôtre...

— Je suis inquiet...

— Aller ! Courage. Arrive, sinon j'y vais sans toi.

— Ouais... c'est ça. Vas-y sans moi. »

Il fourra la main dans sa poche et en sortit la pierre. Il la lança au détective qui l'attrapa au vol de justesse.

« Comme tu voudras. Mais si ton « ami » traîne par là, il pourrait s'occuper de toi. »

Mais Leroy n'écoutait plus. Il était mort de peur. Jean avait fait l'erreur de s'éloigner un peu. Le gros homme descendit de la barque, la poussa à l'eau, bondit dessus et s'éloigna à grands coups de rames.

Stupéfait, Jean tenta de l'attraper, mais trop tard, et cria :

« Tu sais pas nager !

— M'en fous ! Démerde-toi ! »

Et il disparut dans la nuit, emporté par le courant.

La terreur, insidieusement, s'infiltra alors dans l'esprit de Jean, resté seul. Il tenta de regarder la pierre, mais l'obscurité était trop épaisse. La faible lueur de la lampe tempête posée sur la fenêtre du puits le repoussait, le vent donnant à sa lueur tremblotante des aspects maléfiques. Et, soudain, elle fut cachée par l'ombre, celle qu'il avait vue du bateau. Et cette ombre parla, d'une voix grave et profonde :

« Et Véro, tu n'as pas amené Véro ?

— Comme tu vois, je suis seul...

— Approche. Peut-être réussiras-tu à me faire passer de l'autre côté.

— Tu sembles avoir oublié la malédiction qui t'interdit de le faire ?

— Rien n'empêche d'essayer. Tu connais ma force. D'autant que je viens juste de la reconstituer...

— Ah ? »

Jean Calmet réfléchissait. Cette dernière information le rassura. Un intrus a été la victime du vampire. Son repas. Leroy ne le savait pas. Il a fui, car il a pris conscience, petit à petit, qu'il était le mieux placé pour fournir à la créature l'énergie vitale dont elle a besoin. Par contre, Jean devait rester en vie pour l'emmener de l'autre côté.

Mais il savait que cela ne marcherait pas. Rien n'était changé. Anatole le vampire, une fois de plus, ne pourrait pas passer. Autant satisfaire son envie.

Le détective ne voyait pas le visage de la créature. Il ne l'avait d'ailleurs jamais vu. Seule Véro avait eu le loisir de détailler sa terrible figure. Elle savait ce qu'elle faisait en envoyant Jean au front, et, elle, en restant sur l'arrière.

Anatole restait silencieux. Il ne doutait pas de la décision de Jean. Mais celui-ci joua le suspens.

« Si je refuse ?

— Tu as tous les atouts en main. Sans toi je ne peux rien tenter. Mais tu ne peux rien contre moi non plus. Si tu refuses, tu te prives du passage de l'autre côté...

— Tu crois ? »

Anatole ne répondit pas. Il parla d'autre chose.

« Je sens ici une présence. Cette île est hantée. Elle possède des flux d'énergie considérables. Je vois un petit garçon nommé Sacha qui y meurt. Il passe et repasse de l'autre côté. Autrefois, il a réussi son passage. Mais il est resté coincé entre les deux mondes. Ouvre la porte et tu lui apporteras la paix... »

Jean ne répondit pas. Il connaissait ces phénomènes de hantise à proximité des « passages », car ces derniers conservaient les traces du passé. Les gardiens savaient les faire revivre artificiellement. Mais ici, il n'y avait pas de gardiens... D'ailleurs le monologue du monstre ne demandait pas de réponse.

Effectivement, l'angoisse serra le cœur du détective. Il vit alors, comme s'il pouvait regarder au fond de lui-même sur l'écran de son inconscient, il vit un petit enfant, un de ces garçons des rues, plein de malheur. Il pleurait. Son visage, rongé et boursouflé, présentait des traces de griffures, comme si, avant de se noyer et d'être dévoré par les bestioles du fond, il avait traversé en courant un épais buisson de ronces.

Cette vision le décida.

Il s'approcha du puits en glissant sur les galets gluants. Sans s'occuper du personnage au visage de gargouille qui fut autrefois un jeune homme nommé Anatole. De toute façon, il ne pouvait rien faire contre lui. Il devait juste faire un effort surhumain pour supporter sa présence et ne pas prendre ses jambes à son cou, plonger et traverser le fleuve à la nage.

La lampe tempête éclairait l'intérieur. Une corde pendait et trempait dans l'eau qui brillait au fond. Sans attendre, il se pencha dedans en veillant à ne pas faire tomber la lampe et se tourna vers le haut, en s'asseyant sur le rebord de l'ouverture de manière à pouvoir accéder à l'orifice dans lequel la pierre devait s'encastrer. Présentée, celle-ci rentra sous une forte pression en glissant comme un piston dans une chemise bien huilée d'un moteur à explosion. Aussitôt une vibration monta dans un crescendo de notes claires, mais sourdes. Jean se retourna brutalement en se faisant mal à la colonne vertébrale et regarda la surface de l'eau, car un reflet argenté brillait sur la voûte de la construction. Elle s'était transformée en surface aussi brillante et liquide que du mercure. Il pensa au film « Orphée », dans lequel, justement, Jean Cocteau utilisa des nappes de mercure pour créer l'illusion de la traversée du miroir.

Jean ne traîna pas. Il savait qu'il devait passer avant que les fantômes créés par le passage — une espèce de sécurité construite par les « Gardiens » — ne se cristallisent. Il pensa à Sacha, le petit noyé et n'eut vraiment pas envie de le rencontrer. Au moment où, en faisant glisser ses fesses le long du mur, il allait plonger, une serre puissante saisit son bras.

« Ne pars pas sans moi, petit détective...

— Suis-moi. Tu verras bien si les « Gardiens » t'ont oublié... »

La main squelettique, mais puissante le lâcha. Il plongea et, immédiatement, il fut debout, dans un tunnel de vieilles pierres moussues, devant une surface verticale de liquide brillant, mais opaque. Sans rien ressentir, il était passé de la verticale à l'horizontale. Seul. Anatole n'était pas passé. Allait-il reprendre la pierre ? S'il le faisait, cela empêcherait-il son retour ? Il hésita encore un peu, se demandant si, tout compte fait, il ne devait pas rebrousser chemin...

Le boyau dans lequel il se trouvait suintait d'humidité. Une odeur puissante, à la fois terrifiante et attirante, régnait comme pour signaler une horrible présence. Un mélange de putréfaction et de sang.

Soudain, un bruit déchira le silence épais, un drôle de bruit. Jean crut reconnaître un meuglement de taureau... Comme une plainte qui projeta immédiatement dans son cerveau un souvenir précis. Il avait autrefois assisté à l'égorgement d'un taureau par un rabbin aux abattoirs de Lyon. On avait amené la bête en la tirant par une chaîne solide enroulée à l'anneau de ses naseaux. La pauvre bête résistait faiblement, comme déjà résignée à la mort. Habilement, un homme habillé d'un tablier de cuir enroula une chaîne solide autour d'une patte de la bête et un palan tira inexorablement pour faire tomber cet amas de muscles sur le côté. Le palan tira vers le haut pour bien coucher l'animal sur le dos. Un autre palan cliqueta pour tirer la chaîne de l'anneau nasal, chaîne qui agissait à l'horizontale grâce à une poulie. Ainsi, le pauvre bœuf avait le cou bien tendu. Le rabbin brandit un long couteau de sa main droite. De l'autre main, il s'appuya sur le cou de la bête et coupa de plusieurs gestes sûrs et saccadés. Le sang gicla une fraction de seconde plus tard d'une plaie béante. Le bœuf cria, mais ce cri n'eut pas le temps d'exister. Il se transforma en gargouillis liquide qui sortait de la plaie. Le liquide rouge et chaud giclait en deux longs jets à deux mètres de distance. La bête agitait ses membres dans de terribles soubresauts. Ces mouvements saccadés de la vie, dans une lutte perdue d'avance contre la mort, continuèrent bien après que le sang chaud eut cessé de gicler.

Un autre souvenir se superposa à celui-là. L'égorgement des veaux dans le terrible film de Georges Franju, « Le sang des bêtes ». Cette vision du bœuf égorgé aux abattoirs de Lyon avait donné de la couleur dans sa mémoire au film en noir et blanc du grand cinéaste français. Tout à coup, un nouveau cri résonna dans le silence tout neuf qui s'était imposé après le cri de la bête. Une plainte de terreur humaine !

La décision que Jean avait à prendre était compliquée par des sentiments contradictoires, mais qui avaient tous en commun un point : la peur. Peur de rebrousser chemin et de trouver Anatole. Peur de rester ici, dans cette odeur abominable, dans ce tunnel de pierres moussues et suintantes, éclairées par cette lueur métallique sinistre de la paroi du passage qui lançait des ombres inquiétantes sur ses anfractuosités. Peur que ce passage ne se referme. Peur de ce qui l'attendait là-bas, au bout du tunnel...

Mais Jean Calmet avait appris à être courageux. Il n'oublia pas pourquoi il était venu.

Il s'élança donc vers l'avant, vers ces bruits terrifiants. Il avait emmené une petite lampe de poche étanche avec lui. Elle lui serait bien utile plus loin quand la lumière du passage aurait perdu de son efficacité à cause de la distance.

Après quelques minutes de progression dans ce tube qui lui rappelait un égout, vers l'avant, il discerna dans la presque totale obscurité une lueur jaune qui sortait d'une cavité sur les côtés. L'odeur puissante était devenue très forte. Il s'approcha et regarda.

Dans une espèce de cave éclairée par des torches, des corps humains nus étaient pendus par les pieds. De leur cou quasiment sectionné s'égouttait du sang. Leurs yeux encore exorbités par la terreur de la mort donnaient une vie nécromancienne à leur visage blanc verdâtre. Au milieu de la pièce, l'énorme corps d'un taureau noir — la gorge également tranchée — gisait sur une grille grossière qui constituait le plancher de cette pièce. Ses pattes puissantes étaient encore agitées de soubresauts. Un homme costaud, coiffé du bonnet phrygien découpait les parties sexuelles de la bête. Puis, il sortit par une autre porte située en face de celle où Calmet observait la scène. Après une minute d'attente, le détective s'introduisit dans le local. Il marchait sur une épaisse grille en fonte. Il regarda sous ses pieds. Une fosse pleine de sang donnait une idée de l'importance du nombre des exécutions qui avaient eu lieu ici. L'odeur était suffocante. Soudain, il perçut un mouvement à la surface du liquide rouge et fumant. Une tête émergea. Au milieu d'un visage terrifiant, deux yeux rouges terriblement bestiaux, mais intelligents le fixèrent. D'un puissant mouvement de sa queue musclée, le Drac sauta de sa piscine de sang, et s'agrippa aux barreaux de la grille. Il tenta de saisir la cheville de Jean en passant une main griffue au travers. Mais Jean, poussé par la terreur, avait déjà reculé. La créature poussait des cris. Des cris qui alertaient d'autres créatures. Des cris qui auraient paralysé quiconque. Mais Jean avait vu pire. Il retourna dans son boyau de pierres. Et vit au loin, une lueur jaunâtre bouger et entendit les grognements de ses poursuivants. Il devait donc retourner d'où il venait. En espérant violemment que ce passage qu'il venait d'ouvrir ne permettrait pas à ces créatures d'atteindre notre monde qui paraissait merveilleux à côté de celui-ci...

Là-haut, Anatole trempait dans l'eau du puits, tout simplement. Impuissant devant cette incapacité qu'il avait de passer de l'autre côté. Mais il avait toute l'éternité devant lui. Il grimpa le long de la paroi comme un lézard et tenta de sortir la pierre de son trou. Mais c'était impossible. Elle était parfaitement scellée... Soudain, une main agrippa sa cheville et tira fort vers le bas. La tête de Jean sortit soudain de la surface de l'eau en suivant son bras. Mais il n'était pas mouillé. Absolument sec, car ce n'est pas l'eau qu'il traversa, mais la surface de mercure brillante. Anatole poussa un cri de surprise : « Tu reviens déjà ? » et lâcha prise. Il tomba dans l'eau alors que Jean avait eu le temps de saisir le rebord de pierre de l'ouverture du puits et de se hisser à l'extérieur. La lampe à pétrole brillait encore. Sans un mot, il courut vers le fleuve et plongea pour rejoindre la berge à la nage... Il n'était pas suivi...
Déjà, le niveau de l'eau montait. La Compagnie était en train de remettre les choses en ordre. Au petit matin, l'île aurait rejoint le lit du fleuve et la navigation pourrait reprendre normalement.
Plus bas, bien plus en aval, le corps de Didier, vidé de son sang, finirait bien pas s'échouer quelque part...

Propriété privée

... le moi n'est pas maître dans sa propre maison...
Sigmund Freud

C'est au soleil couchant qu'il vit la maison.

Il était fatigué. Il avait marché toute la journée, son sac, en lui tirant les épaules en arrière, lui cisaillait le bas du dos. Une journée chaude, très chaude.

Sa recherche d'un coin tranquille pour dormir à la belle étoile s'arrêtait là. Cette maison était entourée de ronces et de broussailles. Il avait trouvé un abri pour la nuit. Comme d'habitude, il lui faudrait chasser les souris et, parfois, une fouine ou un hibou. Mais il serait tranquille.

Il ne regarda même pas la pancarte rouillée sur laquelle on pouvait distinguer l'inscription : « Propriété privée. Défense d'entrer. »

Depuis qu'il avait disjoncté, depuis qu'il avait quitté le domicile familial suite à une dernière engueulade (« La dernière ! Ce sera la dernière ! » S'était-il dit) il ne faisait pas beaucoup cas des lois et interdictions. Sauf quand ne pas les respecter mettait sa liberté en danger.

Son sac était lourd de provisions volées à l'étalage.

Il le posa au pied du portail en fer tout rouillé, l'escalada et se pencha au-dessus de l'obstacle qu'il venait de franchir pour saisir son bien très provisoirement abandonné de l'autre côté. Une impression de bonheur le saisit. Une jubilation intense. Sa solitude le transcendait. Personne ne savait où il se trouvait. Il allait s'installer là pour quelque temps...

La maison était un petit mas bourbonnais, au toit pointu couvert de petites tuiles plates. Elle comportait cinq ouvertures sur sa façade dirigée sud-sud-est. Deux portes et trois fenêtres.

Trois pruniers trônaient devant cette vieille bâtisse qui dominait la vallée au fond de laquelle coulait une petite rivière que l'on distinguait par les flaques de lumières reflétant le soleil. Les arbres fruitiers étaient recouverts de petites prunes violettes.

« Voilà mes desserts. » S'exclama-t-il tout haut.

L'ancien chemin qui menait à l'entrée était moins encombré par les ronces. Cela lui permit d'arriver sans encombre devant une des entrées. En tirant un battant des volets, celui-ci s'effondra dans un bruit mat de bois pourri. Une porte en deux parties s'offrit alors à son regard. La partie du haut était vitrée. Il la poussa et la maison s'ouvrit à lui...

Aussitôt, il entendit courir au-dessus du plafond, dans le grenier vraisemblablement.

La pièce mesurait environ vingt-cinq mètres carrés. Une porte à droite donnait sur une annexe dans un appentis dans lequel un évier en pierre semblait vouloir recueillir l'eau qui ne coulait pas du robinet. Une porte à gauche donnait sur deux autres pièces en enfilade. Une cheminée avait laissé tomber neige, pluie et blocs de suie sur le sol carrelé. Une autre cheminée avait fait de même dans la pièce située à l'autre extrémité. Le sol de cette pièce était recouvert de carreaux en terre cuite utilisés autrefois pour le sol des étables.

Sa nouvelle propriété lui plaisait beaucoup.

Le soleil était presque couché. La nuit n'allait pas tarder.

L'intérieur de l'habitation était propre. Cela ne l'étonna pas, mais lui permit de s'installer pour la nuit. Un simple sac de couchage sur le carrelage en terre cuite, bien moins froid que celui de l'autre pièce.

Il passa une nuit très calme, seulement troublée par les petits trottinements dans le grenier.

« Au fait, je n'y suis pas allé dans le grenier. Ça sera pour demain... » Se dit-il en se retournant.

Il se réveilla donc en pleine forme pour attaquer cette journée ensoleillée de fin août.

La première chose qui l'étonna fut le lierre. La façade de la maison était couverte de lierre. Étrange. En arrivant, hier, il lui avait semblé que les murs étaient nus, couverts de cet enduit en ciment gris. Bah ! Il n'avait pas dû faire attention.

Il s'approcha des pruniers avec l'intention de se faire un petit déjeuner avec les fruits. Ils étaient délicieux. La chair ocre bien craquante et sucrée sous une peau souple bleue foncée. Le seul problème, c'était les guêpes. Il y en avait beaucoup et même un ou deux frelons. Gare aux piqûres.
Après avoir mangé, il fit le tour de la maison en évitant de trop se faire griffer par les ronces. Un escalier extérieur en pierres grossièrement sculptées menait au grenier par lequel on accédait par une entrée mansardée, typique de ces vieux mas bourbonnais. Il monterait plus tard. En attendant, ce qui l'attirait, c'était un appentis. Ce genre de local contenait souvent des tas de choses intéressantes.
Il entra. Ce n'était pas fermé. La porte était grande ouverte. Il restait un vieil établi bricolé avec une vieille porte en chêne et des étagères contenant divers récipients. L'un d'eux contenait des graines de blé rouge : de la mort aux rats ! Une bouteille de deux litres contenait du pétrole lampant.
Soudain, son attention fut attirée par un bourdonnement : « Bzzzzzh... Bzzzzzh... » Il leva la tête et vit le nid de guêpes. Une espèce de ballon en papier mâché suspendu à une vieille poutre avec une ouverture en bas, par laquelle entraient et sortaient de nombreux insectes.
Il songea à toutes ces histoires de guêpes qu'il avait lues dans les romans d'horreur qu'il affectionnait : le nid de guêpes dans « Shining » de Stephen King et « Un Été à guêpes » de Mac Cammon, nouvelle dans laquelle un enfant commandait aux essaims de guêpes.
Il savait comment traiter ces sales bestioles : détruire les nids que l'on découvre et installer un piège. Il avait aussi les rats à détruire...
Cela lui donna envie d'aller dans le grenier.

Lorsqu'il y entra, il aperçut du coin de l'œil un petit animal déguerpir. Il détecta une fourrure soyeuse et une queue avec une petite touffe au bout. Un lérot. Ces bestioles infestaient les maisons abandonnées. Une tourterelle a moitié dévorée et grouillante d'asticots témoignait de la présence de dame fouine. Mais ce qui était étonnant, c'était le « tas » qui encombrait le coin du vaste grenier. Un amoncellement de végétaux séchés recouvert du même lierre que les murs extérieurs. Il ne s'étonna pas qu'aucune tige, aucune vrille, aucune racine ne reliait ce lierre du grenier à celui de l'extérieur. Un rayon de soleil éclairait cette plante au travers d'une ouverture du toit. Cet amoncellement avait comme une forme humaine. En prenant conscience de cela, il crut entendre comme un gémissement. Finalement, il s'aperçut que c'était lui qui grognait légèrement, une espèce de réflexe de panique. Mais de quoi avait-il peur ?

Plusieurs tuiles manquaient. En levant la tête, il fit connaissance avec la charpente réalisée en branches et en troncs de chênes mal taillés, ce qui donnait au toit une irrégularité typique de ces vieilles maisons.

Il retourna dans l'appentis et observa les guêpes, fasciné, voire légèrement terrifié. Leur abdomen noir et jaune palpitait lorsqu'elles se posaient à côté de l'ouverture du nid. La première rayure noire de l'abdomen située près du thorax comportait une excroissance en forme de losange dirigé vers le dard, comme pour indiquer le chemin mortel, ce losange devenait un simple triangle à la deuxième rayure et s'écartait, pour qu'en fin de compte, la dernière rayure, celle qui se trouvait près du dard, devienne entièrement triangulaire. Deux points noirs encadraient losange et triangles entre les rayures.

Puis, il décida de détruire le nid. Le pétrole ferait l'affaire...

Avec bien des précautions, il versa quelques gouttes de pétrole sur les bords du ballon de papier et alluma avec son briquet. Lorsque les flammes prirent de l'ampleur, un bourdonnement intense se fit entendre à l'intérieur. Un nuage de guêpes sortit de là et fonça sur lui ! Terrifié, il sortir en courant en agitant les mains au-dessus de sa tête. Plusieurs insectes se prirent dans ses cheveux l'un le piqua cruellement. La douleur fut particulièrement atroce dans le cuir chevelu.

Il avait fait une grave erreur : on ne détruit pas un nid de guêpes en plein jour. Il faut attendre le petit matin, quand elles sont toutes à l'intérieur, engourdies par le froid.

« Saloperies de bestioles ! » Ragea-t-il en se réfugiant dans la maison.

Il fabriqua une lampe à pétrole avec une grosse ficelle, trouva un seau tout rouillé dans lequel il plaça ses canettes volées (Coca et bière). Il attacha le tout à la chaîne encore solide du puits et enfonça ainsi ses boissons dans l'eau très fraîche.

La journée d'été se passa comme un rêve au paradis. Il avait trouvé un lieu pour se reposer quelques jours. Personne ne passait sur le chemin. Personne ne le dérangeait...

Le soir, alors qu'il avait allumé sa lampe à pétrole fumante, il sursauta : sur le mur, les moisissures dessinaient une image qu'il ne connaissait que trop bien. Voilà à quoi cela ressemblait :

Il s'approcha du mur. Caressa la surface brillante d'une vieille peinture au plomb. Mais le dessin ne présentait aucune rugosité particulière. Rien ne dépassait. Le mur restait lisse. Mais le dessin existait. En palpant ainsi du bout de ses doigts d'abord, puis ensuite de la paume de ses mains, il eut comme un désir qui monta en lui. Un frémissement érotique. Depuis longtemps, il ne vivait le plaisir charnel que par la masturbation. Il s'isolait de plus en plus du monde extérieur. Et là, contre ce mur, il eut une érection... Il se recula vivement, comme frappé par la foudre, et tourna la tête, gêné, car, il ne comprenait pas d'où lui venait ce désir... frénétiquement jouissif, mais aussi — quelque part, au fond de sa personnalité la plus intime — terrifiant.

Il décida d'oublier ce désir.

Et il se coucha.

La Lune n'était pas encore levée, et l'obscurité presque complète de la pièce dans laquelle régnait une odeur de moisi l'empêchait de voir l'image.

Il l'oublia et s'endormit.

C'est la lumière blanche de la lune qui le réveilla.

Elle éclairait le mur en face de lui. Curieusement, l'image s'était coloriée sous cette lueur pourtant blafarde. Et animée aussi.

En effet, cette forme gracieuse s'agitait. Elle constituait l'abdomen d'un corps curieux et fascinant. Le thorax n'était pas celui d'une guêpe, mais celui d'une femme. Un visage magnifique, mais difficile à discerner. Un visage qui restait dans le flou. Mais il savait qu'il était magnifique. Les seins étaient pleins et gonflés, droits et fiers. Eux, ils étaient nets. Et attirants. Comme deux fruits mûrs à croquer. Et ils bougeaient en même temps que la femme (?) sortait du mur pour s'approcher de lui. Il ne voyait pas ses membres inférieurs, mais qu'importe. Ce qui était important, c'était les seins... et son dard, obscène, qui entrait et sortait à l'extrémité de l'abdomen, un dard pointu, mais, comme un sexe d'homme long et pénétrant, qui entrait et sortait, comme d'une vulve chaude et humide qui palpitait...

Cette vision l'excita au plus haut point. Et, si son érection avait commencé avec la vue des seins, cette vision nouvelle déclencha un violent orgasme qui le réveilla en sueur, les yeux terrifiés, écartés, presque hors des orbites, éclairés par la lueur du rayon lunaire qui traversait les fenêtres ouvertes.

Il s'assit et s'adossa contre le mur. Terrifié. Son ventre était tout mouillé de l'énorme quantité de sperme qu'il avait éjaculée encore longtemps après s'être réveillé... Puis, sa peur se dissipa. L'oublia. Il ne resta que le plaisir. Il se rallongea, rasséréné, une chaude humidité sur le bas ventre... Sur le mur d'en face, le même dessin brillait toujours légèrement...

Au petit matin, ce fut un rayon de soleil jaune éclatant qui le réveilla en éclairant ses jolis yeux fermés. Une journée splendide s'annonçait.

Une soif du diable tortillait son estomac. Il se leva, se dirigea vers le puits. Les oiseaux chantaient. La lumière était éclatante. Le bonheur d'une si belle journée le ravissait après ces longs mois d'errance solitaire. Maintenant, il ne se souvenait de rien. Il ne savait plus qui il était. Il n'avait pas de papiers sur lui. Parfois, il entendait des voix. Il conversait avec elles. Elles répondaient, ils parlaient. Mais, ensuite, il ne savait plus, il ne se souvenait jamais des sujets de conversation. Et cela le rendait fou. Presque fou. C'est pourquoi il ne pensait plus à cela. Il ne cherchait plus à parler à ses compagnons. Il ne faisait que leur répondre quand ils étaient là.

En tournant la manivelle qui enroulait la chaîne du puits, il en entendit un.

« T'as vu la fille ?

— Quelle fille ? cria-t-il. Quelle fille ?

— Celle de cette nuit.

— Ya pas eu de fille cette nuit ! Y en n'a pas eu. Foutez le camp ! Pas de fille ! Pas de fille !» Et il répéta ce cri encore plusieurs fois.

Un spectateur aurait été surpris de voir ce jeune homme parler tout seul et crier devant le puits.

Puis, il se calma. Il récupéra une canette de Coca dans le seau percé qu'il laissa redescendre dans l'eau fraîche et retourna dans la maison, l'air sombre et préoccupé. Il s'arrêta soudain et hurla : « Foutez-moi la paix ! » Et puis, ne dit plus rien. Il repartit en direction de la maison alors que le silence total régnait : plus aucun oiseau ne chantait.

Tout en marmonnant : « Sales cons ! », il tira sur l'anneau pour ouvrir la canette. Elle obéit dans un pssssssschiiiiitt très agréable à entendre. Cela calma ses nerfs. Une petite vapeur alléchante monta du trou sombre que l'anneau tiré avait ouvert en poussant vers le bas la languette d'ouverture.

Il porta le récipient à sa bouche. Il eut comme une hésitation : il crut avoir entendu un bourdonnement de guêpe, ce bourdon-

nement aigu si désagréable. Mais non, ce devait être le pétille-
ment du Coca. Il renversa la canette et sentit couler la boisson
gazeuse sur sa langue et au fond de sa gorge. Les bulles de gaz
carbonique crevaient en picotant légèrement la muqueuse. Ah !
Que c'était bon !

En se disant que c'était bon, il pensa au rêve de cette nuit tout
en buvant, car il avait très soif. Et soudain, les bulles de sa boisson disparurent dans sa bouche. Elles devinrent ce léger cha-
touillis de petites pattes, ce petit vent d'ailes qui vibraient en
bourdonnement, ce bourdonnement aigu et sourd... Puis, ce fut
les atroces piqûres. Des tas de guêpes dans sa bouche le piquaient. En hurlant, il tenta de les cracher. Mais peine perdue, il
ne crachait que du Coca. Les guêpes, elles, restaient dans la
bouche et continuaient à le piquer. Un violent bourdonnement
de guêpes excitées sortait de ses lèvres largement ouvertes. Il
lança la canette au travers de la pièce. Et voulut courir vers le
puits pour chercher de l'eau. Mais il trébucha sur un obstacle.
Un fil tendu au ras du sol. Il s'écroula alors que l'atroce douleur
lui montait à la tête et lui fit perdre connaissance. Juste avant, il
cria, les muqueuses de la bouche tout enflées : « Chalopes ! »

Son corps était à présent allongé au milieu de tiges de lierre venues on ne sait d'où. Au fil des jours, elles poussèrent sur son
corps, s'introduisirent d'abord dans sa bouche, puis pénétrèrent
par d'autres orifices du corps pour y entrer et installer leurs racines, vrilles et feuilles jusqu'à ce que la maison et lui ne fissent
plus qu'un....

Les sept derniers jours de Bela Blasko...

7.

Bela avait mal au dos. Une horrible douleur qui lui sciait la colonne vertébrale. Nous étions en 1959 et Bela souffrait depuis de nombreuses et longues années. Tout son argent il le plaçait dans l'achat de morphine pour lutter contre la douleur. Mais aujourd'hui, il était pauvre. Très pauvre.

Il se souvenait de son enfance à Lugos, non loin de la demeure stupéfiante du comte Dracula. Souvent, le jeune garçon s'échappait la nuit de la demeure familiale et il rendait visite au vieux comte. Quels moments de bonheur et de subtile ambiance macabre qui régnait au milieu de la poussière à la lueur triste des bougies. Le visage de Vlad était vaguement éclairé par ces lueurs rougeoyantes et il racontait ses anciennes aventures, celles qu'il avait vécues il y a plusieurs siècles, et celles plus récentes qui l'avaient amené à Londres. Un écrivain irlandais avait raconté qu'il était mort. On ne tue pas ce qui est éternel !

« Tu es mon ami Bela ! Souviens-t'en ! Ne l'oublie jamais. Tu peux compter sur moi... » S'exclamait souvent le vieil homme.

Pourquoi cette amitié ?

Pourquoi ?

Qu'avait-il de spécial, lui, ce petit Hongrois de la frontière pour attirer l'amitié de ce seigneur roumain ? Jamais il ne l'avait su...

Le vieux Bela s'allongea sur son lit de souffrance. Il n'avait plus d'argent, donc plus de morphine...

Si seulement quelqu'un pouvait lui confier un rôle. Un petit rôle, il s'en contenterait. Il ne ferait plus le difficile, comme d'avoir refusé le rôle de Frankenstein. Et c'est cette grande brute de Boris Karloff qui l'a pris ! Et pourtant, la chance il l'avait eue, Bela, lorsque Tod Browning lui proposa le rôle de Dracula, car l'acteur fétiche du réalisateur, Lon Chaney était mort... Il avait vécu la gloire grâce à la mort de quelqu'un.

Aujourd'hui, un petit rôle lui suffirait, mais pas un rôle de vampire... Un rôle de méchant, en tout cas, car il ne pourrait pas s'en défaire...

Le sommeil eut raison de la douleur... À cause de l'épuisement.

6.

Le cauchemar s'incrustait, ne le lâchait pas. Dracula lui sciait le dos avec une grande scie circulaire. Le vieux Bela hurlait de douleur.

« Tu sais que tu pourras toujours compter sur moi ! » Criait Vlad l'Empaleur...

Puis, il lâcha la scie et brandit un marteau.

Toc ! Toc ! Toc ! Il frappait à grands coups sur la colonne vertébrale de Blasko.

La douleur était trop violente et il se réveilla...

Toc ! Toc ! Toc !

Bon Dieu ! Le bruit du marteau ! Il continuait !

Blasko était paralysé par la douleur. Mais il se força à bouger et réussit à s'asseoir au bord du lit.

Toc ! Toc ! Toc !

Ce n'était pas le marteau, mais on frappait à la porte !

Il se leva péniblement et alla ouvrir.

Un petit mec avec une petite moustache lui souriait sur le pas de la porte. Un jeune mec. Avec un dentier pourtant. Ça crevait les yeux...

« Bela Lugosi ? » Interrogea-t-il...

« Ouais, qu'est-ce qu'y a ? » Réussit-il à articuler en surmontant sa douleur.

Soudain, le type se mit à genou devant l'acteur et lui baisa la main.

« Incroyable, je parle à Bela Lugosi... »

Croyez-moi, le vieil acteur tordu de douleur apprécia cet hommage...

Il tenta de relever le type, mais il ne pouvait rien faire à cause de la douleur. Le jeune se releva de lui-même.

« Puis-je entrer ?

— Qui êtes-vous d'abord ?

— Wood, je m'appelle Ed Wood, et je suis réalisateur...

— Réalisateur ? »

Ça faisait tellement longtemps que le vieil acteur n'avait pas rencontré de réalisateur...

« Et qu'est-ce que vous voulez ?

— Je viens vous proposer un rôle. Un rôle mon cher Bela. Un vrai rôle dans un vrai film...

— Dans ce cas, entrez cher monsieur... »

Il entra.

Ce jeune con était un nul. Il avait eu une idée de génie, celle de faire un film dont le titre aurait été « Dr Acula » (Ah ! Ah ! Ah !). Mais là, il préparait un film de science-fiction : « Plan Nine from outer space » ! Et il y avait un rôle pour Bela-Dracula... Bela Lugosi s'en souvint rapidement. La mémoire revenait lentement à la surface de la conscience de l'acteur qui avait déjà joué dans un ou deux films de ce type. « Bride of the Atom » par exemple...

Formidable ! Une nouvelle vie pouvait recommencer et la morphine être achetée.

5.

Le tournage était très dur, les moyens nuls, le scénario indigent et le réalisateur plus que mauvais... L'acteur dut s'agiter dans une mare d'eau en faisant bouger de longs tentacules en caoutchouc pour tenter de faire vivre à l'image une pieuvre géante... Et son dos alors ? Mais la morphine soulage la douleur. Et Bela, en vrai professionnel tentait de sauver le film...

Mais son rêve le hantait : Dracula qui lui sciait le dos... Merde, quelle signification freudienne pouvait-il trouver à cela ?

4.

Dracula était assis au pied de son lit et lui parlait :

« Blasko, sale Hongrois...

— Américain ! Je suis Américain ! Et qu'est-ce que vous faites là, seigneur roumain ?

— Je suis venu te voir Blasko le Hongrois...

— Américain, bordel ! A-ME-RI-CAIN ! T'es sourd ou quoi ?

— Bon bon, si tu veux. Mais je ne te permets pas de me tutoyer...

— Alors, que voulez-vous seigneur ?

— Tu as bien joué mon rôle des années durant. Encore que je te préférais dans le rôle du faux vampire du film « La Marque du vampire » de Tod Browning.

— Ah ! Tod Browning, mon bienfaiteur...

— Aller ! Pas de sensiblerie. Mais je t'avais dit que tu pouvais toujours compter sur moi...

— Oui, mais je ne vous ai plus jamais revu.

— Et maintenant, là, tu ne me vois pas ? Bon ! Arrête de prendre de la morphine ! Ce n'est pas bon pour le sang !

— Pour le sang ?

— Bordel ! Pour le sang ! Tu ne sais pas ce que c'est que le sang ?

— Et alors ?

— Je compte sur toi, je suis vieux, j'ai toujours compté sur toi. Tu dois assurer la relève ! »

Une douleur intense réveilla brutalement le vieil acteur... Il avait déjà presque tout dépensé son avance. Il avait encore un peu de morphine. Il s'en injecta une dose et souffla de soulagement quand le produit fit son effet. Puis il but du whisky à longs traits et se rendormit.

Il n'avait pas vu la chauve-souris qui voletait péniblement dans sa chambre sordide...

Cette fois, il ne rêva pas.

« La relève ? Quelle relève ? »

Le sommeil lui apporta l'oubli.

3.

Wood junior ne voulait pas lui donner une avance. Blasko insista. Il fit valoir son excellent apport d'acteur dans ce film nul.

« Comment un film nul ? » S'emporta Wood Junior !

« Il n'y a que moi pour sauver ton film, connard ! que moi ! »

Bon, bon... Ne soyons pas vulgaires.

Ed Wood était nul, mais pas con. Le seul problème c'est qu'il n'avait pas beaucoup d'argent. Mais il tenait à son film. Donc il paya Blasko ! Hélas !

2.

Bela Lugosi vivait comme sur un nuage. Il ne sentait plus la douleur. Il jouait la comédie. Ed Wood était nul, mais lui était bon !
Un seul regret : Dracula ne venait plus le voir en rêve.
En rêve ?

1.

L'acteur avait mal au bras. La tête lui tournait. Il avait pris trop de morphine. Il avait trop bu d'alcool. Ce matin-là, il ne se leva pas.
Il ne se leva plus jamais...
Ce fut le jour de sa mort....

0.

Il y avait peu de monde à l'enterrement de Bela Blasko, dit Bela Lugosi, autrefois connu pour son rôle dans le « Dracula » de Tod Browning, acteur formidable qui avait été confiné dans des rôles de série B. Qui avait souffert l'enfer.
Pourtant, il aurait dû écouter Dracula.
À son enterrement, en dehors de Wood junior et de quelques acteurs, il y avait un homme de grande taille aux cheveux longs, de fière stature. Les yeux étaient cachés derrière des lunettes de soleil, et le visage à l'ombre d'un grand chapeau. Pourtant, le temps était gris, une fine pluie suintait sur les vêtements. Une ambiance sinistre.
Il s'approcha le dernier du cercueil et marmonna :
« Ah ! Bela... Bela ! Je t'avais dit de ne pas te gâcher le sang ! Sinon tu aurais eu la vie éternelle, la vie que tu avais toujours rêvé d'avoir, celle que vit le personnage dont tu n'avais su que jouer le rôle au cinéma. »
« Il y avait mieux à faire ! »

Givors, le 4 mai 1999

Stigmates

Mercredi 24 septembre 1997 : incendies en Indonésie.

Quelle idée ses parents de le prénommer Jésus !

Eh bien, maintenant, il devait supporter de s'appeler comme cela. Il y en avait d'autres, comme le cinéaste Jesus Franco. Lui aussi avait un peu honte puisqu'il se faisait prénommer Jess. Jess Franco, ça faisait plus sérieux pour un cinéaste qui avait réalisé « Le Necronomicon ». Vous savez, c'est le nom de ce livre maudit qu'utilisent les personnages dévoyés du grand auteur américain Lovecraft ?

Cela se passa alors que Jésus lisait le journal « L'Humanité ».

Ce fut la première fois que le phénomène se produisit. Il en fut terrorisé.

Voici ce que disait le journal : *La pollution due aux immenses incendies de forêt de l'île indonésienne de Sumatra, qui ont déjà affecté plusieurs pays d'Asie du Sud-Est, pourrait atteindre Manille en milieu de semaine.*

Alors que Jésus lisait, assis sur une chaise en bois, le dos droit, les bras tendus, les mains tenant le journal bien devant lui, une longue flamme monta brusquement de chacun de ses doigts.

« Merde ! » S'exclama-t-il !

Il se souvint des farces idiotes qu'ils se faisaient, étudiants lisant L'Huma et enflammant le journal avec un briquet, caché derrière l'immense carré de papier imprimé tendu à bout de bras.

Il lâcha le journal et le piétina pour étouffer les flammes.

Pourtant il était seul dans son appartement.

Les flammes éteintes, il ressentait toujours une impitoyable brûlure. De longues flammes continuaient à s'élever de ses doigts. Il hurla de douleur et de peur et courut vers l'évier et fit couler l'eau.

Les flammes s'éteignirent et la fraîcheur de l'eau lui fit un bien immense.

Puis, une odeur de tissu brûlé attira son attention.

Les flammes remontaient le long de ses bras et avaient déjà brûlé les manches de son pull !

Il se baissa et balaya toute la surface de ses bras sous le jet d'eau du robinet.

Peine perdue : *les flammes rongeaient désormais sa poitrine !*

Une fumée âcre emplissait la cuisine. Abandonnant l'évier il courut vers la salle de bains. La douleur était atroce. L'odeur aussi. Ça sentait les côtelettes de porc grillées.

Il s'allongea dans la baignoire, réussit maladroitement à prendre la douche et ouvrit l'eau froide. Le jet éteignait les flammes qu'il arrosait, mais dès qu'il allait arroser un autre emplacement du corps de Jésus les flammes reprenaient.

Du phosphore ! Son corps était devenu du phosphore!

Lorsque sa tête prit feu, il hurla encore plus fort. Un cri bestial, du plus profond de sa terreur de la mort et des souffrances abominables qui l'accompagnent parfois. Une longue flamme jaune sortait de sa bouche largement ouverte.

Et la dernière pensée qu'il eut fut : « Mais bonsoir ! Personne ne m'entend crier ? »

Mardi 29 décembre 1998 : tirs de roquettes sur El Khemis.

« Bordel ! Qu'est-ce qu'il fait chaud ici ! »

Il ouvrit les yeux pour comprendre où il se trouvait. Sa vue restait floue. Las, il se rendormit.

Ce fut la fraîcheur qui le réveilla de nouveau. Un petit vent frais gouleyant caressait son visage. Un vague souvenir de barbecue, de viande grillée hantait son esprit, mais cela s'arrêtait là.

Ses yeux s'ouvrirent et sa vue était claire et précise. Pourtant, il croyait se souvenir d'être complètement myope. Enfin, voilà une bonne nouvelle, il n'était plus myope.

« Il se réveille ! »

Un visage souriant, mais avec un éclair d'inquiétude dans les yeux entra dans son champ de vision. Une femme. Une femme avec un air sacrément compétent.

« Monsieur... Monsieur...? Comment allez-vous ? »

Jésus ! Voilà comment il s'appelait : Jésus !

« Bien, pourquoi ?

— Pourquoi ? Vous êtes resté longtemps dans le coma.

— Le coma ? Comment ça le coma ? Combien de temps ? »

Effectivement, il se sentait parfaitement bien, comme remis à neuf.

« Parfaitement ! Je me sens parfaitement bien ! Combien de temps alors ?

— Plus d'un an... (Elle avait à peine hésité à lui dire devant sa mine superbe et son allant...)

— Hein ? Plus d'un an ? Et qu'est-ce qu'il m'est arrivé ?

— Heu, on ne sait pas. On vous a trouvé sans connaissance les vêtements brûlés, mais vous étiez mystérieusement indemne. »

Il se leva brusquement, arracha les tuyaux auxquels il était branché, la colère montait en lui.

« Plus d'un an ! Ça va pas non ?

— Monsieur ! Monsieur ! Vous êtes fou ? »

Mais rien n'y fit. Ni les cris de la femme toubib, ni le reste. Il réclama des vêtements et se rendit chez lui.

Le temps était pluvieux et froid. On était en hiver, visiblement.

Mais chez lui, il y avait quelqu'un d'autre. Bien sûr, l'appartement avait été loué.

Il se rendit à sa banque et demanda un carnet de chèques.

Enfin bref, il dut reconstituer complètement sa vie. Retourner voir son patron pour qu'il le reprenne. Mais il n'y avait plus de place pour lui. Bon ! Il trouverait bien un autre boulot...

Il loua un petit appartement meublé et la première chose qu'il acheta fut une télévision et il s'abonna au câble, avec toutes les options possibles, cinéma entre autres.

La chaîne qu'il préférait était LCI (ça veut dire « La Chaîne Info »).

Justement, il regardait les infos sur cette chaîne. Un type encravaté disait : *Une dizaine de roquettes — les « heb heb » — sont tombées sur la ville d'El Khemis, un peu plus d'une heure après la rupture du jeûne. Les habitants d'El Khemis appréhendaient ce mois de ramadan, surtout après le terrible attentat qui a fait quinze morts et vingt-trois blessés, le 3 décembre, dans le marché de la ville. Tout le monde se souvient alors de ce petit vendeur, un garçon d'une dizaine d'années, le corps calciné et sans vie, tenant encore dans sa petite main des sachets qu'il proposait aux clients du marché.*

L'écran montrait des images d'archives sur l'Algérie, des soldats avec des cagoules noires...

Au même moment et pour la seconde fois, le GIA a perpétré un massacre dans le village de Beni Amrane, dans les montagnes d'Aïn Deflu, à une quarantaine de kilomètres d'El Khemis. Quinze personnes d'une même famille ont été massacrées, dont huit enfants. Une bombe a été utilisée pour défoncer la porte métallique de la maison. À coups de hache, de fourche, au couteau toute la famille a été tuée.

« Bordel ! Quel massacre ! » S'exclama Jésus...

C'est à ce moment-là qu'il entendit parler derrière lui. De l'arabe. Il entendait parler arabe ! Cette langue âpre qui semblait provenir du tréfonds des tripes des grands types qui le regardaient, plein de haine dans les yeux.

Au-dessus de leurs corps frêles habillés de kaki, leur tête entourée d'un turban dont on ne voyait apparaître que des yeux noirs qui semblaient envoyer des étincelles articulait des paroles violentes, mais incompréhensibles pour Jésus.

Ils étaient trois. L'un portait une hache, l'autre une fourche et le troisième un grand coutelas.

« Merde ! Qu'est-ce que vous foutez là ? »

Le type à la fourche s'avança et planta son engin à trois branches aiguisées dans le ventre de Jésus. Ce dernier ressentit comme un froid entrer dans ses viscères, puis la douleur. Une douleur brûlante qui remplaça le froid. Il tenta de se reculer pour échapper à cette ferraille qui l'embrochait. Mais l'Arabe suivit son mouvement et le colla contre la télé. Le deuxième Arabe s'approcha, leva la hache et frappa sur l'épaule droite, entaillant profondément la chair et la clavicule. Le sang gicla lorsque le type releva l'instrument. Le gars à la fourche tenait toujours. Jésus hurla de douleur et de rage impuissante. Et de terreur. La hache retomba sur l'autre épaule et le sang gicla alors que le bras de Jésus pendit brusquement, attaché seulement par un lambeau de chair à son épaule. Un jet pourpre glouglouta sur la télévision dont les informations continuaient à envoyer à toute la planète les mêmes souffrances et les mêmes morts violentes. Puis, Jésus perdit un moment connaissance. Mais il fut réveillé par une froideur au cou. Il ouvrit les yeux et vit la lame du couteau du troisième Arabe s'éloigner de son visage — rouge de sang.

« Il vient de m'égorger ce con ! »

Et il pensa encore une fois : « Mais personne ne m'a entendu crier ? »

Lundi 15 février 1999 : un mort de froid

Le plafond. La première chose qu'il vit en ouvrant les yeux fut le plafond.

Un bruit de fond dérangeait son sommeil, une conversation. Deux types avec un air vraiment convaincu de leur supériorité intellectuelle, discutaient à la télévision sur l'opinion des gens.

Il se mit sur un coude pour mieux voir autour de lui.

Un appartement. Il faisait nuit, la lumière était allumée. Il regarda l'heure an coin de l'écran de télévision : 17 heures 30.

Il se leva. Il réfléchit et la mémoire lui revint : il s'appelait Jésus. Mais qu'est-ce qu'il foutait là ?

Un journal. Il avait besoin de lire un journal. Il sortit dans le froid en acheter un. Le Monde, il s'appelait.

On était le lundi 15 février. Mais le journal était daté du 16.

Jésus rentra, s'installa, se fit un chocolat et mangea goulûment les madeleines qu'il s'était achetées au Casino du coin.

Tout en mangeant, il lisait.

Un sans domicile fixe d'une quarantaine d'années a été retrouvé mort de froid par des passants à Saint-Etienne. Une autopsie doit être effectuée pour vérifier si le décès de cet homme a bel et bien été provoqué par la chute de la température autour de moins dix degrés dans les heures qui ont précédé la découverte de son corps.

Soudain, une buée épaisse monta du bol de Jésus et un petit nuage sortit de sa bouche lorsqu'il expira. La température fut glaciale d'un coup. Sans avertissement.

Jésus comprit soudain sa nature: il était condamné à porter les stigmates des malheurs de l'humanité. Il se leva brusquement et tenta de se diriger vers la porte. Mais la congestion l'emporta avant. Il s'écroula, véritable statue de glace, et se cassa en mille morceaux alors que l'atmosphère se liquéfia et que son appartement implosa dans un fracas épouvantable.

Il n'avait pas eu le temps de crier...

Puis, tout s'accéléra.

De février au 31 décembre 1999, les médias annoncent : meurtres, bombardements de l'Otan, guerres civiles, coups d'État, famine, misère, épidémies, pollution...

Tout s'enchaîna avec rapidité, et Jésus vécut, souffrit et mourut tout cela à un rythme accéléré.

Il n'avait plus le temps de crier et tout le monde s'en foutait.

Au réveillon de la Saint-Sylvestre de 1999, Jésus reprit connaissance.

Il avait tout oublié.

Le deuxième millénaire allait commencer.

Il avait le temps.

Encore mille années devant lui.

Mais quelle idée sa mère de l'avoir appelé Jésus.

Jésus ? Sa mère ?

Mais qui était sa mère ?

Givors, le 15 mai 1999.

L'Alchimiste

Par **Pierre Dagon**
D'après les personnages créés par **Alain Pelosato**

Et le cinquième ange sonna de la trompette :
et je vis une étoile tombée du ciel sur la terre ;
et la clef du puits de l'abîme lui fut donnée,
et elle[6] ouvrit le puits de l'abîme, et une fumée monta du puits,
comme la fumée d'une grande fournaise,
et le soleil et l'air furent obscurcis par la fumée du puits.

Apocalypse
Chapitre 9

Le monde est régi par le *Spiritus mundi* des alchimistes.
Le *Spiritus mundi* c'est tout simplement la violence.
Rien n'avance (ou ne recule) rien ne bouge, rien n'évolue sans elle. La nature est pleine de violence, le cosmos et les planètes et les étoiles sont pleins de violence. La structure de l'espace-temps est un condensé de violence. La Terre tourne autour du Soleil par courbure de l'espace sous l'effet du champ gravitationnel de notre étoile. Une violence inouïe sans laquelle aucune vie ne serait possible. La société humaine, l'histoire de cette société n'existerait pas sans la violence. La matière est faite de violence condensée entre les particules de l'infiniment petit.
Car notre cosmos est un univers en constant mouvement. Il bouge, se dilate, se contracte, tourne, évolue. Cette violence se condense tellement fort parfois qu'elle produit les trous noirs, ces failles dans l'espace-temps qui le courbe si fort qu'on peut voir la violence prendre sa couleur somptueuse de naissance : le Noir absolu !

---

[6] *C'est-à-dire l'étoile*

Supprimer la violence et il n'y aura plus de temps, donc d'espace, donc de vie !

La violence est la manifestation du temps qui passe.

Le grand Stanislas Lem, un des plus grands écrivains de SF du monde, a écrit un texte que son éditeur français a qualifié de « nouvelle fantastique » et que moi je qualifie plutôt d'essai (je comprends qu'un éditeur cherche à vendre...) dont voici le titre : *Le principe du cataclysme créateur. Le monde comme holocauste.*

Il y explique de quel hasard vient la formation de notre bonne vieille planète (notre soleil étant placé entre les deux bras de la galaxie...) et, donc la vie sur Terre.

Je cite un extrait : « *Le Soleil a engendré son cortège planétaire grâce aux violents cataclysmes qui ont eu lieu dans son voisinage ; après quoi il a quitté cette zone de perturbations cosmiques, ce qui fait que la vie a pu apparaître et se développer progressivement sur toute la Terre. Au cours du milliard d'années qui suivit, alors que l'homme n'avait aucune chance d'apparaître (puisque l'évolution des espèces, telle qu'elle se présentait alors, l'interdisait), une nouvelle catastrophe ouvrit brusquement la voie à l'anthropogenèse en supprimant des centaines de millions de créatures vivant sur la Terre.*

Dans cette nouvelle vision du monde, ce qui domine, c'est donc la création par la destruction et le phénomène de relâchement du système qui en découle.[7] »

---

[7] Bibliothèque du XXIème siècle de Stanislaw Lem éditions du Seuil mai 1989. Page 138.

Prologue

Lecteur assidu et extrêmement attentif de Lovecraft, j'avais décrypté ses œuvres qui ne se contentaient pas d'être des histoires terrifiantes, mais donnaient des codes pour se repérer d'entre les Mondes. Enrichi par cette nouvelle science, j'avais demandé à un trio de détectives de se rendre sur la planète Yuggoth au-delà de Pluton pour récupérer un des cylindres que *Ceux du dehors* utilisaient pour conserver vivant le cerveau de ceux à qui ils accordaient l'immortalité.

Si Lovecraft a raconté ce genre d'histoire, ce n'est pas pour rien : il avait tout simplement dit la vérité toute simple. La mort précoce de l'écrivain avait permis à *Ceux du Dehors* de récupérer ce petit génie. La jeune et belle Alice est fille du couple des détectives Jean et Véronique Calmet. Elle possède un pouvoir qu'elle avait obtenu de son père biologique, Jean n'étant que son père adoptif. Elle est capable de se rendre sur tous les Mondes qu'elle souhaite rejoindre, encore faut-il qu'elle en rencontre les moyens matériels. Ce moyen ; elle le découvrit dans l'œuvre même de Lovecraft. Ce fut le puits de "La Couleur tombée du ciel". Elle se rendit sur Yuggoth et ramena le cylindre contenant le cerveau vivant de HPL !

Me voici donc en sa possession ! Ce cylindre, une fois branché à des appareils adéquats me permet de converser avec Howard Phillips Lovecraft lui-même (HPL)

Il m'a fallu bien des mois pour parfaire son éducation et sa connaissance du monde moderne. Non pas que ses connaissances fussent inférieures à celles d'aujourd'hui, mais elles étaient différentes... Juste une question de vocabulaire, de connaître la signification exacte des mots. Il apprend très vite.

Nous avons mis au point ensemble une interface entre lui et un simple ordinateur de bureau ce qui lui permet d'être branché sur le web en continu grâce à l'ADSL.

Notre seul problème est de rester discrets, de ne pas se faire remarquer par les pirates du web et autres chevaux de Troie. D'où l'installation de divers pare-feu, antivirus et autres logiciels de défense dans l'ordinateur qui relie HPL au reste du monde.

Il y a comme un air de famille entre les textes des alchimistes et les textes contemporains sur la cosmologie et le Big Bang, sur les âges sombres, notamment quand les alchimistes s'expriment sur le *Spiritus Mundi* (l'Esprit du Monde) et le grand œuvre.

Et Lovecraft ne se fit pas prier pour faire ces rapprochements...

1
Égypte, des centaines d'années avant Jésus-Christ.

Le jeune Athanor (al-tannur), un gamin de onze ans, observait l'homme qui manipulait un objet mystérieux au bord du fleuve. Cet endroit était réputé pour être maléfique. Plus personne n'osait s'y aventurer. On racontait que ceux qui s'approchaient de ce lieu étaient victimes de visions atroces. Mais ces racontars, au lieu de faire fuir Athanor, ne faisait qu'exciter sa curiosité. Et ce regard allait faire de lui l'homme qui serait à l'origine de toutes les sciences humaines...

À présent, son seul souci était de lutter contre sa peur. Une violente peur qui lui donnait de violentes visions d'apocalypse.

En s'avançant dans la végétation luxuriante des berges du fleuve, il était arrivé au bord d'un petit promontoire de sable qui dominait une étrange construction camouflée dans les vorgines. Un petit mur d'enceinte entourait un puits dont la margelle occupait le centre du cercle ainsi formé. Un appareil qu'il identifia comme étant un four était posé sur une petite plate-forme qui prenait appui sur la margelle. Un homme semblait manipuler des poignées pour ouvrir et fermer la porte du "four"... Cette petite construction avait trois étages, le plus grand en bas et dont le troisième, le plus petit, semblait être de verre opaque.

Le fleuve avait amorcé sa crue.

L'eau atteignait désormais le mur d'enceinte et son niveau ne tarda pas à atteindre le haut de ce mur et commença à s'écouler à l'intérieur.

Soudain l'homme poussa un cri de victoire et une porte brillante apparut au-dessus de la margelle du puits. Il enjamba la margelle et passa cette ouverture lumineuse qui s'éteignit immédiatement après qu'il eut disparu.

Athanor descendit alors la digue de sable à toute allure , mais le niveau de l'eau avait trop monté. Puits, four et enceinte furent engloutis par les eaux....

Athanor revint plus tard à la décrue. Il ne vit que le limon du fleuve. Mais comme la peur était toujours là, il se dit que c'était un signe de la présence de cet homme qui avait disparu.

Il revint donc régulièrement. Après quelque temps, il se contenta de revenir tous les ans à la même époque. Les années passèrent, et sa visite régulière en ces lieux terrifiants forgea son caractère pour en faire de l'acier souple et invincible. Le jeune enfant devint adulte, puis un vieillard aux longs cheveux gris, au visage buriné et au regard dur.

Cinquante ans passèrent ainsi. Mais Athanor ne rata jamais son rendez-vous annuel.

Jusqu'au jour où sa persévérance fut récompensée.

Athanor regardait les hautes flammes sur le sable du limon du fleuve. Les esclaves attisaient le feu pour incinérer les corps des leurs tombés morts de la peste noire. Il fallait désinfecter avant que l'épidémie ne se répande. Ils avaient saupoudré les corps de ce qu'ils croyaient être de la chaux, mais qui était en réalité du carbonate de sodium, produit utilisé par leurs maîtres pour la momification des corps.

Le jeune garçon se tenait à l'écart. Ses pensées étaient toutes occupées par l'homme qui avait disparu au travers d'une porte qui ressemblait à la surface verticale d'un lac. Il songeait plus particulièrement à l'espèce de.... de four ! Voilà ! une espèce de four qu'il avait manipulé pour faire apparaître cette porte.

Il trouva un bâton qu'il tailla et dessina sur le sable cet objet. Sans qu'il s'en rende compte, son esprit avait déjà décidé d'en construire un. En même temps qu'il avait décidé cela, l'énorme feu se reflétait dans ses prunelles noires....

Le lendemain matin, il s'approcha des restes du feu d'enfer. Les esclaves retiraient des cendres les ossements plus ou moins consumés et les jetaient au fleuve. Ils récupéraient les cendres dans de grandes bennes en bois tirées par des bœufs. En le faisant, ils veillaient à enlever de grosses plaques noires et les jetaient en tas. Elles se brisaient quand elles tombaient sur le sol avec un bruit cristallin. Quand leur travail fut fini, Athanor s'approcha, ramassa un de ces éclats et le lava dans le fleuve. Cette « pierre » était un morceau de verre que le feu avait fabriqué avec une partie du sable sur lequel il avait été allumé. Athanor comprit de suite ce qui s'était passé, il saisit la réaction chimique produite par le feu. Et fit le rapprochement avec le « four » qu'il avait vu...

Sa décision d'en construire un devint ferme et définitive.

Quelque temps après avoir rempli sa mission, Garand décida de retourner au bord du fleuve en ce pays situé au nord de ce qu'on appellerait plus tard l'Afrique, et ce fleuve, Le Nil. Juste avant d'en partir il avait été intrigué par la vue d'un jeune garçon qui avait observé la scène. Garand savait bien qu'il reviendrait à une autre époque sur les mêmes lieux. Mais il espérait quelque chose, il ne savait quoi... Quand ce sentiment le prenait, il pressentait que la Trame jouait un rôle dans la naissance de cette pensée. C'était impératif, il devait y retourner...

Lorsqu'il réapparut au bord du fleuve à côté du puits et à l'intérieur de l'enclos formé par le petit mur en cercle, il vit immédiatement l'homme qui attendait. Cet homme devait être le jeune garçon devenu grand. Si cet homme était capable de surmonter les intenses frayeurs créées par les constructeurs des « portes », c'est qu'il était d'une trempe particulièrement solide et souple.
Athanor sursauta lorsque Garand apparut. Il avait déjà été subjugué de voir le cercle et le puits et était resté debout raide comme une pique, tendu comme un arc, sous les coups de la douleur, mais aussi sous l'intense désir de voir revenir l'homme.
Et toute douleur fut oubliée quand il vit apparaître la porte lumineuse et Garand en sortir.
Quand ce dernier l'aperçut, immédiatement les douleurs et la peur atroce disparurent. Ce fut pour Athanor de bon augure. Très impressionné il attendit que Garand fasse le premier pas et prononce les premiers mots.
Athanor était devenu un homme. Il avait construit son four à trois étages, maîtrisé l'art du feu et de la fabrication de multiples choses : le fer, le verre, différents métaux et différents sels. Il avait été comme inspiré par des idées venues comme cela, Il ne savait d'où, mais elles étaient venues...
Grarand s'approcha et parla le premier. Il comprit que cet homme visiblement âgé d'une cinquantaine d'années était venu ici tous les jours depuis quarante ans ! Il savait aussi qu'une fois le Lien créé entre eux au moment de son départ ne pouvait être coupé. Et que l'homme en avait bien plus appris par ce lien que l'espèce humaine

tout entière depuis son existence. Bien que ce lien fût corrompu, il existait et apportait énormément à cet homme...

– Bonjour ! Comme t'appelles-tu ?

– Al-tannur !

– Eh bien je vais t'appeler Athanor. Te souviens-tu de moi Athanor ?

– Oui, Maître, je me souviens comme si c'était hier et comme si je vous avais toujours connu.

– Oui c'est ça... Oui nous nous sommes toujours connus depuis ce jour, mais tu ne le savais pas.

– Mais.. comment... quel est ce prodige ?

– Viens approche-toi. Assieds-toi sur la margelle et nous allons converser.

Garand savait que ce qu'il faisait était interdit. D'abord, il n'aurait pas dû laisser en vie le jeune garçon qui l'avait vu. Il aurait dû soit le tuer, soit l'emmener avec lui. Mais la Trame en avait décidé autrement. Garand enfreignait la loi de la Trame, mais il lui semblait que cela était dicté par la Trame elle-même...

Athanor s'approcha, craintif, mais subjugué. Il se sentait béni des dieux. En quelque sorte cela n'était pas faux...

Il s'assit gauchement en ayant auparavant jeté un coup d'œil dans le puits dans lequel il ne vit que noirceur. Même les rayons du soleil n'éclairaient pas l'intérieur de la margelle qui semblait obturée par un bouchon d'un noir absolu.

– Athanor, je ne sais pour quelle raison tu as été choisi. Tu devras donc passer la nuit avec moi et je te dirai bien des choses qu'il te faudra retenir. Je t'expliquerai également comment faire pour que ces choses que je t'ai dites soient gravées pour longtemps afin que d'autres que toi, et que tu auras choisis, puissent en prendre connaissance. Comprends-tu ?

– Non Maître...

– Cela ne fait rien tu comprendras en cours du chemin qui te mènera à la connaissance partielle du Monde. Es-tu prêt ?

– Oui Maître.

– Sache que le chemin sera long et pénible. Que l'usure de tes forces risque de te mener à la Mort. Veux-tu toujours poursuivre ?

– Oui Maître...

– Tu penses que le fait d'être arrivé jusqu'ici montre tes capacités à endurer ce dernier effort ? Bien ! Connais-tu mon nom ?

– Non Maître.

– Cesse de m'appeler Maître ! (Garand réfléchit à un nom qu'il pourrait se donner puis en proposa un) Mon nom est *Hermès Trismegiste*....

Et Garand se lança dans une explication très hermétique pour le pauvre Athanor... Avec le langage scientifique actuel, voici ce qu'il aurait pu dire, tel un bon physicien quantique.

Vois-tu Athanor, tu as reçu en pensée des tas de connaissances provenant de moi-même, car lorsque nous nous sommes vus, il y a eu une intrication entre nous deux. Deux particules (car, que sommes-nous, sinon de petites particules ?) intriquées même éloignées, même dans deux univers différents, constituent un tout inséparable qui ne peut être compris que comme une entité globale. Tu es devenu mon esclave, mais un esclave qui peut profiter de moi. Saisis-tu la chance que tu as eue ?

Sais-tu ce qu'est la lumière ? Oui tu le sais, c'est ce qui nous éclaire, ce sont des rayons que le soleil envoie pour nous éclairer. Eh bien cette lumière met une certaine vitesse pour venir du soleil, comme la lumière de la lampe à huile met un certain temps pour aller de la flamme à notre oeil. Ce temps est si bref qu'on a l'impression qu'il n'existe pas. Eh bien, vois-tu, cette intrication entre nous va encore plus vite que cette lumière. C'est une téléportation instantanée. Deux systèmes intriqués forment un tout entier dans l'espace-temps.

Oui, je sais Athanor, ce sont des mots que tu ne comprends pas. Mais tu dois savoir qu'il y a bien des choses que tu ne comprends pas et que les hommes ne comprendront pas. Tu dois savoir qu'il y a bien des choses que tu ne sais pas.

Alors quel est le type de rapports entre nous ?

On peut dire, soit nous conservons notre énergie mentale (et donc nos connaissances) chacun de notre côté, soit nous les échangeons. Eh bien, figure-toi mon brave Athanor que nous suivons ces deux possibilités à la foi ! Incroyable non ?

Du coup, en ayant fait ma connaissance tout simplement, de par ma nature particulière, tu as pris le don d'ubiquité. Tu peux être ici et être avec moi, plutôt même être moi ailleurs dans un autre temps et un autre univers... Dans un avenir lointain, de grands sorciers appelleront cela "intrication quantique et corrélation"... Tu comprends Athanor ? Non ? C'est normal ! Mais incruste-toi cela dans l'esprit...

Je suis différent, car je suis suspendu dans une superposition des états correspondants à toutes les positions classiques possibles. Et ma position dans tous ces espaces temps différents est déterminée par une fonction d'onde. Mais je peux être à plusieurs endroits à la fois tout en étant là ici, avec toi...

Tu comprends Athanor ? Non ?

Bien ! Je vais t'apprendre quelque chose de très important... Je vais t'apprendre à écrire ! Tu sais ce que c'est écrire ? Non ? Avec tes doigts tu fais des signes sur une surface dédiée à ce travail. Ces signes ensemble auront une signification. Tu feras ce que tu pourras, mais tu retranscriras cette science que je vais t'inculquer. Il en restera ce que ton pauvre corps et ton pauvre cerveau garderont. Par exemple, l'appareil que j'utilise pour passer d'un monde à l'autre, tu l'as pris pour un four.... Garde donc cette idée et ton nom restera encore présent avec cette idée de four pendant des milliers d'années...

Es-tu prêt ?

Voilà comment commença cette vieille tradition de l'Alchimie, comment Athanor, dont le four qu'il inventa garda le nom, retranscrivit ce que Garand, le père géniteur d'Alice, lui apprit.

Voilà pourquoi ce qu'écrivirent ensuite les alchimistes prit une tournure obscure, car ils reprenaient des notions qu'ils ne pouvaient comprendre. Et petit à petit, par empathie avec la nature, cette "science" se transforma en philosophie. Et les expériences que les manuscrits des alchimistes présentaient n'étaient que des expériences spirituelles, mais aussi matérielles, car pour eux, comme Garand l'avait expliqué en termes de physique quantique, comme le représente le sceau de Salomon (deux triangles inversés) : "le monde d'en haut et le monde d'en bas" ne font qu'un. Et, encore, selon Hermès : "La nature tout entière sera rénovée par le feu", ce qui peut s'écrire en latin : "INRI", soit *Igne Natura Renovator Integra*. Rappelons que ce sont les mêmes initiales qui sont écrites sur la croix de Jésus : "Iesus Nazareth Rex Iudeorum" "Jésus de Nazareth roi des Juifs".

De nos jours, année 2005 en la bonne ville d'Espérance

Gulla avait réussi à rendre "vie" à Anatole. Le mot "vie" est certes peu approprié pour qualifier un non-mort... Anatole, le vampire, avait été "tué" par la seule créature capable de lui infliger cet "état", Alice... Gulla avait emmené le corps en s'enfuyant de la cave d'une grande maison bourgeoise située au bord du fleuve.

Elle s'était rendue dans sa tanière et avait procédé à un rituel très simple : elle avait coupé les veines du poignet du petit monstre qu'elle avait enfanté, le petit de Gulla et Anatole, et avait fait couler son sang dans la bouche du vampire. Il avait fallu des heures et des heures de goutte-à-goutte pour redonner vie à Anatole. La "vie" fut transférée du petit monstre nouveau-né à son "père"...

Le traitement devait se poursuivre ensuite pendant un certain temps. Il allait falloir se contenter du sang de nouveau-nés humains.

De nombreux petits enfants étaient aptes à donner leur sang et Gulla allait s'en charger...

Alice et Véronique avaient changé de lieu pour échanger quelques informations. Cette fois elles avaient choisi le mont Olympe sur Mars. De cet énorme promontoire de 21 kilomètres de haut, elles regardaient vers le sud, les hauts plateaux cratérisés et l'énorme canyon, vers le sud-est (Valles Marineris).

– C'est quoi cette augmentation brutale du nombre d'enlèvements de bébés ? Cela provient d'où ? questionnait Véronique.

– Jean a détecté l'organisation sectaire de groupes qui enlèvent des bébés dans le but de conquérir l'éternité. Ils se font appeler les adeptes de l'Alchimiste. Un individu qui reprend les œuvres de Nicolas Flamel partiellement, sans en saisir la globalité. Ainsi il utilise cet extrait :

"il y avait un Roy, avec un grand coutelas, qul faisait tuer en sa présence, par des soldats, grande multitude de petits enfants, les mères desquels pleuraient aux pieds des impitoyables gendarmes, le sang desquels petits enfants était puis après recueilli par d'autres soldats, et mis dans un grand vaisseau, dans lequel le Soleil et la Lune se venaient baigner." (Œuvres page 48 Le Courrier du Livre)

– Oui je vois... Cet "Alchimiste" se garde bien de dire que cet extrait est une citation de Nicolas Flamel d'un livre qu'il prétend avoir acheté chez un bouquiniste. Et que Flamel écrit plus loin :

"je trouvais dans mon livre que les Philosophes appelaient sang l'esprit minéral qui est dans les métaux, principalement dans le Soleil, la Lune et Mercure, à l'assemblage desquels je tendais toujours..."

– N'empêche que ces enlèvements se produisent et que les mères sont enlevées également et qu'on ne retrouve ni le bébé ni la mère...

– Tu es sûre qu'il ne s'agit pas de quelqu'un d'autre ?

– Comment ça de quelqu'un d'autre ? Je n'ai parlé de personne... S'énerva Alice.

– Oui, mais tu l'as pensé si fort que je l'ai entendu...

– Tu as raison. Je me demande si Anatole n'a pas survécu ou n'a pas été ressuscité par Gulla....

– Oui c'est bien son goût du sang de bébé...

– Et dans ce cas, seul Garand pourrait nous aider. Mais où est-il ? Ou plutôt, "quand" est-il ?

– Je vais voir. Je vais commencer à en parler avec Lovecraft. Il passe sa vie à étudier le monde 24 heures sur 24. Il peut nous aider... Peut-être...

Je m'étais réfugié avec Lovecraft, dans la cité des étoiles à Espérance. Des immeubles HLM en forme d'étoiles dont les angles et les formes géométriques   constituaient une protection spatiotemporelle contre *Ceux du dehors* qui n'avaient pas abandonné le projet de récupérer le cerveau d'HPL qu'Alice avait réussi à leur enlever.

La présence de ces abominables créatures dans la ville rendait celle-ci comparable à l'Innsmouth de Lovecraft : en ruines, abandonnée, avec dans les rues des êtres humains devenus des ombres dégénérées.

C'est ici qu'Alice vient régulièrement rendre visite à Lovecraft.

Ce jour-là, lorsque je lui ouvris la porte elle s'enquit immédiatement de la situation à Espérance au regard des émeutes urbaines qui se déroulaient dans les banlieues des villes.

– Pour le moment aucune voiture incendiée, lui répondis-je. Mais ici ils ne font pas comme ailleurs, jamais ! Ils font comme à Espérance ! Tu veux parler à Lovecraft ?

– Oui. J'ai besoin d'échanger avec lui quelques informations.

– Je t'en prie, tu connais le chemin.

Elle s'avança dans le couloir un peu en forme de labyrinthe jusqu'à la pièce du fond, la seule qui ne donnait pas sur une terrasse, par mesure de sécurité.

Elle ouvrit la porte sur un vaste laboratoire informatique avec le cylindre qui contenait le cerveau d'HPL et des fils, des moniteurs, des caméras, des ordinateurs, des micros, de gros serveurs qui ronronnaient dans une atmosphère d'air conditionné. Il fallait garder une température constante.

Elle s'installa sur la chaise face au moniteur sur lequel apparaissait une image animée de Lovecraft, construite d'après les photos de l'époque et reliée par un logiciel puissant au cylindre, ce qui donnait vie à cette image, car elle était capable d'entretenir une conversation. Nous avions fait d'énormes progrès dans notre installation.

Ce bon vieux Lovecraft était passé du statut de reclus à celui de l'homme le plus branché avec le monde entier dans son ensemble et sans aucun repos nécessaire.

Dès qu'elle s'assit, une voix grave sortit des haut-parleurs :

– Bonjour Alice ! Que me vaut le plaisir de ta visite ?

– Bonjour Howard. Je m'intéresse à l'alchimie, Nicolas Flamel et surtout, je me demande comment cet intérêt pourrait me mener à Garand.

Un petit silence, ce qui suppose une longue réflexion pour quelqu'un qui n'est pas encombré par un corps lourd et ralentisseur de pensée...

– Je note une connotation personnelle dans cette recherche...

– Oui, on pourrait le croire, mais ce n'est pas le cas...

– Puisque tu le dis... Cela tombe bien, car j'ai fait de longues recherches sur l'alchimie. J'ai compilé tous les textes disponibles sur le Net (et il y en a beaucoup, particulièrement avec la numérisation des manuscrits à la bibliothèque de France). Ce travail n'a jamais été fait. J'ai donc essayé de faire des rapprochements, une analyse intertextuelle soignée. J'ai fait tourner des ordinateurs. J'en suis arrivé à la conclusion que bien des textes, dit "hermétiques" ont été rédigés par des gens qui parlaient de sciences évoluées qui dépassaient leur entendement. C'est pourquoi ces textes apparaissent comme incompréhensibles... Cette tradition de l'alchimie remonte à l'ancienne Égypte. Il faudrait se rendre là-bas pour retrouver le lieu où tout cela est parti afin de remonter le temps et reprendre l'univers d'où cette tradition est venue. Le peu de science de *Ceux du dehors* que j'ai ramenée de Yuggoth m'incite à penser que Garand n'est pas étranger à l'affaire, car lui seul voyage dans les multivers... et toi aussi, mais la probabilité de rencontre est infime. Il faudrait donc la forcer un peu....

– ...

– Te voilà bien silencieuse...

– Non... euh... oui, l'émotion... Je pense à cette rencontre hypothétique avec mon père géniteur...

– Et Jean, ton père adoptif ? Que va-t-il en penser ?

– À vrai dire il est difficile de dire qui est mon vrai père... Je me demande si Garand n'a pas volontairement mélangé tous ces gènes pour "produire" une Alice douée de ces pouvoirs... N'oublions pas que mon père (Jean... je veux dire) a le pouvoir de traverser les miroirs grâce à Bretagne... Il n'est pas jaloux. Il sait très bien à quoi s'en tenir. Et ma mère souhaite rester à l'écart de cette hypothétique rencontre... Donc cela ne perturbera pas mes parents.

– Voilà deux fois que tu prononces le mot "hypothétique". Déclara l'image de HPL avec un sourire en coin dans son sombre visage...

– Oui... Merci Howard. Je me rends en Égypte. Je me laisserai conduire par les lignes de la Trame. On verra bien où elle me conduira...

Et Howard l'aida à réunir quelques éléments de topologie pour qu'elle augmente ses chances d'atteindre son but.

Alice monta au "château" pompeusement ainsi dénommé par les pauvres habitants d'Espérance, en réalité quelques pans de ruines et une dalle avec un passage vers un puits. Ce puits, comme nombre d'entre eux, était un "passage"... certains cosmologues parleraient de "trou de ver" d'un univers à d'autres univers. Comment Alice choisissait-elle sa direction ? Elle ne choisissait pas. Elle se laissait aller à la Trame. Celle-ci la conduisait aux endroits et aux temps ad hoc en fonction des événements qu'Alice traitait. Mais ne tentez pas de descendre dans ce puits. Vous n'êtes pas Alice. Vous n'avez pas d'intrication avec d'autres membres de l'espèce dont elle fait partie. Donc vous descendrez dans un puits ordinaire... Si un jour vous apercevez Garand, rien que le fait de le voir vous maudira à jamais, car vous serez alors intriqué avec lui comme bien d'autres âmes damnées...

Elle avait des doutes, car jusqu'à présent la Trame interdisait la rencontre entre Alice et Garand. Avec Véronique l'interdiction était encore plus forte, c'est pourquoi Alice ne pouvait qu'agir seule. Elle avait mis ses parents au courant qui se rongeaient les sangs à chaque fois qu'elle partait en expédition...

Elle se pencha vers le fond : un bouchon de noirceur obturait l'orifice légèrement plus bas que le bord de la margelle construite en pierres sèches friables. Elle enjamba cette murette circulaire et "tâta" du bout du pied au travers de cette noirceur. Elle sentit un sol solide, mais friable. Du sable semblait-il... Elle passa l'autre jambe et tout en se tenant avec ses bras en arrière sur la margelle, se mit lentement debout, genoux pliés. Enfin, elle se redressa et fut engloutie par l'obscurité; du moins, c'est ce qu'un observateur extérieur aurait pu croire. Mais elle, elle se retrouva sur du sable au bord d'un très grand fleuve, dans une chaleur étouffante sous un soleil accablant. Sans aucune sensation de chute. La Trame semblait agir en sa faveur.

Le fleuve était en étiage. Un peu plus loin une petite construction attira son regard. Un mur circulaire de cinquante centimètres de haut avec en son centre ce qui semblait être une margelle de puits. Elle s'en approcha prudemment, craignant les manifestations terrifiantes[8] qui accompagnaient les endroits des "passages".

Elle aperçut la petite construction en pierres au bord du fleuve, en marge du lit mineur et en plein dans le premier lit majeur.

Un homme attendait, assis sur la margelle du puits. Il tournait le dos à la jeune fille.

---

[8] Pour ceux qui s'imagineraient que cette histoire de frayeurs auprès de la porte serait plagiée de Stephen King, sachez que cette idée a été écrite par Alain Pelosato dans « Ruines » en 1998 bien avant Stephen King...

Alice sentit monter en elle l'angoisse de faire la connaissance de Garand. Était-ce bien lui cet homme à la haute stature, tête nue sous le soleil ? Elle s'approcha, mais brusquement, surgit du néant une rangée d'êtres humains décomposés et en haillons qui poussaient des grognements terrifiants. Bien qu'elle sût que ce n'était là que l'effet de repoussoir de ce lieu, elle frémit de terreur et de surprise... Tout en réfrénant l'envie de tourner les talons et de fuir à toutes jambes, elle prit conscience que ces manifestations étaient la preuve qu'elle se trouvait à proximité d'un passage.

Le petit cri de terreur qu'elle poussa à la vue des morts-vivants attira l'attention de Garand qui était assis sur la margelle du puits. Il se retourna et aperçut la jeune fille. Son regard à lui était insensible aux terribles illusions qui éloignaient les gens de ce lieu. Ces illusions étaient si tenaces que même une créature comme Alice y était sensible. Elle avait trop d'humanité en elle...

La jeune fille sursauta encore quand elle vit apparaître Garand au travers de la horde des cadavres en haillons : un homme vivant en parfaite santé et qui plus est, très souriant ! Quand il fut à un mètre d'elle, les visions disparurent. Il ne resta que le fleuve, le sable et le soleil... et Garand...

Son visage était à contre-jour. Elle avait du mal à le distinguer. Quand le décor naturel reprit ses droits, un fort souffle de vente fit flotter ses cheveux comme un drapeau.

– Bonjour Alice ! N'aie pas peur tu sais bien que tout cela n'est qu'une illusion.

– Oui, mais cette peur ne vient pas de moi non... elle s'est... introduite en moi... ce sont ces apparitions qui l'ont introduite en moi.

– C'est bon ? Ça va mieux ?

– Je ne te distingue pas bien.... Aurais-je des problèmes de vue ?

– Non je ne suis pas entièrement ici... Donc tu ne me vois que partiellement...

Alice sentit une rage de déception monter en elle... Une fois de plus rien n'était complet, entier.

– Bonsoir ! C'est la première fois que je vois mon père et je ne peux même pas le distinguer !

– N'aie crainte, on aura encore bien des occasions de se revoir. Je connais le but de ta visite. En effet, tu as bien deviné : Anatole a été réveillé par Gulla. La lutte contre lui n'est qu'un éternel recommencement...

– Tu peux m'indiquer comment le retrouver ?

– Non... Je... je dois te quitter... Au revoir ma fille ! Au revoir Alice... La solution se trouve dans les livres d'alchimie... Alchimie...

Garand disparut. Sa disparition entraîna l'apparition immédiate des horreurs chargées de garder ces lieux à l'abri des curieux... Alice, les tripes nouées par la peur, traversa la horde de morts-vivants et se dirigea vers le puits. Elle n'avait guère le temps de s'attarder. Le retour dépendait de sa capacité à atteindre le puits avant sa dissolution.

Elle y parvint.

Elle retrouva le "château" d'Espérance pour une nouvelle chasse au vampire...

L'idée de revoir Anatole ne fit que lui remuer méchamment le cœur...

Lettre à Ralsa Marsh

(La Renarde)

Par Pierre Dagon

VIENNE (AFP) - Les investigations dans la "cave de l'horreur" où un père incestueux a retenu et violé durant 24 ans sa fille à Amstetten, en Autriche, sont "accablantes" pour les enquêteurs, a indiqué samedi le responsable de l'enquête, Franz Polzer.
"Les travaux dans la cave sont accablants et oppressants pour les enquêteurs. Chaque objet leur rappelle ce qui s'est passé ici", a-t-il déclaré à l'agence APA.

Mon cher Ralsa,

Voilà bien longtemps que nous n'avons pas chevauché ensemble les vagues de l'océan au large d'Innsmouth où nous sommes nés tous les deux. Des obligations m'ont éloigné de toi et de notre ville natale. Je suis retiré à Espérance, dans une ville qui lui ressemble à bien des égards, par sa décrépitude, son abandon et la dégénérescence de ses habitants. Que veux-tu, on ne se refait pas…
J'ai reçu, voilà quelque temps, un journal qui m'a été envoyé par quelqu'un qui a vécu une expérience à bien des égards identique à celle qu'a vécue Abner Watheley[9], ou plutôt identique à celle vécue par le membre de notre famille rencontré par Abner dans des circonstances bien dramatiques au final.
Je t'insère ce texte ci-dessous après l'avoir numérisé grâce à ces magnifiques choses qu'ils appellent des "logiciels".
J'imagine, à la lecture de cette histoire, que le narrateur a rencontré quelqu'un de la famille. Car, enfin, même si on peut imaginer que quelqu'un ait réalisé un canular, même si c'était cela, ce quelqu'un en saurait bien trop sur notre famille. Pour vérifier tout

---

[9] Le petit fils de Luther Watheley.

cela, je me suis rendu en ce lieu, visiter cette maison sinistre… selon les indications données par celui des Profondeurs qui m'a envoyé ce document. Je t'en reparlerai à la fin de ce (long) courrier…

Mais prends donc connaissance d'abord du journal du narrateur qui n'a jamais écrit son nom…

Je me dois de laisser un témoignage écrit. Ce qui m'est arrivé est stupéfiant, terriblement hideux. La mort me sera douce, car jamais je ne pourrai vivre en sachant ce que je sais désormais sur la nature de l'univers et celle des êtres immondes qui le peuplent à notre insu.

Cette petite maison située sud-sud-est (la meilleure exposition pour une maison d'habitation), avait été construite sur le versant de la vallée au cœur des prairies, ce qui lui donnait cet air gai et bucolique.

Mais pourquoi avait-elle été abandonnée aussi longtemps ? Personne dans le village ne voulait en parler. Dès qu'on parlait de Saint-Joseph, les bouches se fermaient.

J'héritai de cette petite habitation d'un vieil oncle que je n'avais jamais connu et qui avait très mauvaise réputation dans la famille. Mais que voulez-vous ? Pouvais-je refuser ce petit héritage alors que je m'étais trouvé dans une situation dramatique sur le plan financier ? Il me permit de sortir de ma situation de sans domicile fixe que je venais juste de connaître ayant été expulsé de mon logement. Il me fallut faire du stop pour atteindre cet havre de paix.

La dernière voiture qui me prit me conduisit au pied de la colline qui dominait la vallée creusée par cette petite rivière charmante qui a donné une partie de son nom à plusieurs villages riverains. Une petite route goudronnée, mais en très mauvais état serpentait jusqu'à la maison. Il faisait frais, les oiseaux chantaient et l'herbe était verte en cette fin du mois d'avril. La petite route était bordée de grands chênes majestueux dont les feuilles d'un vert tendre commençaient à prendre forme.

La maison était un peu en retrait de la route. Elle était accompagnée de plusieurs dépendances : un grand appentis au toit en pente douce était adossé au nord, un petit appentis à l'est. Derrière la maison formant ainsi une petite cour à l'arrière se tenait une étable a trois portes dont l'une était suffisamment imposante pour permettre l'entrée de la charrette à foin. Un hangar à foin fermait la cour à l'ouest. Le pignon sud de ce hangar était effondré. Je me voyais déjà le réparer et refaire cette partie du toit. Toutes les charpentes étaient en chêne massif, les murs en briques rouges assemblées avec un mortier de chaux friable.

La maison présentait deux portes sur sa façade sud, et trois fenêtres une pour chacune de ses pièces. Un escalier en pierre descendait dans une cave voûtée. À l'arrière au nord, un autre montait au grenier dans lequel on entrait par une porte mansardée.

L'extérieur était envahi par les ronces et les pousses des divers arbres fruitiers qui composaient la propriété. Un mur mal assemblé de briques et de chaux prolongeait le côté ouest de la maison, sans fenêtre, juste un œil de bœuf d'aération pour le grenier et un petit accès pour les foins. Ce mur délimitait le jardin, partagé en deux par un autre mur dans son axe est-ouest contre lequel on avait construit une jolie petite tour servant de remise à outils au toit pointu avec deux petites fenêtres. La partie du jardin située au sud de ce mur avait été utilisée comme potager dans sa partie la plus proche de la maison et comme vigne à vin dans sa partie la plus éloignée. Au nord de ce mur, on avait laissé un pré, délimité par une haie de cerisiers et de prunelliers encore plus au nord. L'ensemble de la propriété occupait environ quatre mille mètres carrés entourés d'un bocage de prés. Elle n'était pas close. Seules les clôtures de fil de fer barbelé des prairies à bœufs qui l'entouraient délimitaient son espace. La vue était magnifique, au sud, sur la vallée au fond de laquelle on apercevait quelques méandres de la rivière, et au sud-ouest on apercevait un délicieux petit vallon dans un bocage au fond duquel on devinait un petit ruisseau grâce aux saules têtards et autres osiers qui en trahissaient le tracé. Mais l'ambiance n'y était pas. Étonnamment, en avant plan de cette vallée riante, le vallon que dominait la maison paraissait toujours sombre, quelle que soit l'heure de la journée. Il émanait de ce lieu une angoisse qui abîmait l'âme.

La propriété était parsemée d'arbres d'essences diverses qui émergeaient du taillis de ronces qui avaient fini par tout envahir. Trois pruniers menaient la garde devant la maison. Derrière, plusieurs cerisiers, un buisson de cognassiers, un noyer. Dans le pré un vieux poirier tordait ses branches noueuses dans une posture qui rappelait quelque souffrance inconnue et blasphématoire. Dans le jardin, un osier témoignait de son utilité pour fournir des liens pour attacher la vigne, mais aussi un saule marsault, divers arbrisseaux : aubépines, églantiers aux pointes acérées, bourdaines, cornouillers sanguins, et quelques vignes qui grimpaient encore aux trois grands frênes et s'agrippaient au petit chêne d'une dizaine d'années.

Après ce petit tour d'horizon, je me concentrais un peu plus sur les abords de la maison. C'est alors que j'aperçus le puits, dont la margelle surmontée d'un petit échafaudage en pierres rouges vineuses se montrait à peine dans les fourrés de symphorine qui avait poussé là contre le mur qui délimitait le jardin. Je m'approchai et réussis à jeter un coup d'œil dans ce tube de briques rouges à moitié désagrégées. À une profondeur de huit mètres j'aperçus la surface brillante de l'eau sur laquelle flottaient divers débris dont une boîte de conserve et quelques morceaux de bois. Un petit frisson me parcourut l'échine face à cette profondeur, mais surtout à cause de l'abandon manifeste de ces lieux. Une partie haute de la margelle du puits constituée de briques surmontées de pierres vineuses s'était effondrée dans l'eau. Malgré mon appréhension, je m'étais alors promis de nettoyer le fond. J'éprouvais la solidité de la chaîne enroulée au-dessus de la margelle et elle me parut assez solide pour transporter vers le fond un vieux seau en acier galvanisé tout rouillé que j'avais aperçu dans un appentis. Mais ce serait pour plus tard.

Un mur de briques partait de biais depuis la margelle vers la maison. Je m'y appuyai pour maintenir mon équilibre alors que je tentais de progresser dans les ronces. Il s'effondra sous le poids de mon corps et je tombais avec la pluie de briques et de chaux désagrégée !

Le lendemain, je me levai à l'aube pour débroussailler un chemin à travers les ronces jusqu'au bout de la propriété. Ce fut un travail pénible, car je ne disposais que d'une espèce de machette rouillée que j'avais trouvée dans un vieil appentis. Néanmoins, en fin de journée j'atteignis mon but : la clôture ouest de ma propriété, ou plutôt la clôture du pré attenant côté ouest de ma propriété, car de clôture il n'en existait plus depuis longtemps ici... Je détectai une odeur de charogne, et je trouvais quelques ossements encore frais : une mâchoire inférieure de cochon, quelques vertèbres... Sans doute, des restes délaissés par un renard.

Je me reposais assez longtemps dans ce secteur, à l'abri des regards. La nuit allait tomber et j'appréciais ce moment de calme rempli des chants d'oiseaux. J'étais resté immobile depuis longtemps quand le soleil se coucha. Trois petits renardeaux sortirent alors de la haie de ronces... J'en étais sûr ! J'avais vu les terriers bien propres d'une ancienne garenne[10]. C'est la pratique des renards d'utiliser les terriers des autres pour leurs petits. J'admirais longtemps le spectacle des jeux des trois petits animaux. Lorsque je me levai pour rentrer dans la maison, ils s'enfuirent, l'un dans le pré aux herbes hautes et les deux autres dans la haie.

Je passai une nuit assez agitée. Un lieu nouveau, une fatigue physique inhabituelle sont des empêcheurs de dormir tranquille...

Le lendemain je reçus une visite. Le matin on frappa à ma porte.

Un type d'un certain âge assez aimable me parla avec un fort accent du coin :

- Bonjour ! Je vois que vous venez de vous installer. J'espère que je ne vous dérange pas ?
- Euh... non... Au contraire. J'ai plaisir à pouvoir parler avec quelqu'un. Je ne vous fais pas entrer, je viens juste d'arriver et la maison est absolument en désordre...
- Oui, merci, pas de problème...

Puis le type resta un moment silencieux. Il semblait réfléchir à ce qu'il allait dire...

- Ça va ? Vous allez vous en sortir ? Il y a beaucoup de travail !
- Oui, c'est pas ce qui manque, j'en ai pour un moment. Mais, ce qui est beau ici c'est la nature sauvage...

---

[10] En réalité, cette garenne, fut à l'origine un terrier de blaireau comme l'a montré ensuite la découverte de grosses entrées de tunnels cachés dans les ronces. Ce "nid" de blaireau a été occupé successivement par le blaireau, puis, par des lapins de garenne, puis par des renards. Les collets que l'ancien occupant posait étaient souvent cassés par le renard qui s'y prenait...

-   La nature sauvage ?

Et son regard se fit fuyant...

-   Oui... répondis-je. Hier soir j'ai vu trois renardeaux gambader au fond du jardin...

Et là son regard se fit insistant, perçant même quand il me déclara :

-   Trois renardeaux ? Oui, j'ai vu leurs coulées[11] en passant sur le pré d'à côté. Vous voulez que je vous en débarrasse ?

Je ne sais pas ce qui m'a pris, mais soudain, j'ai répondu : « oui ! »
Et le gars se réjouissant d'ajouter : « Ne bougez pas, j'arrive avec des copains et du matériel... » Il tourna les talons et monta dans son quatre-quatre garé sur le chemin sous les hauts chênes.

Environ une demi-heure plus tard, deux véhicules se garèrent sur le chemin et plusieurs personnes en descendirent avec moult claquements de portières et aboiements de chiens. Mon visiteur arrivait avec un chien noir qui le suivait en aboyant ("de peur" expliquerait plus tard son maître...) accompagné de deux autres hommes en tenue de chasseur et deux fox-terriers qui aboyaient également. La gent canine semblait très excitée. Les hommes portaient sur leur épaule tout un attirail : pelles, pioches, débroussailleuses à main et de grosses pinces métalliques très longues. Le plus âgé se contentait d'une tronçonneuse. Cette expédition me fit immédiatement penser à celle des tueurs de vampires dans le film *Vampires* de John Carpenter...[12]

-   Bonjour monsieur ! C'est où ? Me demanda le vieux.
-   Venez je vous conduis, leur répondis-je.

Je les dirigeai vers le fond du jardin, vers l'endroit où j'avais aperçu les renardeaux.

Cet espace en bordure du pré qui entourait ma propriété et qui était en exploitation (le propriétaire y cultivait du fourrage, et l'herbe commençait à être haute...) comprenait une partie en herbes le long de la limite, partie assez étroite encore épargnée par les ronces et les aubépines qui exposaient leurs magnifiques fleurs blanches en grappes. On avait donc de la place pour faire tenir tout

---

[11] Les animaux tassent l'herbe (ou écartent la végétation en général) en passant régulièrement au même endroit ce qui produit une trace de leur passage appelée "coulée".

[12] 1997

ce beau monde. Immédiatement arrivé, le vieux se disputa avec le plus jeune. Je compris vite qu'il s'agissait du fils et de son père et que ce dernier n'acceptait pas de se voir voler son statut de chef de meute. Néanmoins, c'était bien lui le spécialiste et il repéra immédiatement les débouchés des terriers. Il s'appliqua immédiatement à abattre une aubépine arbustive alors que son fils débroussaillait les ronces pour dégager l'entrée du tunnel. Ils finirent par dégager l'entrée d'un tunnel. Le jeune me désigna du doigt une autre entrée et m'ordonna :

- M'sieur ! Pouvez boucher c't'entrée ?
- Oui, je vais utiliser un sac.

Mon visiteur, toujours préoccupé par l'état peureux de son chien, me tendit un sac. Je le posais sur le trou et le tins appliqué en posant le pied dessus.

- C'est une entrée ? demandais-je pour me rendre intéressant.
- Non. M'sieur. C'est une bouche d'aération…

Bon… Les deux fox-terriers aboyaient toujours. Enfin je suppose que c'était des fox-terriers, car je connais peu les races de chiens. De petits chiens courts sur patte, très musclé à la gueule longe et effilée et la queue très courte. Je verrai plus tard que cette queue servirait de "poignée" à son propriétaire !

Donc, après une demi-heure de prospection et de débroussaillage, le jeune commença à creuser avec une pioche et un autre évacuait la terre… Un moment passa et il s'exclama : « Voilà je crois que c'est là ! » Il appela son chien et le fit entrer dans le tunnel ainsi bien dégagé. Le chien entra tout excité et ne sortait plus. Il aboyait à l'intérieur. Plus tard je compris que la galerie emmenait à une chambre située sous le tronc d'une aubépine, ses racines faisant office de structure de soutien. Les trois petits renardeaux logeaient là !

Le chasseur ordonna au chien de sortir, mais le chien n'obéit pas. « Ils sont là, s'exclamait le jeune homme, ils sont là ! »

J'étais plein d'admiration pour l'habileté et la connaissance des modes de vie des renards dont faisaient preuve ces hommes.

Il tira le chien par la queue et le sortit du terrier. Il saisit les grandes pinces métalliques, les introduisit jusqu'au fond, ses mains disparaissant quasiment sous terre. Il se tenait accroupi dans le trou qu'il avait creusé. Il farfouilla un moment et retira les pinces dont les mâchoires tenaient un petit renard les babines retroussées montrant ses dents pointues et qui émettait un chuintement mêlant terreur et colère. Le chasseur fut gêné dans ses mouvements et au moment où il se retournait pour poser sa pince tout en maintenant le renard emprisonné cruellement dans cet étau, il appela son père à la rescousse. Mais celui-ci était occupé dans la broussaille à côté en piochant à droite et à gauche tout en marmonnant : « Ça sent la charogne ! Y doit y en avoir un encore ici... » Du coup le renardeau lui échappa. Le pauvre petit tenta de fuir vers le pré contigu poursuivi par le chien noir. Le jeune homme gueulait : « Attention ! Attention ! Y s'tire ! Putain ! On va le rater. » Mais, hélas pour le renard, le vieux était réapparu et frappa la bestiole à la tête et la tua sur le coup.

Le fox tira les deux autres petits du terrier et leur mort fut cruelle, surtout pour l'un d'eux, que le vieux tenait d'une main et qu'il tentait de tuer en lui assénant un coup de pelle sur la tête, mais il le ratait et tapait sur le museau. Une horreur. À la fin trois petits cadavres qui saignaient, qui de la bouche, qui des oreilles ou du nez, étaient allongés dans l'herbe. Les chasseurs les fourrèrent dans un sac de jute, mon visiteur en demanda un au vieux « pour montrer à son neveu... » Le vieux enfouit une main dans le sac et en sortit le petit cadavre sans doute encore chaud. Ils remirent le terrain en état, enfin, en gros.

Ensuite j'ai eu une conversation avec ces gens. Ils n'aiment pas les renards. Les renards mangent les poules. Eux ils n'ont pas de poulailler, mais ils défendent les poules. Pire même, cette chasse par déterrage, c'est leur passion ! Et ça se voit : ils sont de véritables experts. Parfois, m'ont-ils dit, ils creusent plusieurs mètres de profondeur, pour des terriers profonds... Et ils ont l'outillage. Ils sont repartis assez satisfaits d'eux-mêmes et moi je suis resté là abasourdi. Pourquoi j'avais dit « oui ! » ??? Je croyais qu'ils allaient les prendre et les mettre ailleurs ces petits renards si mignons... Quel naïf !

Le lendemain je m'éveillai après une nuit agitée de cauchemars dans lesquels je nageai sous l'eau sans avoir besoin de respirer. Autour de moi, des centaines d'hommes poissons (comme moi ?) nageaient de concert.

Comme j'avais fait des rêves d'eau, je décidai de commencer ma journée par un nettoyage du puits. Je fis le tour de la maison pour rejoindre l'appentis situé à l'arrière et dont le toit à faible pente couvert de tuiles était effondré à un endroit. J'y retrouvai mon seau. L'anse semblait solide. Il était percé à plusieurs endroits, mais cela m'arrangeait, car je voulais l'utiliser pour recueillir les solides flottant dans le puits et non pas de l'eau. Je retournais devant la maison et m'approchais du puits. Je fixai le seau au crochet avec un ergot de sécurité ce qui rendait impossible la perte du seau et commençait mon travail de nettoyage. Je remontais des morceaux de bois, deux bidons vides, et une boîte en métal fermée solidement. Je rangeais ces objets au pied de la margelle. Une fois cette corvée terminée je décidai d'un endroit où stocker mes déchets et j'y emmenai tous ces débris. Une fois sur place, j'eus soudain l'idée d'ouvrir la boîte. C'était une boîte genre boîte à biscuits, mais liée avec du fort fil de fer afin qu'elle ne puisse pas s'ouvrir. Elle me résista un peu, car elle était rouillée, mais je réussis à l'ouvrir. Elle était quasiment vide. Seuls les restes d'un petit animal, genre grenouille ou plutôt un poisson avec pattes et bras, s'y trouvait allongé. Soudain envahi par une angoisse surprenante, je posais la boîte sur le sol et m'accroupis pour observer la "chose".

Elle semblait inerte et soudain je crus voir comme un mouvement, une espèce de tremblotement, comme quand l'image d'un film tressaute parce que la pellicule a sauté dans l'appareil de projection... Puis, le petit animal se redressa en une fraction de seconde, sauta hors de la boîte et disparut dans les ronces. Je restais là accroupi, rempli de sentiments contradictoires : heureux de voir disparaître cette "chose" qui semblait être restée enfermée depuis très longtemps, mais terrifié à l'idée de ce que pourrait être sa nature qui lui a permis de rester en vie dans de telles conditions... Moi qui me flatte d'être un naturaliste amateur éclairé, j'étais incapable de me prononcer sur la nature de cette "chose" qui resta répugnante à jamais dans mon souvenir.

°
° °

Le travail de défrichage fut harassant. D'autant plus que je n'avais pas les moyens d'acheter les outils nécessaires. Je ne disposais que d'une machette, d'une vieille bêche et d'un vieux râteau trouvés dans la vieille cabane à outils perdue au milieu des ronces. Plutôt que d'une cabane je devrais parler d'une petite bâtisse de quatre mètres carrés avec un toit en pointe couvert d'ardoises et une merveilleuse petite charpente en chêne dans laquelle j'entendais bourdonner un nid de frelons. Elle était agrémentée de deux petites fenêtres, l'une équipée d'une menuiserie en croisillon au rez-de-chaussée et l'autre, au premier étage, nue et arrondie sur le haut. Je voyais sortir les frelons par cette ouverture. Je me promis de détruire ce nid dès que les nuits deviendraient froides.

Il y avait aussi des travaux de maçonnerie à réaliser : destruction du mur vermoulu devant la maison et qui prolongeait le puits, reconstruction du pignon sud de la petite grange. Pour cela je dus me rendre au village pour commander les matériaux nécessaires. Je me procurais le minimum compatible avec mes très maigres ressources financières. J'achetais également des graines et des plants pour un potager.

Ces achats me permirent de prendre contact avec la population du coin. Le commerçant me repéra immédiatement comme le nouvel habitant des lieux que j'avais investis. Je remarquais sa réticence à me servir et un client présent dans le magasin m'agressa verbalement. Puis, il s'entretint avec le commerçant en lui disant d'un air somme toute terrifié que « ça n'allait pas tarder à recommencer ! »

La nuit suivante je faisais un rêve sans doute influencé par la physionomie apeurée de ce personnage du magasin. J'étais terrifié moi-même en observant une espèce de réunion d'animaux au milieu de mon jardin à peine débroussaillé. Au centre de ce rassemblement se tenait un renard à la queue en large fuseau. Je pensais alors « c'est la renarde ! Elle vient à la recherche de ses petits… » Puis, j'entendis un bruit, peut-être un cri, un cri de gargouille qui provenait de la petite bâtisse qui servait de cabane à outils. Le nid de frelons ! Le monstrueux gargouillis venait du nid de frelons ! Comment un être de chair pouvait-il cohabiter dans un endroit si exigu occupé par un nid de frelons sans doute assez gros à voir la quantité d'insectes qui allaient et venaient ? Puis, un être chimérique, mélange de batracien, de poisson et d'homme, sauta de la petite fenêtre du premier et s'approcha du groupe qui s'écarta pour lui laisser le passage jusqu'à la renarde. Je pensais reconnaître le petit « animal » que je découvris dans la boîte qui flottait dans le puits. Mais cet être était devenu bien plus gros... Il s'accroupit devant la femelle renard et ils entamèrent une "conversation" gutturale. Ma pensée traduisait leurs propos et je compris que la renarde expliquait au monstre la mort atroce de ses trois petits. Puis mon rêve s'arrêta brutalement. Au petit matin frais, je me réveillais non pas sur ma paillasse dans la maison, mais dans mon jardin, adossé contre le mur ... J'imaginais alors en frémissant de terreur que tout cela ne fut pas un rêve, mais une réalité à laquelle j'avais été réellement confrontée.

Je pris mon courage à deux mains pour m'approcher de la petite tour pointue sous le toit de laquelle grondait un nid de frelons. J'écoutais attentivement, mais plus aucun insecte ne sortait et entrait par l'ouverture. Je me rendis au grenier de la maison dans lequel traînait une petite échelle en bois et l'emportait pour la poser contre le mur de la petite bâtisse afin de pouvoir accéder à l'étage situé à environ deux mètres de hauteur. Ce que j'y vis me stupéfia : un énorme nid de frelons, une grosse sphère en papier mâché comme savent le faire ces insectes avec leur salive et du bois restait suspendu à la charpente. Une partie de cette enveloppe avait été arrachée et on voyait à l'intérieur les alvéoles dont les larves avaient été enlevées. Il ne restait plus rien de vivant sous ce toit. Il régnait dans ce lieu une odeur de marée, de cette odeur iodée que l'on sent à marée basse alors que l'océan a laissé derrière lui des monceaux d'algues pourrissantes...

Quelques jours plus tard, je reçus la visite de la gendarmerie. Les militaires m'ont longuement interrogé sur mon emploi du temps, ont demandé de visiter la propriété (ce que j'ai accepté). Ils m'ont ensuite fait comprendre qu'ils menaient une enquête sur de mystérieuses disparitions dans la région.

Je compris que ces personnes disparues étaient mes chasseurs qui étaient venus pour "enlever" les petits renardeaux, puisque les gendarmes m'ont posé de nombreuses questions sur leur visite.

Je crois que je vais être la prochaine victime... J'ai revu la nuit la créature. Elle a considérablement grandi et grossi... Elle m'a envoyé un avertissement : j'ai retrouvé au petit matin, sur le seuil de ma maison un des petits renardeaux empaillé... Si les gendarmes trouvent cette chose chez moi, je serai immédiatement arrêté. Je suis allé l'enterrer dans mon jardin...

Voilà mon cher Ralsa, c'est ainsi que se termine ce "journal".
Comme je te l'écrivais, je me suis rendu sur les lieux. Le rédacteur de ce "journal" a été arrêté.
J'ai rencontré notre frère des Profondeurs. C'est lui qui a caché ce "journal" afin qu'il ne tombe pas aux mains de la police. Il va rejoindre l'océan en empruntant les chemins que nous connaissons tous, celui des rivières et des fleuves.
Nous avons eu de longues conversations à propos des "monstres" enfermés le plus souvent dans la cave, ou dans des chambres maudites, rendues la plupart du temps inaccessibles à autrui.
Un auteur[13] a écrit une nouvelle qu'il a intitulée "Journal d'un monstre", il montre très bien que son monstre est une victime. Qu'y peut-il, ce "monstre" s'il doit "consommer" ce que d'autres se sont interdit de consommer ?
Qui ne se souvient de la peur enfantine de la cave ? Quand le père envoie le fils chercher une bouteille dans la cave, ce dernier prend peur... En fait, le vin n'est-il pas aussi un "monstre" enfermé dans la cave pour son "bien", monstre qui peut engendrer une grave maladie, une espèce de punition du plaisir qu'il a procuré, la maladie alcoolique ?
Il y a pire ! On a vu cet Autrichien qui considérait sa fille comme "monstre" sexuel, qui produisait chez lui un désir qu'il ne savait pas maîtriser. Il a donc fait de sa fille un "monstre" enfermé dans sa cave, une "cave" particulièrement protégée puisqu'il s'agissait en réalité d'un abri antiatomique !
En fait qu'est-ce qu'un monstre ? Une créature qui n'est pas comme les autres créatures... Un jour, alors que ma mère rangeait les services à verres, elle s'écria : « ah ! voici le monstre ! » Je lui fis part de mon étonnement, elle m'expliqua alors qu'il s'agissait tout simplement d'un verre plus gros que les autres, différent, donc...

---

[13] Richard Matheson : "Journal d'un monstre" (Titre original : *Born of man and woman*) Editions OPTA 1972 pour la traduction française

Souvent les monstres sont "méchants". On leur donne parfois le nom de croquemitaine, pour faire peur aux enfants. La fille de l'Autrichien était sans doute "méchante" à ses yeux, tentatrice qu'elle était. Il a donc cru nécessaire de cacher à la fois le monstre et l'activité qu'il engendrait chez son tortionnaire...

Dans bien des films d'horreur, ce n'est pas le monstre que l'on cache dans la cave, mais la victime, qu'on emprisonne pour la torturer, tout le jeu de la fiction consistant à montrer comment elle finira par réussir à sortir de cette maudite cave. C'est ce qu'a réussi la fille de l'Autrichien.

C'est aussi ce que parviendront à faire tous les monstres enfermés dans la cave !

Cette fois, contrairement à ce qui a été relaté par August Derleth[14] qui avait écrit : « *la chose qui était née de l'union maudite de Sarey Watheley et de Ralsa Marsh, engendrée d'un sang impur et dégénéré (...) au lieu d'être relâchée dans la mer, libre d'aller rejoindre Ceux des Profondeurs, les serviteurs de Dagon et du grand Cthulhu !* » a péri dans les flammes.

Voici donc mon cher Ralsa, qu'une autre de tes progénitures était endormie dans ce beau pays de France, conservée, non pas dans une cave, mais au fond d'un puits, afin que quelqu'un la réveille pour qu'elle puisse rejoindre les serviteurs de Dagon et Cthulhu...

Bien à toi,

Pierre Dagon,
Espérance, le 17 juillet 2008

---

[14] La Chambre condamnée.

Crash !

Par Pierre Dagon

Michael Jackson vient de mourir.

Je roule dans ma vieille bagnole de 12 ans d'âge.

J'ai mis dans le lecteur de cassette l'album du roi de la pop qui comprend *Bad, Thriller, Beet it, I just can't stop loving you*…

Je fais passer en boucle à tue-tête *"Bad"* et *"I just can't stop loving you"*. Je file à 180 à l'heure sur l'autoroute, fenêtres ouvertes. C'est l'été, un soir resté très chaud après une journée caniculaire. Le soleil se couche à l'ouest au-delà du fleuve et des monts du Lyonnais.

Je double une voiture comme la sienne. C'est la deuxième que je double. Je ralentis à sa hauteur pour regarder la conductrice. Effectivement c'est bien une femme. Mais pas celle que j'espérais… Je donne un coup d'accélérateur. Ma vieille guimbarde proteste et les pneus crissent.

« *I'm bad* », chante Michael Jackson. «*Who's bad ?*» …

Moi je suis méchant dans ma tête. Jackson est mort et j'ai perdu un grand amour. Après *"Bad"* j'écoute *"I just can't stop loving you"*: *je ne peux pas m'empêcher de t'aimer*.

La voiture file toujours. J'arrive au virage de La Mulatière. Je suis flashé par le radar du virage situé au niveau du pont Pasteur.

Les pneus crissent dans le virage que je passe à 120 à l'heure. Puis je file vers l'entrée sud de la ville. Je zigzague entre les voitures de l'éternel bouchon du tunnel sous Fourvière. Ça ralentit drôlement mon allure. Ça m'énerve, j'ai envie de rentrer dans toutes les voitures qui m'emmerdent. J'en percute une ou deux à l'arrière pour les faire avancer plus vite. Les conducteurs au volant klaxonnent. Je file, les double, fait des queues de poisson. J'emmerde tout le monde. Un connard tente de me suivre. Mais je n'ai rien à perdre. M'en fous de la bagnole, m'en fous des autres, m'en fous de la vie. Z'ont qu'à venir avec moi, ils verront ce que c'est que de mourir. Je passe comme une bombe devant la prison de Saint Paul. Je fais un bras d'honneur aux prisonniers.

Je m'enfile dans l'entrée sud, sous les voies de chemin de fer de Perrache, alors que les autres files emmènent les véhicules vers le tunnel.

Là je vais prendre mon pied. Ce n'est plus l'autoroute, mais l'axe nord-sud de la ville, axe qui longe le fleuve. Axe plein de feux rouges aux croisements avec les ponts qui enjambent le grand cours d'eau.

Je zigzague toujours, grille mon premier feu rouge avant le pont de l'Université, puis celui au niveau de ce pont. J'arrive à prendre vive allure en passant sous la voie qui conduit au pont de la Guillotière. Sous le bouquet de fleurs.

Mes baffles gueulent toujours « *I'm Bad* » C'est jouissif !

Au moment où Jackson conclut par « *Who's bad ?* » j'entends la sirène des flics. Je regarde le rétro : deux voitures de police m'ont pris en charge. Putain ! Jamais je n'aurais cru tenir si longtemps. Ce sport mécanique va finir par me redonner goût à la vie !

Je ressors devant l'Hôtel Dieu. Grille un autre feu rouge au pont Wilson. Je passe encore ! C'est pas possible. Pas un con pour me couper la route.

Pourquoi je fais ça ?

Parce que j'en ai marre de la vie. Je veux mourir. De manière violente. Quoi de plus violent qu'un accident de voiture ?

Le feu est vert au pont Lafayette. Pas de bol.

Je passe aussi le pont Morand toujours suivi par les flics aux sirènes hurlantes.

Au moment adéquat je tourne à gauche et je m'enfile dans le mauvais sens vers le tunnel de la Croix Rousse. Les flics ne me suivent pas. Et je ne tiens pas le coup longtemps.

Je me retrouve soudain devant une rangée serrée de voitures qui descendent vers le sud. Ils commencent à freiner. À klaxonner. Sont terrifiés. Pas moi. Il faut que je choisisse le pauvre con qui va mourir avec moi. Je choisis une voiture dans laquelle je pense qu'il y a le plus de monde possible. J'appuie à fond sur l'accélérateur.

La dernière image que je vois c'est le type qui conduit hurlant de terreur avant le crash meurtrier.

Juste avant de mourir sous le terrible choc, j'entends Jackson crier « *Who's Bad ?* »

Et je vois, dans ma tête, dans ma pauvre tête qui va éclater, je vois mon Amour me dire adieu en me faisant un signe de la main, les larmes plein les yeux...

L'écran du film de ma vie devient rouge sang... puis noir.

Le Train

Pierre Dagon

« *Je courus jusqu'à elle, et j'étendais la main pour la saisir par la manche et lui découvrir le visage quand elle disparut.* »
Charles Dickens
Le Signaleur

L'aiguilleur

Tout le monde sait que l'aiguilleur existe. Mais personne ne sait où il se tient. Personne ne l'a jamais vu. Pourtant c'est lui qui trace la destinée du train en bougeant tout simplement quelques manettes pour que la continuité de la voie se réalise selon son bon vouloir.
Si vous pouviez "apercevoir" l'aiguilleur, vous verriez un homme maigre et assez grand assis devant ses manettes, les mains au bout de ses longs bras serrées sur les poignées.
Vous aurez du mal à distinguer ses traits. Avec un effort, en pinçant les yeux vous lui attribuerez les traits de celui que votre inconscient aura voulu vous montrer. Retenez bien le visage que vous aurez vu car il marquera votre destin.
L'aiguilleur est celui qui trace la voie.

La fille

La fille était jolie. Très jolie. Très sexy et très glamour. Autrefois, quand elle savait encore le faire, ou plutôt quand elle avait des bonnes raisons de le faire, autrefois, quand elle souriait, son sourire éclatait de lumière, il illuminait les cœurs, une vraie clarté solaire.
Aujourd'hui, elle priait l'aiguilleur. Elle attendait le train.
Elle priait l'aiguilleur de le faire passer ici, devant le quai où elle attendait.

Le conducteur

Le train, ce monstre de métal qui soufflait fumée et nuages de vapeur, était conduit par un homme soucieux. Cet homme aimait la fille. Mais, bien qu'il conduisît le train, il savait que l'aiguilleur décidait de son trajet.

Il chargeait le foyer avec de grandes pelletées de charbon. La cheminée de la locomotive crachait une fumée noire en haletant. Il venait de faire le plein d'eau et se préparait à faire démarrer la machine quand la vapeur aurait atteint la pression nécessaire.

Il envoya la vapeur dans les pistons et les bielles qui entraînent les roues entamèrent brutalement leur mouvement les faisant déraper, acier contre acier.

Puis l'énorme machine s'ébranla conduite par un être humain à la chair fragile et à la conscience tourmentée.

Là-bas quelque part, l'aiguilleur avait déjà tracé la voie en poussant un des leviers des aiguillages. En grinçant, une double bretelle de rails se déplaça pour que le train prenne la voie que l'aiguilleur avait choisie pour lui.

Le conducteur sentait battre son cœur : il espérait tant que le train entre en gare où se trouve le quai sur lequel attendait la fille.

Le train entre en gare

Personne ne saurait dire pourquoi l'aiguilleur choisit la voie qui passait devant le quai de la fille.

Quelques heures après son départ, le train entra dans cette gare en mugissant, dans un énorme bruit de vapeur et de ferraille. Le conducteur avait déjà freiné et, des roues bloquées, giclaient des gerbes d'étincelles dues au frottement de l'acier des roues sur l'acier des rails.

Là-bas au loin, au bord du quai, le conducteur apercevait la silhouette de la fille. Il avait le cœur qui battait fort, au même rythme que le halètement de la machine.

La fille avait entendu le train avant même de l'apercevoir. La vibration d'un train est transmise par les rails. Son cœur à elle aussi se mit à battre la chamade.

Quand elle aperçut au loin le groin de la locomotive surmontée du panache de fumée et traînant derrière elle des escarbilles rougeoyantes, dans une traînée de feu comme la queue d'une comète, elle éclata de joie. Son sourire lumineux chassa les ténèbres de la gare.

Le train défila devant elle dans un bruit d'enfer, mélange des bruits de jets de vapeur, de grincement d'acier et de protestation de la machine tous freins serrés.

Elle aperçut son amant qui lui faisait des grands signes auxquels elle répondit.

La machine conductrice passa devant elle. La fille se tourna dans le sens de la marche pour suivre son homme dont le torse dépassait de la cabine. Il lui faisait des grands signes.

Le train s'arrêta enfin dans un crissement assourdissant.

Elle se mit à courir sur le quai pour rejoindre l'avant du train.

L'aiguilleur avait décroché un énorme téléphone et avait prononcé quelques mots, puis raccroché.

Quelques instants après, la fille qui courait toujours le long du quai pour longer le très long train aperçut un groupe de soldats dirigés par un prêtre et un officier de police qui venaient à sa rencontre d'un pas décidé.

Elle aperçut au loin son amant, le conducteur, descendre de la lo-comotive.

« Halte là ! » S'exclama le prêtre, une fois arrivé à quelques mètres d'elle. Elle reconnut les attributs d'un grand inquisiteur. Cela n'augurait rien de bon ; elle obtempéra et s'arrêta brutalement. Elle faillit tomber en avant. Son sourire avait disparu et les ténèbres envahirent de nouveau la gare. Le halètement du train était devenu un souffle au rythme très lent. Elle tentait de voir par-dessus les épaules du prêtre et des soldats pour apercevoir son amant.

« Femme ! L'aiguilleur a amené le train vers toi pour te mettre à l'épreuve ; tu ne devais pas tenter de voir ton amant. Tu as péché. Mais dans sa grande mansuétude, l'aiguilleur va encore te donner une chance. »

Le grand inquisiteur tendit la main vers l'officier de police qui lui donna une paire de menottes et la clé pour les ouvrir.

« Voici pour toi ma belle, suis-nous au bout du quai où tu t'attacheras toi-même. »

Tout le monde fit demi-tour au moment où le conducteur arrivait.

Ce dernier appela la belle d'un air désespéré :

« Ne les écoute pas.

N'écoute que ton cœur !

Ce n'est pas ta loi
c'est la leur !... »

Les soldats s'emparèrent de lui. Il lutta pour leur résister. Ils le frappèrent à coups de crosse sur le crâne. Le sang dégoulina sur son visage. Mais il refusait toujours d'obéir.

La fille pleurait à chaudes larmes. Les ténèbres s'assombrirent encore dans la gare. Seuls les soldats, le policier, le prêtre et les amants restaient sombrement éclairés. Comme dans un tableau de Bruegel, les ombres des hommes d'armes se déformaient pour devenir d'horribles créatures.

La fille se soumit au diktat de la loi.

Arrivée au bout du quai sous bonne escorte elle s'enchaîna à un poteau d'éclairage.

L'aiguilleur l'avait condamnée à regarder passer le train, enchaînée et soumise.

Le conducteur remonta dans sa machine sous la menace des armes. Il fut contraint de démarrer dans un bruit d'enfer.

La bande armée disparut comme par enchantement. Seule la fille restait sur le quai en regardant défiler interminablement les wagons dans un fracas métallique.

Le conducteur, le visage ensanglanté, n'en restait pas moins résolu. Il n'abandonnerait pas.

Il attendrait que l'aiguilleur le fasse repasser par cette gare. Il reverrait sa maîtresse. Il la convaincrait de se détacher avec la clé que lui avait remise l'inquisiteur. Elle monterait alors avec lui et ils pourraient se diriger vers le pays où *l'amour est roi, où l'amour est loi, où elle serait reine*[15]...

Il ne tenait qu'à elle de ne pas obéir à la loi des hommes et d'obéir à la loi de l'amour.

---

[15] **D'après une chanson de Jacques Brel**

Table des matières